Clásicos castellanos
nueva serie

Director de la colección
Víctor García de la Concha
Universidad de Salamanca

Lope de Vega

EL MEJOR ALCALDE, EL REY

*Edición de Núria Roig Fisas
y Bienvenido Morros*

ESPASA-CALPE, S. A.
MADRID

Cubierta: *El jardín del amor*, de Rubens (detalle)
Museo del Prado, Madrid

© Espasa-Calpe, S. A., Madrid, 1989

Depósito legal: M. 33.603-1989
ISBN: 84-239-3857-3

Impreso en España
Printed in Spain

Talleres gráficos de la Editorial Espasa-Calpe, S. A.
Carretera de Irún, km. 12,200. 28049 Madrid

ÍNDICE

PRÓLOGO 9

«EL MEJOR ALCALDE, EL REY»: GÉNERO Y ESTRUC-
TURA 9
    Una pastorela 9
    Ars amandi 12
    Lucrecia y Tamar 16
    La arquitectura: espacio y tiempo 19
    La lengua 20
FUENTES HISTÓRICAS 25
FUENTES LITERARIAS 35
INTERPRETACIÓN DE LA OBRA 49
DESPUÉS DE LOPE 53
EL TEXTO 61
ESTA EDICIÓN 71
BIBLIOGRAFÍA 73
SINOPSIS DE LA VERSIFICACIÓN 77

EL MEJOR ALCALDE, EL REY

ACTO PRIMERO 81
ACTO SEGUNDO 148
ACTO TERCERO 200
APÉNDICE DE FUENTES LITERARIAS 253

Para Maria Rosa y Ernest

PRÓLOGO

«EL MEJOR ALCALDE, EL REY»: GÉNERO Y ESTRUCTURA

Una pastorela

Una de las tradiciones literarias que contribuyen a explicar más decididamente la insistencia de nuestro teatro áureo en sacar a escena el mundo rural tiene origen en las *Bucólicas* de Virgilio. De ellas derivan, en efecto, el pastor idealizado y el cómico: uno directamente y el otro a través de la transposición de la égloga hecha por el humanismo en lengua vulgar, en estricta aplicación de la *rota virgiliana* medieval [1].

EL MEJOR ALCALDE, EL REY sigue a grandes rasgos el diseño de un género en deuda con esa tradición pero característico de la Edad Media: la pastorela [2]. En ella —no es ocioso recordarlo— un caballero aborda, en pleno campo, a una pastora y, diciéndole diversas y variadas ternezas, pretende conseguir su amor: las mas veces la pastora

---

[1] En su excelente prólogo a *Fuenteovejuna* y *Peribáñez* (Madrid, 1980), A. Blecua ha estudiado la tradición pastoril en el teatro del Siglo de Oro.

[2] Así lo cree también N. SALOMON, *Lo villano en el teatro del Siglo de Oro*, Madrid, 1985, pág. 312: «La tradicional confrontación de la pastora y el caballero, legado de la pastorela y la serranilla medievales, no suele acabar en la comedia sino en una única situación: el "desdén villano".»

responde negativamente a tales pretensiones e incluso despacha con mal humor a su galanteador, ayudándose de familiares que andan por allí entregados a los quehaceres agrícolas; otras acaba por acceder, haciéndose rogar o a cambio de la promesa de un regalo; y quizá las menos se muestra indecisa y ambigua. Pero el encanto y la enjundia de la pastorela reside principalmente en el diálogo de sus protagonistas, en los «argumentos» que aduce el uno y con los que contesta la otra: bajo el disfraz del debate amoroso se oculta también un conflicto social entre dos estamentos, el de la nobleza y el de los labradores [3]. No conocemos ninguna pastorela en que el caballero llegue a valerse abiertamente de la violencia... Adviértase, sin embargo, que Andreas Capellanus recomienda a sus lectores no abtenerse de recurrir a la fuerza si desean seducir a una labradora, en la convicción de que éstas suelen exhibir un pudor y resistencia aparentes que hay que vencer con una ligera coacción [4].

La comedia de Lope comparte mayormente todos esos rasgos: el caballero (don Tello) que asedia a una labradora (Elvira) y a quien quiere convencer con una serie de conceptos manidísimos; la habitual negativa de ella (justificada también con abundantes *raggionamenti amorosi*) y el uso de la fuerza a que recurre él para satisfacer su apetito sensual; la soberbia del uno y la humildad de la otra; etc.

La disputa entre don Tello y Elvira se concentra en el comienzo del acto II. Ahí se encuentra, desde luego, el meollo de la cuestión amorosa de EL MEJOR ALCALDE y la de todo el teatro de Lope. Don Tello compara la her-

---

[3] Sobre el género, véase M. ZINK, *La pastourelle. Poésie et folklore au moyen âge*, París, 1972.

[4] *De amore*, I, xi («De amore rusticorum»): «Si vero et illarum te feminarum amor forte attraxerit, eas pluribus laudibus efferre memento, et, si locum inveneris opportunum, non differas assumere quod petebas et violento potiri amplexu. Vix enim ipsarum in tantum exterius poteris mitigare rigorem, quod quietos fateantur se tibi concessuras amplexus vel optata patiantur te habere solatia, nisi modicae saltem coactionis medela praecedat ipsarum opportuna pudoris.»

mosura de Elvira con los ojos del basilisco: una y otros matan («¿cómo el basilisco mata / con solo llegar a ver?... Pues ése fue tu hermosura»); la labradora esgrime, en su defensa, un «argumento» harto conocido en la tradición neoplatónica del Renacimiento: los ojos del basilisco, cuando miran, lo hacen con la intención de matar; mas los suyos, al cruzarse con los de don Tello, no le mostraron amor ni, por ende, muerte («El basilisco mortal / mata teniendo intención / de matar; y es la razón / tan clara, que mal podía / matarte cuando te vía / para ponerte afición»). En el pasaje, Elvira recuerda y manipula, en efecto, ideas archisabidísimas desde antiguo y difundidas especialmente por Marsilio Ficino. Platón había considerado el amor como cosa amarga, convencido de que quien ama muere («quia moritus quisquis amat»), en tanto «el pensamiento del amante, olvidándose siempre de sí mismo, se vuelca en el amado» («eius enim cogitatio, sui oblita semper, in amato se uertat»): «por esto, un espíritu así afectado no obra en sí mismo» («ideo nec in seipso sic affectus animus operatur») y «quien no obra en sí no es en sí» «ni vive en sí» («qui non in se operatur nec in seipso est» «nec uiuit etiam in seipso»). Cuando el amor es recíproco, el alma del amante vive en el cuerpo del amado y viceversa; pero, cuando no lo es, el alma del amante no vive en el cuerpo del amado, ni, por tanto, en ninguna otra parte. Elvira, pues, parece acogerse a este último planteamiento: sus ojos difícilmente podían inspirar amor en don Tello (o, al menos, no tenían esa intención) y, al no hacerlo ni tener la intención de hacerlo, tampoco podían ser los responsables de su muerte (entiéndase: de que su alma viviera donde ella) [5].

---

[5] Las citas espigadas corresponden al *Commentarium Marsilii Ficini... in «Convivium»*, conocido por el subtítulo *De amore* (II, viii) e incluido en su traducción latina de las *Opera Platonis*, Lyón, 1548, fol. 161.

Un «ars amandi»

Las décimas con que Sancho empieza la obra no son puramente ornamentales, sino que plantean la acción dramática posterior. El encarecimiento de la belleza de Elvira, usando una serie de imágenes corrientes en la lírica petrarquista y exacerbadas por el barroco, y el recuerdo de la idea platónica de que el amor es un deseo de hermosura bastan para insinuar por dónde van a ir las cosas: si el amor entra por los ojos, difícilmente los de don Tello podrán rehuir a Elvita («el cielo el mundo defienda, / que anda sin venda el amor»; 49-50). El monólogo de Sancho también revela que el amor que siente por Elvira no será fácilmente mudable: el alma se le ha acostumbrado a admirarla, los ojos a verla y cuanto no se refiere a ella ha de parecerle por fuerza triste y lúgubre. No, un amor como el de Sancho no puede tener otro objeto; y una vida como la suya, en la aldea, no puede tener otro horizonte: Sancho no puede concebir más vida que la compartida con ella (él mismo acabará por confesarlo un poco después: «que vida / sin Elvira no la quiero»; 1146-1147). Conseguir el favor de Elvira significa, para él, amarla cada día más, «siempre con más afición» (58); obtener de ella una respuesta afirmativa (aunque, ya se sabe, las mujeres afirman cuando niegan: 103-106) no debe llevar a desdeñarla: «que en tan rica posesión / no puede caber desprecio» (59-60).

El amor de Sancho, sin embargo, tiene como contrapunto el amor de otros dos personajes, Pelayo y don Tello; pero su origen es el mismo en los tres: la belleza externa de Elvira. En el nivel inferior, en el del alma vegetativa, parece moverse el amor del segundo: Pelayo aspira a casarse con Elvira simplemente para tener hijos con ella, cuantos más mejor (de hecho, alardea ante Nuño de poder darle «cada mes un nieto»: 230). No en balde ejerce de porquerizo; y, en relación con ese oficio, ha de entenderse su educación sentimental. Así ocurre desde un principio. Recuérdese que la tradición bucólica siempre había atribuido al pastor enamorado una alarmante despreocupación por el ganado que debe cuidar. Nuño riñe a Pelayo pre-

cisamente por traer «los puercos... perdidos» (desperdigados y/o sucios) y éste intenta justificarlo por una altera-
ción de los sentidos, una perturbación del alma sensitiva,
producida, claro está, por la belleza de Elvira y equipara-
ble —según él— al desorden y suciedad de sus puercos.
Tal equiparación sigue situando los movimientos de su
alma en el nivel más bajo: como los sementales a que alude en seguida Pelayo sólo pretende reproducirse y perpe-
tuarse a través de Elvira (nótese también que el pasaje sugiere una lectura moral: el de Pelayo es un apetito sucio
y desordenado como el [del] verraco, emblema de la se-
xualidad y de la reproducción). Pero las alusiones no acaban aquí. Pelayo pide a Nuño la mano de Elvira, convencido (amén de que los criados deben casarse con las hijas
de sus amos) de que ella le corresponde por haberle dicho:
«A fe, Pelayo, que están / gordos los puercos.» El porquerizo, que todo lo ve y todo lo analiza *sub specie verris*,
interpreta como requiebro y declaración amorosa una inocente observación de Elvira: «¿No ve que es resquiebro y
muestra / querer casarse conmigo?» (149-150). De ese
modo, pues, se comprende de maravilla que Pelayo renun-
cie, sin más, a Elvira: «Aquí la dejo yo; mi amor se muda»
(211); en su afán de reproducción, el amor de Pelayo no
ha transcendido el estadio del alma vegetativa.

Don Tello, en cambio, parece subir un escalón en la
scala naturae: no sólo percibe —siguiendo la epistemología
y psicología aristotélicas— el cuerpo de Elvira a través de
los sentidos exteriores, sino que también lo abstrae, por
obra de los interiores, en la memoria, en forma de imagen;
pero, una vez allí, se le antoja apetecible y, en lugar de
someterla al dominio del alma discursiva, se propone alcanzar el objeto que representa (así nace la afección en su
corazón y, desde allí, se irradia al resto de su cuerpo en
calidad de pneuma, produciendo en él un desequilibrio tanto
fisiológico como psicológico). No cabe olvidar que Platón
distinguía entre quien ama un cuerpo bello en tanto reco-
noce en él el absoluto y quien lo ama sólo en sí mismo,
como una realidad particular: identifica al primero de ellos
con el amor puro que salva el alma, mientras asocia al segundo con el amor sexual que la destruye. La medicina me-

dieval llegó a considerar esta segunda modalidad del amor
como una enfermedad que requería un tratamiento ade-
cuado y que presentaba unos síntomas similares a los de
la melancolía y la locura (anorexia, insomnio, depresión,
etcétera): se la conoció, desde Constantino el Africano
(fl. 1075), con el nombre de *amor hereos* (podría tratarse
de una simple transliteración del griego *eros* o, como sugiere Arnaldo de Vilanova, de la transformación del latino
herus 'señor') [6]. En el Renacimiento, esa tradición médica
parece confluir con la neoplatónica. Desde Platón, en efecto, el amor se explicaba como un intercambio de *espíritus*
que brotan en la sangre del amado e infeccionan la de
quien ama *(Fedro, 250c-252b):* «Esta sangre extraña, que
es ajena a la naturaleza del herido, envenena la sangre propia de éste; y, envenenada la sangre, enferma.» Para li-
brarse de ellos, se recomendaba «sacar sangre a menudo»,
«tomar vino claro», «hacer frecuentemente ejercicio» o,
como aconseja Lucrecio, «practicar la unión carnal» [7]. La
conducta de don Tello se deja justificar gracias a la doctrina amorosa resumida arriba. Si confiesa cansarse de los
melindres y desdenes de «algunas labradoras, que, sin afeites ni galas, suelen llevarse los ojos / y, a vuelta de ellos,
el alma», después de ver a Elvira, don Tello no puede más
que, como primera medida, impedir la entrada del cura
y aplazar la boda hasta no haya seducido a la novia: la

---

[6]   Sobre la *aegritudo amoris*, véase el libro de conjunto de M. CIA-
VOLELLA, *La «malattia d'amore» dall'Antichità al Medioevo*, Roma,
1976. Por otra parte, lamentamos no tener a nuestro alcance el artículo
de J. T. CULL, «Tirso, Lope "Hereos" and the pastoral», en *Estudios*,
XLIII (1987), págs. 183-195.

[7]   MARSILIO FICINO, *De amore*, VII, iv y xi, ed. cit., fols. 280 y 281:
«Peregrinus hic sanguis a saucii hominis natura quodammodo alienus,
sanguinem eius proprium inficit; infectus sanguis aegrotat... Plurimis, va-
riis, gravibus negotiis animus applicandus: saepe minuendus sanguis est;
vino utendum claro, nonnunquam etiam ebrietate, ut veteri sanguine va-
cuato, novus sanguis accedat, novus & spiritus; exercitatione saepe ad
sudorem usque uti praestat, per quam corporis meatus ad expurgationem
faciendam aperiantur; ea insuper omnia quae Physici ad cordis praesi-
dium adhibent & cerebri alimentum, prosunt quam plurimum; saepe
etiam coeundum Lucretius praecipit...»

hermosura de Elvira no sólo se le ha llevado los ojos, sino,
a vuelta de ellos, también el alma («No esperé ver en mi
vida / tan peregrina beldad» y «Que tan divina hermosura / robándome el alma está»: 641-642 y 661-662). Las
constantes negativas de la labradora, por otra parte, esti-
mulan el amor de don Tello y lo conducen a un estado
que su hermana e incluso él mismo llegan a considerar más
próximo a la locura que al amor: «Cómo es posible libra-
lla / de un hombre fuera de sí» (1133-1134) o «Ya es tema
['obsesión'], si amor ha sido» (1924; «His falso sacratissi-
mum nomen amoris tribuitur»: «A éstos [quienes aman
perdidamente] se atribuye falsamente el sagradísimo nombre de amor»), etc., etc. [8]. Se ha visto arriba que la tera-
péutica para quienes padecen tal enfermedad no es sencilla:
la más eficaz, según una tradición naturalista procedente
de Lucrecio, consiste en la unión carnal (así se expulsan
los humores y el pneuma concentrados en el corazón y
esparcidos por todo el cuerpo). En ese sentido, Pelayo,
exhibiendo una sabiduría popular propia de su condición,
tranquiliza a Sancho: mientras siga en su poder, parece
sensato arriesgar que don Tello aún no ha rendido la castidad de Elvira;

> PELAYO
> Camina, Sancho:
> que éste no ha gozado a Elvira.
>
> SANCHO
> ¿De qué lo sabes, Pelayo?
>
> PELAYO
> De que nos ha hubiera vuelto,
> cuando la hubiera gozado.

El tratamiento del amor, pues, en EL MEJOR ALCALDE
apunta también hacia el desenlace: la violación de Elvira
por parte de don Tello y la boda posterior de Sancho con
la víctima.

---

[8]   *Ibídem*, VII, iii, fol. 297.

Lucrecia y Tamar

Lope juega a suscitar las resonancias de un relato bíblico (II Samuel, XIII) y otro clásico (Tito Livio, *Historia romana*, I, 1); pero no lo hace gratuitamente, como un simple ornamento, sino con la intención de adelantarnos el desenlace de la obra y darle a ésta un sentido político.

Mientras Alfonso VII escribe la carta dirigida al noble gallego, Sancho y Pelayo hablan de la sencillez con que viste el monarca castellano («¿Vestidos no los ves como hombres llanos?»); el porquerizo, en particular, parece verlo «de otra manera» que al «rey que Tello en un tapiz tenía», que en seguida identifica con Saúl y del que recuerda su enfrentamiento con David («Baúl cuando al Badil matar quería»). El final de la Edad Media y el principio de la Edad Moderna vieron en Saúl al rebelde justamente castigado, en tanto erigieron a David en el rey ejemplar. El drama latino del siglo XVII siguió difundiendo esa imagen de ambos, con obras tan significativas como *Saulus Rex* de Thomas Rode (1615). El criterio político y el contraste entre los dos personajes inspirados por *Il Davide perseguitato* de Virgilius Malvezzi (1634) convirtió a Saúl en encarnación del tirano típico del barroco, que por su soberbia no sólo blasfema contra Dios, sino que también lleva a su pueblo a la catástrofe a través de las guerras. La crítica ha solido establecer cierta relación entre el enfrentamiento de esos dos reyes bíblicos y el de don Tello con Alfonso VII: «Saúl envidia el prestigio de David, como don Tello codicia a la prometida de Sancho; tanto David como Sancho tienen que sustraerse al dominio de su respectivo señor, lo que lleva a éstos, frustrados, a su comportamiento irracional... El rey Saúl se reconcilia con su vasallo, después de dos enfrentamientos, mientras que el rey Alfonso no perdona a su vasallo. No lo hace porque, con la carta real y por haber personificado al alcalde real, le ha dado a don Tello dos oportunidades de reconciliación» [9].

---

[9] B. P. E. BENTLEY, «*El mejor alcalde, el rey* y la responsabilidad política», en *L. de V. y los orígenes del teatro español. Actas del I Congreso Internacional sobre L. de V.*, ed. M. Criado de Val, Madrid, 1981, pág. 421.

Pero, por el adulterio con Betsabé y la muerte del marido de ésta, David recibió un castigo divino en sus descendientes. Así, un hijo suyo, Amnón, se enamora de su hermanastra Tamar; pero, tras violarla, le cobra un gran odio. Entonces, Absalón, hermano de la víctima, ordena asesinar a Amnón. La mención de Tamar, pues, en hábil paranomasia con *tema* «obsesión, manía» y *amor*, está cargada de significado: don Tello pretende combatir el desdén y resistencia de Elvira con el posterior olvido («a mí vengarme su olvido»); también deja muy claro a los espectadores que la labradora acabará siendo violada; y, en última instancia, inconscientemente, apunta a su trágico final.

En paralelo con el relato bíblico, en la comedia, se alude a otro clásico, también con la doble vertiente personal y política: la historia de Lucrecia. En tiempos de Tarquino el Soberbio, durante el cerco de Ardea, los hijos del rey y el primo de éstos, Colatino, elogian a sus respectivas esposas en el transcurso de una cena; pero, al no haber acuerdo sobre cuál de ellas merece el título de virtuosa, deciden esa misma noche ir a Colacia, para visitarlas y sorprenderlas en sus quehaceres: mientras las nueras del monarca se hallan aún entregadas a las delicias de la cena, la mujer de Colatino, Lucrecia, está hilando lana. Sexto Tarquino, excitado tanto por su belleza como por la fama de virtuosa, concibe el malvado deseo de poseer a Lucrecia. Pocos días después, vuelve a Colacia y allí, aun en la ausencia del padre y de Colatino, es objeto de un buen recibimiento: una vez cenado y ya en su habitación, aprovechando el silencio de la noche, se dirige al lecho de Lucrecia y consigue vencer su castidad, con la amenaza de matarla y colocar a su lado el cadáver degollado de un esclavo, para dar la apariencia de adulterio. Consumada la violación, se aleja en seguida del lugar; Lucrecia, por su parte, envía mensajeros a Roma y Ardea, requiriendo la presencia inmediata de su padre y de Colatino; tras revelarles la infamia que contra ella ha cometido Tarquinio, se quita la vida. L. Junio Bruto, un pariente descontento con la política del rey, jura vengarse de su muerte y, como primera medida, agita al pueblo contra la monarquía. La consecuencia de la sublevación es el destronamiento del rey después de veinticinco años de reinado y la muerte de Sexto Tarquino a manos de quienes lo habían odiado desde antiguo por sus asesinatos y rapiñas. La tradición literaria posterior ha puesto indistintamente el acento tanto en la acción erótica de Tarquinio como en la situación política a que da pie. La Edad Media se interesó sobre todo por la conducta de Lucrecia: si los Padres de la Iglesia (Tertuliano y San Agustín) censuraron su suicidio, Petrarca vio en él una lucha por la libertad, mientras Coluccio Salutati lo interpretó como la conciencia de que la mancha producida por la violación no podría ser borrada de los sentimientos del esposo ni de los suyos; el Renacimiento, en cambio, exageró los sentimientos de la víctima (Istoria di Lucrecia, h. 1500) y desarrolló la pasión del seductor (Bandello, 1554); y, finalmente, el barroco explotó el sufrimiento y dolor de ambos personajes después de cometido el ultraje (en The rape of Lucrece, 1594, de Shakespeare, por ejemplo, Tarquino llega a sentir repugnancia de sí mismo y muere desesperado). La referencia en EL MEJOR ALCALDE al relato sobre Sexto Tarquinio se centra en dos aspectos: la rapidez con que éste consume la violación (en una noche) y el castigo que tuvo por tal hecho (la pérdida de su condición de príncipe y el asesinato por parte del pueblo):

> Tarquino tuvo por gusto
> no esperar tan sola una hora,
> y cuando vino el aurora
> ya cesaban sus porfías...

> ¿Y esperarás tú también
> que te den castigo igual?

No cabe ver en esa mención el argumento de nuestra comedia; pero sí una serie de evocaciones y comparaciones, presentes en diversos niveles y por diversos modos: la soberbia y vanidad de ambos, el decorado de la acción (la quinta gallega y el palacio romano en Colacia), el trasfondo político, el desenlace, etc.

La arquitectura: espacio y tiempo

EL MEJOR ALCALDE consiste de hecho en un juego entre el espacio y el tiempo que da forma a la trama y configura el desarrollo dramático [10]. La acción de la obra transcurre en una nebulosa Edad Media y se reparte en tres espacios básicos: la «casilla» de Nuño, el palacio de don Tello y la corte del rey; pero fluye con extraordinaria lentitud, con una demora provocada por la reacción «racional» de los personajes ante los hechos que van produciéndose. Siguiendo el consejo de Nuño, Sancho opta por pedir a su señor la autorización para casarse; y, al hacerlo, prolonga la celebración de su boda con Elvira: debe ir a palacio a hablar con don Tello y esperar la presencia de éste y su hermana en la «casilla» de Nuño. Posteriormente, cuando se ha producido el rapto de Elvira y se conoce al responsable, rehúye enfrentarse a su señor y decide, también aconsejado por Nuño, apelar al rey, habiendo de viajar a la corte y volver luego al palacio de don Tello. Finalmente, el rey determina ir en persona a Galicia, pero, en vez de dirigirse directamente al palacio de don Tello y cerciorarse allí del secuestro de Elvira, se detiene en la «casilla» de Nuño, para, en funciones de «alcalde», hacer las oportunas averiguaciones sobre el caso y, a requerimiento del propio padre de la víctima, descansar del viaje. Todas estas prolongaciones entre los distintos espacios de la comedia permiten a don Tello consumar la violación de Elvira en un lugar simplemente aludido: la «quinta» de aquél, situada a «un cuarto de legua» de su palacio. El público del siglo XVII no conocía el dato fundamental de ese desenlace y, por tanto, debía entreverlo gracias a una serie de insinuaciones hechas desde el arranque. Pero, más allá de los pequeños detalles, las idas y venidas de los personajes podrían asegurarle que el rapto de Elvira no acabaría en nada bueno. Espacio y tiempo convergen, así, en el desenlace de la obra.

---

[10] En «El arte de Lope de Vega en *El mejor alcalde, el rey*», en *Bulletin Hispanic Studies*, LVI (1979), págs. 31-41; P. R. K. HALKHOREE estudia la estructura de la obra, haciendo observaciones análogas.

La lengua

Llegar a combinar en un texto literario una lengua extraña o una modalidad lingüística con la mayoritariamente usada en él constituye un recurso cómico ampliamente difundido desde la literatura clásica. Plauto, sin ir más lejos, solía poner en boca de sus personajes un latín más o menos familiar, compuesto de formas realmente vulgares junto a otras inventadas, con intenciones claramente caracterizadoras... Dado el gusto infantil por el juego y la variedad, los autores medievales se complacían tanto en la combinación de la prosa y el verso (llamada *prosimetrum* por las retóricas de la época) como en la mezcla de versos latinos con versos en lengua vulgar, especialmente popularísimas en Francia y en Alemania entre los siglos XI y XII. En los umbrales del Renacimiento, se produce la transposición de la égloga humanista en lengua vulgar, en estricta aplicación de una teoría literaria acuñada por Elio Donato y Servio a partir de las obras de Virgilio (conocida como *rota virgiliana)* y difundida posteriormente por John de Garlandia. Los ejemplos más conocidos de ese fenómeno son las anónimas *Coplas de Mingo Revulgo* y las *Bucólicas* traducidas por Juan del Encina. En ambas obras, llama la atención la lengua usada y hablada por los pastores que las protagonizan. Se trata de una lengua con rasgos dialectales que los especialistas comúnmente han identificado con el *sayagués* [11] y otras modalidades lingüísticas bastante próximas a él [12]. Juan del Encina, en particular,

---

[11]   De hecho, ninguno de los dramaturgos citados a continuación se refirió a ella con el término *sayagués* (por lo general, hablan de «lenguaje pastoril»); pero los lexicógrafos y paremiólogos del siglo XVII derivaron el vocablo de *sayo* 'tela basta' (Covarrubias) y, por tanto, lo usaron como «apodo de grosero y tosco» (Correas). Por otra parte, la crítica vacila entre situarlo «dentro del gran dominio leonés» o circunscribirlo a la región de Salamanca: véase aún F. WEBER DE KURLAT, «El dialecto sayagués y los críticos», en *Filología,* I (1949), págs. 43-50.

[12]   En cuanto sigue, resumimos y extractamos el capítulo I de J. LIHANI, *El lenguaje de Lucas Fernández. Estudio del dialecto sayagués,* Bogotá, Instituto Caro y Cuervo, 1973, págs. 3-60.

incorporó en esa lengua rasgos del «dialecto charro», haciéndolo «más rústico y grosero de lo que era, desfigurándolo y cambiándolo»; en esa misma línea, Lucas Fernández la ajustó más propiamente a «las características típicas del dialecto leonés de la región salmantina», proporcionándole «una base verdadera, tal como la oyó la gente vulgar» en esa comarca. Asimismo, Gil Vicente recurrió a ella en sus dramas castellanos; pero «también supo utilizar dialectos portugueses en sus piezas portuguesas»: «en representaciones como el *Auto Pastoril Portugués* (1523) y *Tragicomedia Pastoril da Serra de Estrêlla* (1527), muestra una notable familiaridad lingüística con la región de Beira, en la parte oriental de Portugal». Bartolomé de Torres Naharro «empleó extensamente el dialecto sayagués en sus dramas pero lo concentró en los introitos, en los cuales un rústico prepara a su público aristocrático para el drama que se va a representar»; y Diego Sánchez de Badajoz siguió idéntico proceder, pero tendió a eliminar «muchos aspectos dialectales».

Hacia mediados del siglo XVI se produce un doble fenómeno. Por una parte, los pastores empiezan a hablar una lengua normal; y, por otra, «el humor se relega al bobo o simple, a quien se le otorga un habla que tiene huellas del dialecto salmantino». Así, Lope de Rueda ya no suele poner en boca de sus pastores una lengua rústica y restringe su uso a la figura del bobo, atribuyéndole un léxico que no parece reflejar «un distrito dialectal específico». No se descuide que Lope de Rueda, como antes ya lo habían hecho Gil Vicente y Diego Sánchez de Badajoz, introduce en su teatro dos tipos cómicos distinguidos especialmente por la lengua que hablan: el moro y el negro. El primero intenta imitar el castellano pronunciado por sus compatriotas de la época, mientras el segundo, generalmente un criado o una criada, mezcla «vulgarismos comunes a varios dialectalismos regionales, al mismo tiempo que otros fenómenos de difícil explicación fonológica»[13].

---

[13] E. VERES D'OCON, «Juegos idiomáticos en las obras de Lope de Rueda», en *Revista de Filología Española*, XXXIV (1950), pág. 208.

Lope de Vega, excelente caracterizador de las costumbres y modos de los aldeanos que saca a escena, tampoco les imputa un lenguaje especial y sólo llega a hacerlo con los personajes que tienen una función exclusivamente cómica: «cuando el pastor es un personaje principal, emplea la lengua normal; si, en cambio, el pastor hace un papel de menor importancia, y sobre todo un papel cómico, puede que hable en dialecto, pero un dialecto general más característico de la lengua vulgar castellana que de la regional». Con todo, en algunas comedias, como *Las Batuecas del Duque de Alba* y *Las famosas asturianas*, pretende reproducir un «lenguaje antiguo» o «fabla antigua», «con huellas del dialecto leonés y del bable».

El problema mayor que plantea el estudio lingüístico de los dialectos mencionados hasta aquí es determinar si se corresponden con dialectos realmente hablados en una región geográfica específica (León) o si se tratan de dialectos empleados exclusivamente en literatura y forjados a base de asimilar una serie de fenómenos vigentes aún en el siglo XVI. La respuesta no parece fácil. Así, mientras hay quienes creen (como J. Lihani) que el *sayagués* de Juan del Encina y Lucas Fernández representó con bastante fidelidad el dialecto «charro» hablado entonces por la gente de la calle y que, después de ellos, usado por otros dramaturgos, llegó a convertirse «en algo convencional y, hasta cierto punto, artificial y arbitrario del teatro nacional», otros, en cambio, tienen la convicción de que en su origen ya resultaba una «lengua compuesta y sintética» [14].

Conviene recordar que la acción de EL MEJOR ALCALDE, EL REY transcurre en Galicia, a orillas del Sil; y que los límites de la provincia de León «aparecen en el ángulo noroeste con cierta precisión, pudiéndose trazar la frontera por las divisorias de los ríos Cúa y Sil. Los valles de esa comarca presentan un habla de transición, acentuándose el leonesismo cuanto más al oriente nos encaminamos. El va-

---

[14] N. SALOMON, *Lo villano en el teatro del Siglo de Oro*, Madrid, Castalia, 1985 [vers. orig. Burdeos, 1965], págs. 130 y ss.

lle de la Frontera, regado por el Cúa, habla un leonés con ligeros galleguismos. Todavía algún hablante de la comarca llama a este valle la *Furniella*, forma plenamente leonesa. Los restantes valles hacia occidente (Ancares, Finolledo) hablan una variedad de gallego o de gallego-leonés. Más al sur, Burbia y las restantes comarcas del Bierzo hablan gallego, frente al leonés de la región de Ponferrada» [15]. En ese panorama, y si el uso lingüístico de los personajes de nuestra comedia permite inferir alguna cosa, los «nobles campos de Galicia» a cuyas montañas el Sil «llevar la falda codicia» (vv. 3-4) podrían situarse cerca de Ponferrada o, si cabe, más al oriente. En EL MEJOR ALCALDE el lenguaje tiene una función dramática muy significativa. Los labradores y los nobles hablan la misma lengua, un castellano más o menos pulcro, salpicado por algunos arcaísmos, que intentan reconstruir vagamente el ambiente en que transcurre la acción, mientras únicamente el bobo, en la tradición del tonto-listo, usa un lenguaje distinto, con más elementos arcaizantes o dialectales. La situación geográfica recién descrita podría explicar la decisión de Lope de hacer hablar al bobo en un lenguaje con algunas peculiaridades del leonés, y no, según lo esperable en una comedia ambientada en Galicia, con las del gallego. Con todo, hay que distinguir entre los fenómenos realmente arcaicos en tiempos de Lope y los que aún no lo son; y, por otra parte, discernir entre los arcaísmos que en el siglo XVII ya tenían un uso dialectal o «rústico» (para ello el mejor testimonio sigue siendo Covarrubias) y los que conservaban todavía cierto prestigio. Un estudio, como el presente, que atiende a esos aspectos arroja unos resultados relativamente satisfactorios. Lope recurre, en efecto, a ciertos rasgos exclusivamente dialectales (casi todos ellos tomados del sayagués) para caracterizar la lengua de un personaje marginal: el rotacismo y seguramente también la aspiración;

---

[15] A. ZAMORA VICENTE, *Dialectología española*, Madrid, Gredos, 1967, pág. 86.

pero mayormente se vale de formas arcaicas desprestigia-
das por los lexicógrafos (como *agora, trai, aquesto, habemos,* etc.) y accidentalmente difundidas en algunas zonas
de la Península. Lope, en definitiva, pone en boca del
bobo una lengua arcaica, más próxima a la *fabla* que al
sayagués [16], lo bautiza con un nombre tan significativo
como el de Pelayo y lo ambienta a orillas del Sil, en la
encrucijada del gallego, el leonés y el bable (todos ellos
lenguas o hablas que comparten rasgos con el sayagués
literario y la *fabla*).

---

[16]   Véase ahora A. ZAMORA VICENTE, «Sobre la fabla antigua de Lope
de Vega», en *Philologica Hispaniensia in honorem Manuel Alvar*, I: *Dialectología*, Madrid, Gredos, 1983, págs. 645-649.

FUENTES HISTÓRICAS

La sensación de inestabilidad de los regímenes monárquicos durante el siglo XVII, zarandeados, sobre todo, por conjuraciones internas, inquietudes, rebeldías, etc., favorece la introducción de Tácito en el pensamiento político de la época (Recuérdese que en abril de 1610, Enrique IV, al igual que su antecesor, muere víctima de un atentado.) Hay abundantes razones para explicar esa preferencia entre los escritores del barroco: desde el uso de la experiencia o «el desarrollo inteligente de una técnica de observación», hasta «el empleo frecuente del método inductivo» o la «firme matización en materia política»; pero, por encima de todas ellas, «la adecuación a los problemas de una monarquía, rodeada de dificultades»[17]. Tanto economistas como políticos vivieron «obsesionados por hallar un modo de "conservación" de monarquías»[18] (la «razón conservatriz del Estado» frente a la «razón adquisitiva») y, dado el miedo general al descontento popular, optaron por asumir básicamente la teoría política de Maquiavelo basada en la prudencia y en la razón. Los *Anales* y las *Historias*, aparte de inspirar abundantes aforismos políticos, les ofrecieron numerosos casos de revueltas y motines con que enfrentarse a los nuevos vientos de «revolución» y estudiar las

---

[17] J. A. MARAVALL, «La corriente doctrinal del tacitismo político en España» (1969), recogido en sus *Estudios de Historia del pensamiento español. Siglo XVIII*, Madrid, 1975, págs. 96-97.

[18] A. BLECUA, prol. cit., pág. 11.

causas que los hicieron estallar («el descontento popular,
la ambición individual, los corrillos de conspiradores y...
el mal gobierno de los emperadores, que, de monarcas,
habían degenerado en tiranos» [19]): se trataba de inducir en
los príncipes ante situaciones difíciles un comportamiento
según la técnica de la razón de Estado (y, precisamente,
por inspirarse en ella, la política de Tácito fue considerada
«impía» entre sus detractores [20]). No se descuide que, a
diferencia de cuanto ocurre en literatura, el rey castigaba
duramente el homicidio de señores por villanos que se re-
belaban contra ellos invocando un ideal monárquico. Por
lo general, mandaba incendiar y arrasar los pueblos insu-
rrectos. Hubo, en ese sentido, varios casos célebres, pro-
tagonizados por Carlos I de Aragón y Felipe II [21].

En ese contexto, puede entenderse la decisión de Lope
de recurrir a un relato histórico y, en el *explicit* de la obra,
confesarse en deuda con él:

> Y aquí acaba la comedia
> de *El mejor alcalde*, historia
> que afirma por verdadera
> la *Corónica de España*:
> la cuarta parte la cuenta.

De hecho, otras comedias de Lope se inspiran también
en sucesos de la historia nacional que plantean una situación análoga: el castigo del tirano (o de quien, en momentos determinados, obra como tal). Así, por ejemplo, *Fuenteovejuna* (cuya fecha de redacción puede situarse entre
1610 y 1615) desarrolla los hechos que narra la *Crónica
de las tres órdenes* de Francisco de Rades y Andrada; *Peribáñez* (compuesto seguramente entre 1604 y 1608), por
otro lado, si bien se desconoce la fuente que sigue, debió

---

[19] *Ibidem*, pág. 19.
[20] *Ibidem*, pág. 12 (y, sobre la difusión de Tácito en aforismos,
cfr. pág. 49, n. 13).
[21] Comp. N. SALOMON, *Lo villano...*, págs. 720-721.

de tener un fundamento histórico o pseudohistórico (resulta difícil atribuir a mera ficción la muerte de un comendador a manos de un labrador). Asimismo, el argumento de EL MEJOR ALCALDE parece basarse, en efecto, en una anécdota que procede de la *Estoria de España* escrita bajo la dirección de Alfonso X el Sabio y a la que por su importancia en la historiografía castellana se ha llamado *Primera crónica general*. Se trata de una obra de que se hicieron numerosas copias (se conservan, aproximadamente, un centenar) y casi otras tantas refundiciones. En el siglo XVI, el docto cronista de Carlos V, Florián Docampo, decide dar a la imprenta una de ellas, con el título de *Crónica de España* (Zamora, 1541; es decir, la «*Corónica...*» mencionada por Lope). La misma anécdota pudo leerse también en otros libros, con las lógicas variantes propias de las refundiciones que caracterizan la transmisión textual de la *Estoria:* el *Valerio de las historias escolásticas y de España* de Diego Rodríguez de Almela, diversas crónicas de fray Prudencio de Sandoval, la *Historia de España* del padre Juan de Mariana [22].

La narración que la obra alfonsí «afirma ['confirma'] por verdadera» ilustra de maravilla la sensibilidad de los políticos del siglo XVII hacia los asuntos que fácilmente podían derivar en un descontento popular y corresponde significativamente al principio del reinado de Alfonso VII, un período de la historia de España distinguido por las luchas internas. Por otra parte, también contribuye a iluminar un conflicto que a finales del siglo XVI y a principios del XVII empieza a cobrar una forma alarmantemente virulenta: el conflicto entre villanos y señores. Si en España, durante el siglo XVI, se produjo un reajuste en el estamento nobiliario (la sustitución de la pequeña nobleza rural por una aristocracia terrateniente, fiel a la monarquía), en cambio, siguió aún vigente el sistema feudal de la explotación de la tierra y la relación tradicional señor-vasallo. Con todo, el enfrentamiento entre esas dos clases sociales tenía una tra-

---

[22] Véase M. MENÉNDEZ PELAYO, *Estudios sobre el teatro de Lope de Vega*, Madrid, 1949, vol. IV, pág. 9.

dición literaria elaborada a lo largo del Quinientos (desde el teatro de Gil Vicente al *Buscón*, pasando por el *Lazarillo):* la del hidalgo ridículo, de origen rural, empobrecido por la revolución de precios y la devaluación de rentas y enfrentado a los labradores ricos [23]. No parece ocioso, pues, recordar íntegramente el relato según la versión de Florián Docampo:

> Este Emperador de las Españas era muy justiciero, e de cómo vedaba los males e los tuertos en su tierra puédese entender en esta razón que diremos aquí. Un infanzón que moraba en Galicia, e habíe nombre don Ferrando, tomó por fuerza a un labrador su heredad; e el labrador fuese querellar al Emperador, que era en Toledo, de la fuerza que le facíe aquel infanzón. E el Emperador envió su carta luego con ese labrador al infanzón, que luego vista la carta que le ficiese derecho de la querella que dél habíe. E otrosí envió su carta al merino de la tierra, en qu'él mandaba que fuese con aquel querelloso al infanzón, que viese cuál derecho le facíe e que gelo enviase decir por sus cartas. E el infanzón, como era poderoso, cuando vio la carta del Emperador, fue muy sañudo e comenzó de amenazar al labrador, e dijol' que lo mataríe, e non le quiso fazer derecho ninguno. E, cuando el labrador vio que derecho ninguno non podíe haber del infanzón, tornóse para el Emperador a Toledo con letras de homes buenos de la tierra, en testimonio como non podíe haber derecho ninguno de aquel infanzón del tuerto que le facíe. E, cuando el Emperador esto oyó, llamó sus privados de su cámara e mandóles que dijesen a los que viniesen a demandar por él que era mal doliente e que non dejasen entrar ninguno en su cámara, e mandó a dos caballeros mucho en poridad que guiasen luego sus caballos e yríen con él. E fuese luego encobiertamente con ellos para Galicia, que non quedó de andar de día nin de noche; e, pues que el Emperador llegó al logar do era el infanzón, mandó llamar al merino e demandól que le dijese verdad de cómo pasara aquel hecho. E el merino dijóselo todo. E el Emperador, después que sopo todo el fecho, fizo sus firmas sobre ello, e llamó

---

[23]   Cfr. N. SALOMON, *Lo villano...*, págs. 705-709.

homes del logar, e fuese con ellos, e paróse con ellos a la puerta del infanzón, e mandól llamar que saliese al Emperador que le llamaba. E, cuando el infanzón esto oyó, hobo gran miedo de muerte e comenzó de foyr; mas fue luego preso e adujéronle ante el Emperador; e el Emperador razonó todo el preyto ante los homes buenos, e cómo despreciara la su carta e non feciera ninguna cosa por ella, e el infanzón non contradijo nin respondió a ello ninguna cosa. E el Emperador mandól luego enforcar ante su puerta e mandó que tornase al labrador todo su heredamiento con los esquilmos. Entonces el Emperador anduvo descobiertamente por toda Galicia e apaciguó toda la tierra, e tan grave fue el espanto que todos los de la tierra hobieron por ese fecho, que ninguno non fue osado en toda su tierra de fazer fuerza uno a otro. E esta justicia, e otras muchas tales como ésta, fizo el Emperador, porque era muy temido de todas las gentes, e vivíe cada uno en lo suyo en paz [24].

Una lectura rápida del texto no revela grandes diferencias ni en el argumento ni en su desarrollo respecto a la comedia (salvo, como veremos más adelante, la sustitución de una heredad por una mujer): la expropiación de las tierras, la querella ante Alfonso VII, la indiferencia del infanzón hacia la carta que le dirige el monarca, el viaje de éste en secreto a Galicia (dando como excusa ante quienes «viniesen a demandar por él que era mal doliente»), las diligencias jurídicas contra el noble gallego antes de su ejecución y la devolución de las tierras al labrador. Pero, además, tanto la comedia como la crónica cierran la acción con una importante reflexión: en la justicia no siempre puede admitirse la piedad concebida como «clemencia»; y, en idea lógicamente conexa y asociada en la época a la doctrina de Maquiavelo (pero véase III, n. 69), el rey antes que amor debe inspirar temor («e tan grave fue el espanto que todos los de la tierra hobieron por ese fecho, que

---

[24] FLORIÁN DE OCAMPO, *Las cuatro partes enteras de la Crónica de España que mandó componer el Serenísimo Rey don Alonso llamado el Sabio*, Valladolid, Sebastián de Cañas, parte IV, fols. 327-328.

ninguno no fue osado en toda su tierra de fazer fuerza uno a otro»): debe castigar con absoluta severidad a quien menosprecia su autoridad y pone así en peligro la paz de la monarquía [25].

Lope no pretende reconstruir arqueológica ni psicológicamente el ambiente de antaño: salvo algunas referencias de historia política, casi todo —lenguaje, modos, maneras— corresponde a su tiempo. Sin embargo, espiga en la crónica una serie de noticias útiles para concretar el retrato del monarca castellano o bien para situar la acción de la comedia en un período fácilmente deslindable: la adolescencia de Alfonso VII, entre 1118 y 1124. Así, el rey aparece acompañado por su ayo el conde don Pedro, espera respuesta del monarca aragonés desde Zaragoza sobre un asunto no especificado (no se olvide que Alfonso I *el Batallador* conquistó esa ciudad en 1118), se reconcilia con su madre, que muere el 8 de marzo de 1226, y se dispone a partir de León a Toledo (según la *Historia de los Reyes de Castilla y León* de fray Prudencio de Sandoval, «A veinte y cuatro de febrero desta era 1161 [1223] estaban los reyes madre y hijo conformes: ella se intitulaba reinar en León y su hijo en Toledo»).

En nuestra comedia, por otra parte, hay pocas alusiones a una actualidad fechable. Sólo hallamos un par de referencias a circunstancias de algún relieve. Una se identifica con los donaires de Pelayo concernientes a la vida cortesana: «Dícenme acá de la corte / que... / tratan los forasteros / como si fueran de Italia, / de Flandes o de Marruecos.» Parece haber en ellos una alusión a la protección económica que la Corona dispensó durante los siglos XVI y XVII a los comerciantes de los países aliados: genoveses, flamencos y alemanes. Pero las quejas sobre la importación excesiva de mercancías se dejaron oír por los arbitristas y, especialmente, en las cortes de 1621 y 1623; y en boca de

---

[25] Comp. J. A. MARAVALL, «La cuestión del maquiavelismo y el significado de la voz "estadista"» [1971], recogido en *Estudios...*, páginas 101-114.

Pelayo cobran un tremendo valor, si se tiene en cuenta que, según criterios estrictamente métricos, la fecha de redacción de nuestra obra se ha situado entre 1620 y 1623 [26]. Más sutil y menos imprecisa es la sugerencia de Pelayo, cuando, tras ver al rey en persona, seguramente en la misma categoría de quienes van vestidos como «los hombres llanos», recuerda a «un rey que Tello en un tapiz tenía», con «la cara abigarrada, / y la calza caída en media pierna, / y en la mano una vara, / y un tocado a manera de linterna, / con su corona de oro, / y un barboquejo, como turco o moro» (vv. 1402-1408). Las leyes de las cortes mencionadas intentaron «moderar el lujo y la ostentación suntuaria tan frecuente en la época», llegando a prohibir «todo género de colgaduras bordadas, el exceso de joyas, dotes y vestidos, amén de otros extremos» [27]. En esos años, desde luego, cabe entender mejor la concepción de la obra. Incluso el título general de la comedia podría tener origen en otro punto debatido entonces: la escasa participación que a veces se otorgó a la figura del rey en el gobierno de la nación, fácilmente moldeable primero por las grandes familias nobiliarias y después por los letrados que ocuparon cargos públicos [28].

---

[26] Véase Ph. D. S. GRISWOLD y Ph. D. COURTNEY BRUERTON, *Cronología de las comedias de Lope de Vega*, Madrid, 1968, págs. 358-359.

[27] Las citas están extractadas de J. FRANCISCO DE LA PEÑA, «El estado durante el reinado de Felipe IV», en *Historia de España*, dirigida por A. Domínguez Ortiz, Barcelona, 1988. Comp. también A. DOMÍNGUEZ ORTIZ, *El Antiguo Régimen: los Reyes Católicos y los Austrias*, cap. 5, en *Historia de España*, III, ed. M. Artola, Madrid, 1988, págs. 179-185; y J. VICENS VIVES, con la colaboración de J. NADAL OLLER, *Historia económica de España*, Barcelona, 1972, págs. 383-388. B. P. E. BENTLEY, «*El mejor alcalde, el rey* y la responsabilidad política», pág. 424, notas 26 y 28, se basa también en criterios socio-históricos y literarios para fechar la obra «especulativamente» en 1621.

[28] Cfr. simplemente J. A. MARAVALL, «Absolutismo monárquico y cambios de función y estructura de grupos sociales», en *Poder, honor y elites en el siglo XVII*, Madrid, 1984, págs. 149-302.

El episodio narrado por la crónica alfonsí se desmembró de ella y entró en el dominio de la ficción gracias al Romancero. En el *Cancionero de romances nuevamente* [«por primera vez»] *sacados de la «Crónica de España»* (Medina del Campo, 1576), Lorenzo de Sepúlveda incluye un romance que recrea ese suceso [29]. El pasaje fue remodelado a imagen y semejanza de la crónica; pero, lógicamente, se ajustó a las posibilidades de la canción narrativa. Hay ciertos puntos que permiten inferir que Lope no sólo conoció el romance sino que también lo tuvo presente en su comedia. En la primera querella del anónimo labrador ante el monarca, Lorenzo de Sepúlveda introduce respecto a la crónica una expresión copiosamente repetida en los cantares de gesta y en el romancero: «Llorando de los ojos...» En lo antiguo, *llorar de los ojos* tenía el sentido específico de «derramar lágrimas», frente al más general de *llorar* «dar muestras de dolor con gestos y voces [30]. En la comedia, cuando se presenta también por primera vez ante Alfonso VII, Sancho no puede reprimir las lágrimas:

REY
¿Con lágrimas la bañas? ¿A qué efeto?

SANCHO
Mal hicieron mis ojos,
pues propuso la boca su querella...

Mientras la crónica pasa por encima el episodio en que el agraviado se queja en una segunda ocasión («E, cuando el labrador vio que derecho ninguno non podíe haber del infanzón, tornóse para el Emperador a Toledo con letras de homes buenos de la tierra en testimonio cómo non podíe haber derecho ninguno de aquel infanzón del tuerto que le facíe»), en coincidencia con la comedia, el romance

---

[29] Puede leerse también en A. DURÁN, ed., *Romancero general o colección de romances castellanos anteriores al siglo XVIII*, Madrid, 1945 [1888], vol. II, pág. 3.

[30] Véase J. A. PASCUAL, «Del silencioso llorar de los ojos», en *Anuario de Filología Española. El Crotalón*, I (1984), págs. 799-805.

atribuye al agraviado cierta inquietud por convencer al rey
de que está diciéndole la verdad:

> El labrador a Toledo
> segunda vez se volvía;
> él le dijo la verdad;
> ninguna cosa le encubría...

Los datos señalados invitan a creer que Lope también
se apoyó en el romance.

FUENTES LITERARIAS

El asunto que las crónicas y el Romancero aducen como motivo de disputa entre un villano y su señor no ofrecía grandes posibilidades dramáticas; y Lope, buen conocedor de la psicología del «vulgo», lo lleva a «un plano afectivo» [31], decidiendo enfrentarlos por causa de una mujer: en lugar de expropiarle las tierras, en la versión dramática, el señor se apodera de la novia, amparándose en el *ius primae noctis* de que usaron los nobles durante la Edad Media («Los casos de honra son mejores, / porque mueven con fuerza a toda gente», escribía en su *Arte nuevo*, 327-328). No se olvide, sin embargo, que esa transposición se da también en otras comedias de Lope respecto a sus fuentes. En *Fuenteovejuna*, el conflicto entre los villanos y el comendador se suscita porque éste persigue descaradamente a las mujeres de aquéllos, mientras en la *Crónica de las tres órdenes* de Francisco de Rades se produce por problemas básicamente de índole económica: «Había hecho aquel caballero mal tratamiento a sus vasallos, teniendo en la villa muchos soldados para sustentar en ella la voz del Rey de Portugal...; y consentía que aquella descomedida gente hiciese grandes agravios y afrentas a los de Fuenteovejuna

---

[31] N. SALOMON, *Lo villano...*, pág. 742.

sobre comérselos sus haciendas» [32]. Pero lo que ha pare-
cido extrañar a la crítica en EL MEJOR ALCALDE, EL REY
es la solución que se da al conflicto amoroso: el doble
matrimonio de una labradora, primero con quien la viola
y posteriormente con quien estaba prometida desde un
principio [33]. Tal pirueta revela, en efecto, la importancia
que el público de comedias y la sociedad del Siglo de Oro
en general atribuía a la virginidad femenina: la mujer que
la había perdido no podía esperar una boda respetable, con
excepción, claro está, de las viudas. Por otra parte, las mujeres que habían sido objeto de una violación o se casaban
con su violador [34] o se metían monjas; pero difícilmente
podían aspirar a contraer matrimonio con otro varón (por
más que Andreas Capellanus, haciéndose eco de una norma social, juzga injusto rechazarlas por este motivo). La
literatura medieval y moderna suele elegir casi siempre entre una de las opciones mencionadas. Así, por ejemplo, en
El alcalde de Zalamea de Calderón, el capitán, tras raptar
y violar en la soledad de los montes a Isabel, se niega a
casarse con ella: entonces el alcalde del lugar y también
padre de la víctima no puede más que enviar a su hija a
un convento y ordenar la ejecución del capitán. *Fuenteo-*

---

[32] *Ibídem*, págs. 741-742 y n. 91.

[33] Buena parte de este capítulo sigue el estupendo trabajo de
D. McGrady, «Lope de Vega's *El mejor alcalde, el rey:* its italian *novella*
sources and its influence upon Manzoni's *I promessi spossi*», en *Modern
Language Review*, 80 (1985), págs. 604-618. Sobre el uso de las *novelle*
italianas, cfr. ahora N. L. D'Antuono, *Boccaccio's "Novelle" in the theater of Lope de Vega*, Madrid, 1983.

[34] Así suele ocurrir desde la novela griega; comp., vgr., AQUILES TA-
CIO, *Leucipa y Clitofonte*, II, 13: «Dado que los bizantinos tienen una
ley según la cual, si uno rapta a una doncella y la hace de inmediato
suya, tiene de pena el matrimonio, se decidió a recurrir a esta ley y se
puso a buscar la ocasión de realizar su plan»; y LONGO, *Dafnis y Cloe*,
IV, 28: «Tales eran sus pensamientos, cuando el boyero Lampis, presen-
tándose con una cuadrilla de gañanes, la raptó con la idea de que Dafnis
ya no iba a desposarla y que Driante estaría encantado de aceptarlo»
(vers. castellana a cargo de M. Brioso Sánchez y E. Crespo Güemes,
Madrid, 1982, págs. 133 y 209).

vejuna debía haber tenido un desenlace similar; pero Lope, en aras a un final con boda, sacrifica la verosimilitud dramática: parece inconcebible que Laurencia haya podido escapar del poder del comendador sin rendir antes su castidad. Nótese, por otra parte, que Laurencia, tras lograr evadirse de la casa de su secuestrador, sale a escena con el mismo aspecto físico en que se presenta Elvira ante el rey después de ultrajada por don Tello: *desmelenada* o *con los cabellos sueltos*. Llevar una mujer el pelo desordenado se interpretaba a menudo como un indicio de haber sido violada [35]; y así debió de entenderlo uno de los impresores de EL MEJOR ALCALDE, EL REY cuando precisamente suprime esa acotación y elimina un poco más adelante algunos detalles de la violación y, al aludir necesariamente a la vil acción de don Tello, edita *violentarla* en vez de *forzarla*.

Las dudas y los problemas surgen cuando la mujer violada ya ha contraído matrimonio: la solución pasa por encerrarla en un convento, por llevar con ella la misma vida conyugal o también por dejarla matarse. En *El príncipe despeñado*, el rey Sancho de Navarra, arrebatado por la hermosura de doña Blanca, envía al marido como general de su ejército a la frontera de Castilla y, a la noche siguiente, sobornando a los criados, la viola: doña Blanca tiene la intención de poner fin a su vida, pero el marido, don Martín, al considerarla inocente, se lo impide y concierta con su hermano matar al monarca, arrojándole peñas abajo, para que su muerte parezca un accidente. En ese sentido, si el comendador de *Peribáñez* hubiera consumado el asedio a que somete a Casilda, el desenlace de la obra no habría variado. Pero téngase en cuenta que *El príncipe despeñado* sigue puntualmente el lacónico relato de la *Crónica* del Príncipe de Viana, en tanto *Peribáñez* parece carecer de fundamento histórico.

---

[35]   Véase en sentido contrario J. CASALDUERO, *Estudios sobre el teatro español*, Madrid, 1962, 1981⁴, pág. 46. Pero comp. Ovidio, *Amores*, III, xiv, 33-4: «Cur plus quam somno *turbatos* esse *capillos* / collaque conspicio dentis habere notam?»; y apéndice, pág. 294.

En ese contexto, D. McGrady considera el final de EL
MEJOR ALCALDE, EL REY «un caso excepcional» dentro del
teatro e incluso de la literatura española de los siglos de oro
(para él, según los precedentes citados arriba, Elvira debía de
haber entrado en un convento, mientras Sancho podría perfectamente haberse casado con la hermana de don Tello); y
cree que si Lope se aparta de los valores de la comedia que
rigen la conducta sexual de sus personajes es porque seguramente ahí el *Fénix* sigue un modelo literario que comple-
menta la influencia de la *Crónica general*. Para apoyar esta
hipótesis aduce unas cuantas comedias de Lope (*El castigo
del discreto* y *Las ferias de Madrid*) en que el tratamiento
inusual del amor conyugal puede explicarse fácilmente por
referencia a las novelas italianas de que derivan (la *novella*,
I, 35, de Bandello, y *Le piacevole notti*, IV, 4). Del mismo
modo, pues, cree plausible conjeturar que nuestra comedia
se deja influir por una o varias obras italianas.

Desde Marcelino Menéndez Pelayo ha solido aceptarse
que EL MEJOR ALCALDE, EL REY depende del *Novellino* de
Masuccio Salernitano [36]. Recordemos en breve el argumento de la *novella* 47 de ese libro: el rey Fernando pernocta
en casa de un caballero rico y dos de los caballeros que
lo acompañan violan a las dos hijas de éste, penetrando
sigilosamente, con la connivencia de la noche y de una
criada, en su habitación; el padre agraviado se querella
ante el rey, quien, forzándolos a ofrecerles una dote cuan-
tiosa, casa a los caballeros con sus víctimas, ordena inmediatamente cortarles la cabeza y, por último, proporciona
a aquéllas nuevos maridos. Ambos textos coinciden, en
efecto, en «aspectos cruciales»: obligar a unos violadores a
contraer matrimonio con sus víctimas y a darles una dote
sustanciosa; mandar decapitarlos; y, finalmente, volver a
casar a las viudas. Pero también conviene reconocer que
entre los dos existen puntos de discordancia: el número de
violadores y víctimas, la condición social de éstas y el lugar en que se produce la violación (en casa de la víctima,
no en la del violador). Pero, además, antes de fallar a favor

---

[36] *Estudios sobre el teatro de L. de V.*, vol. VI, págs. 176-180.

o en contra de la pretendida influencia, cabría sacar a colación una obra que seguramente nos lleva del Salernitano a EL MEJOR ALCALDE, EL REY: *El alcalde de Zalamea* atribuido al propio Lope. Casi todas las divergencias de nuestra comedia para con la fuente propuesta pueden explicarse gracias a esta obra. Comprobémoslo, recordando su contenido. Dos capitanes (don Juan y don Diego) que se alojan en la villa de Zalamea tienen relaciones con las hijas de un rico labrador (a quien han elegido alcalde) y planean fugarse con ellas [37]; lo intentan una vez, pero el padre y dos villanos (Ginesillo y Bartolo) de que se hace acompañar llegan a impedirlo, apresando a un sargento que iba con ellos. Movidos por los celos y pensando vengar el agravio cometido contra el sargento, vuelven a intentarlo una segunda vez con éxito; y, después de violarlas, las abandonan en pleno monte. El padre consigue encarcelar a los capitanes y, enseñándoles las cédulas que los comprometían al matrimonio, obliga a casarlos, pero acaba ahorcándolos («porque ellas quedaran viudas y no rameras» y porque «forzar doncellas no es causa / digna de muerte?») y decide enviar a sus hijas a un convento. La comedia del incógnito autor presenta en más de un punto afinidades con el relato de Masuccio [38]: el número de los

---

[37] En ese aspecto, cabe emparentar la comedia anónima con *La niña de Gómez de Arias* tanto de Vélez de Guevara como de Calderón (mientras, en la versión del primero no se cumple la sentencia y el seductor se casa con la mujer ofendida, en la del segundo, en cambio, sí se ejecuta la condena).

[38] Según N. SALOMON, *Lo villano...*, págs. 755-756, «las situaciones expuestas en el *Novellino* y la comedia no tienen en común más que un dato muy general: la violación de las jóvenes y el castigo de los capitanes. Pero la idea dramática fundamental de la pieza no aparece en la narración de Masuccio, a saber: la hostilidad de los villanos para con los militares, teñida por un conflicto de clases (no olvidemos que el capitán es noble y, como tal, desprecia a los villanos), la idea de una justicia ejercida por el propio magistrado aldeano. En el cuento de Masuccio todo ocurre en el mundo cerrado de la nobleza, entre gentes de la misma clase. En *El alcalde de Zalamea*, dos mundos con preocupaciones bien distintas chocan entre sí. El drama tiene como resorte esencial el sentimiento de la honra familiar, pero la oposición histórica de los militares y los villanos es la que nutre este sentimiento».

protagonistas (dos violadores y dos víctimas), la ignominia contra quien ofrece su casa y la decisión final del alcalde de casar y ejecutar a los infractores. Pero, en cambio, disiente con él en un aspecto harto importante: en el desenlace. Habida cuenta de lo habitual que fue la solución de meterse monja en tales casos, no resulta absolutamente necesario suponer, según hace D. McGrady, otra fuente italiana. En pasajes muy específicos de la comedia, sí parece confluir la influencia de un episodio del *Cantar del Cid*, la «afrenta de Corpes», puesta de manifiesto por una de las víctimas, Leonor, al compararse con las hijas del Campeador: «A Elvira y a Sol halló / Rodrigo atadas a un roble...; / son, con astucias civiles, / o más que los condes viles, / o vos más fuerte que el Cid.» Recuérdese, por último, que Pedro Crespo, como alcalde de Zalamea, cuando ordena encarcelar a un sargento, llega a arrogarse la autoridad del rey: «Yo soy el Rey» dice a don Lope (y, por ahí, es fácil establecer la relación *alcalde*-rey —y viceversa— que propone el título de nuestra comedia) [39].

La narración de Masuccio podría por sí misma justificar el desenlace de EL MEJOR ALCALDE, EL REY; pero, dada la proliferación de novelas con un argumento similar, no es imposible descartar la existencia de una fuente más exacta. Con ese propósito, D. McGrady recoge por orden cronológico todos los testimonios italianos que tienen tales ingredientes: Giovanni Sercambi, *novella* 5 (fechada entre 1374 y 1400); Giovanni Sabadino degli Arienti, *Novelle porretane*, 28 (1483); Mateo Bandello, *Novelle*, II, 15 (1554); Giovanni Battista Giraldi Cintio, *Gli ecatommiti*, VIII, 5 (1565); y un relato de Antonfrancesco Doni, escrito antes de 1574. Téngase en cuenta, además, que unos catorce relatos del amplio *Novelliere* de Bandello se tradujeron al español, a través del francés, en las *Historias trágicas ejemplares* aparecidas en

---

[39]   Las citas pertenecen a la edición de J. ALCINA FRANCH, *El alcalde de Zalamea en las versiones de Pedro Calderón de la Barca y Lope de Vega*, Barcelona, 1970.

1589; y que Luis Gaytán de Vozmediano editó una *Primera parte de las cien novelas* de Juan Baptista Giraldo.

Atendiendo únicamente a la estadística, habríamos de creer que Lope leyó con especial cuidado las versiones de Bandello y Giraldo Cintio: en el primero se inspiró para veintitrés de sus comedias y en el segundo para otras ocho. *La quinta de Florencia*, sin ir más lejos, adapta a través de la traducción castellana la *novella* citada de Bandello. Pero, una vez leídos todos estos testimonios, se impone concluir paradójicamente que la versión más próxima a EL MEJOR ALCALDE, EL REY es la de un autor cuyas obras, al parecer, permanecieron inéditas hasta el siglo XIX: la de Giovanni Sercambi. De hecho, la gran mayoría de textos aducidos arriba rompe el esquema de la ejecución y la boda posterior con otro caballero. En el relato de Arienti, tras la decapitación de su violador y marido, la protagonista «se fece monaca de Sancta Caterina», mientras, en el de Bandello, el duque Alejandro de Médici acaba perdonando la vida de Pietro y lo obliga a casarse con la molinera que ha raptado y forzado (pero, con todo, nótense las concordancias del rapto y de la condición social de la víctima). Giraldo Cintio, quizá aprovechando la duplicación de personajes dispuesta por Masuccio, desdobla la acción. Por un lado, un joven llamado Vieo viola a una doncella y se le condena a muerte. La hermana del condenado, Epitia, por otro, pide clemencia al magistrado y, tras obtener de él la promesa de matrimonio y el compromiso de revocar la sentencia, termina por rendirle su virginidad; pero el jurista, en cambio, ordena la ejecución de Vieo. Epitia, entonces, apela al Emperador, quien obliga al jurista a cumplir su promesa y ordena posteriormente su decapitación. Pero, en ese punto, el corazón de Epitia experimenta un cambio y extrañamente suplica al Emperador que perdone la vida del jurista: ambos se casan y viven felices. A pesar de las numerosas modificaciones que introduce Cintio respecto al esquema original de Sercambi y Masuccio, D. McGrady sugiere que el personaje de Epitia, pleiteando con el magistrado el perdón primero de la vida de su hermano y después la de su marido, pudo haber inspirado el enigmático comportamiento de Feliciana: la crítica aún sigue preguntándose si ésta pretendió salvar a Elvira de las iras y el furor de su hermano o si simplemente actúa como cómplice suyo (de hecho, desde un primer momento, sus obras y palabras parecen ambiguas: cuando le exige paciencia y tiempo no sabemos si lo hace para aplacar los ímpetus de don Tello o si para animarlo y aleccionarlo, recordando un precepto difundidísimo por los manuales sobre el amor; véase II, n. 10) [40].

Los materiales que Lope pudo espigar en el relato de Bandello parecen llegarle con tal grado de elaboración que exige suponer un estadio intermedio: o bien la versión castellana aparecida en *Historias trágicas ejemplares* (traducidas a su vez «de las que en la lengua francesa adornaron Pierres Bouistan y Francisco de Belleforest»), o bien, más verosímilmente, *La quinta de Florencia* publicada por primera vez en la *Segunda parte* (Madrid, 1609) y citada en la lista del primer *Peregrino* (1603) con el título de *El primer Médicis* [41]. Aparte de la condición social de la protagonista y de la escena del rapto, conviene señalar otras afinidades hechas especialmente evidentes por la comedia citada: el viaje del padre a palacio para pedir justicia a Alejandro de Médici y la estancia de éste en la humilde cabaña de

---

[40]   En cualquier caso, como apunta D. McGrady, en los días posteriores al rapto, Feliciana tiene más de una ocasión para ayudar a Elvira a escapar. Cfr. S. E. LEAVITT, «A Maligned Character in Lope's *El mejor alcalde, el rey*», *Bulletin of the Comediantes*, 6 (1954), págs. 1-3; y A. E. SLOMAN, «Lope's *El mejor alcalde, el rey:* Addendum to a Note by S. E. Leavitt», *Bulletin of the Comediantes*, 7 (1955), págs. 17-19. Téngase en cuenta también que Dionisio Solís, al refundir la comedia, suprimió «el papel de Feliciana, por encontrarle odioso e inútil» (M. MENÉNDEZ PELAYO, *Estudios...*, vol. IV, págs. 23-24).

[41]   Ph. COURTNEY BRUERTON, «*La quinta de Florencia*, fuente de *Peribáñez*», en *Nueva Revista de Filología Hispánica*, IV (1950), pág. 38, cree que «al final de *El mejor alcalde* Lope combina el desenlace de *La quinta* con una variante de los finales trágicos de *Peribáñez y Fuenteovejuna...*».

aquél [42]. El texto italiano narra la entrada del anónimo molinero en la ciudad de Florencia y el posterior encuentro con el duque [43]; pero en ningún momento hace referencia a la comida que celebran ambos en la modesta casa del primero (simplemente menciona el paso del duque por el molino para al punto dirigirse al palacio de Pietro: «Cosi il duca con la corte s'inviò verso il molino, e quivi giunto si fece insegnare il palazzo di Pietro...»). La versión castellana, por su parte, se demora en los preparativos de la comida y pasa muy por encima el episodio en sí:

> El buen hombre, casi tan alegre por haber negociado como el día antes había estado apesarado con su pérdida,

---

[42] Las notables diferencias entre la comedia y la *novella* de Bandello se explican gracias a la versión castellana. La «historia XII» contiene una gran cantidad de detalles, ausentes en el original, que Lope aprovecha (empezando por la división del relato en tres capítulos, en una distribución de la materia análoga a la que presenta *La quinta*): la huida a la finca del campo aduciendo entre «tantas mentiras» «alguna enfermedad secreta» (en la comedia, la «fiera melancolía» para buscar la alegría del «desierto»), la referencia a Lucrecia, el encuentro casual de los protagonistas «cerca de un bosquecillo», junto a «una hermosa fuente», el diálogo allí entre ambos y la marcha apresurada de ella temiendo ser violada, etcétera. Véase ahora N. ROIG FISAS, «Bandello, Pierre Bouistan y Francisco de Bellforest en *La quinta de Florencia*», en *Anuario de Filología Española. El Crotalón*, III (1986), en prensa.

[43] La descripción que hace Lucindo de las virtudes de Alejandro concuerda con las que el conde señala de Alfonso VII y con las propias palabras de éste:

Ofendo al mayor señor
del mundo en este temor,
que dudar de su justicia
es ofender con malicia
la fama de su valor.

   Es el Médicis famoso,
tan justo con el que es rico,
con el pobre tan piadoso,
tan igual al grande y chico...
   (La quinta de Florencia.)

[CONDE]
Virtud heroica y rara!
Compasiva piedad, suma
        [clemencia!
...

        [REY]
para que no lo ignores
también doy atributo a
        [la justicia.
Di quién te hizo agravio
que quien al pobre ofende
        [nunca es sabio.
        (El mejor alcalde.)

se fue a su casa y hízola aderezar lo mejor que pudo,
aguardando la venida del que había de ser su libertador,
socorro, sustento y juez... Y, saliendo de Florencia, [el
duque] se fue derecho al molino, donde comió templadamente, y, sin decir palabra a ninguno de los que iban con
él, se quedó pensativo...

La quinta de Florencia, en cambio, pone en escena tanto
los preparativos como la comida, a veces en especial coincidencia con EL MEJOR ALCALDE, EL REY:

LUCINDO
Aún no acabas de llegar;
descansa, señor, aquí...
    (La quinta..., III.)

NUÑO
Descansad, señor, primero,
que tiempo os sobra de hacella [la información]...
    (El mejor..., 2052-2053.)

Con todo, hay una excepción; pero una excepción no
confirma la regla. Así, las instrucciones que da Alfonso VII tras la segunda apelación de Sancho parecen corresponderse más con el original que con la versión castellana o *La quinta de Florencia*:

Va', e aspetterammi oggi dopo
desinare al tuo molino che
io so ben ov'è, e guarda
per quanto hai cara la vita
di no far motto di questa cosa
a persona.
    (Bandello, III, 15)

Vete a tu casa, donde
(placiendo a Dios) yo
iré hoy a comer, y mira
bien que en el camino
no digas a nadie esto,
que en lo demás yo pro-
veeré justicia.
    (Historias trágicas..., XII.)

> Pues vete luego
> a tu casa, donde hoy seré tu huesped;
> y allí, sin falta, comeré contigo,
> y guárdate, no digas esto a nadie
> (*La quinta de Florencia*, III).

> Id delante y prevenid
> de vuestro suegro la casa,
> sin decirle lo que pasa,
> ni a hombre humano; y advertid
> que esto es pena de la vida.
> (*El mejor alcalde, el rey*, 1749-1752.)

Pero, por otra parte, la sugerencia de Sancho al monarca («Enviad, que es justa ley, / para que haga justicia, / algún alcalde a Galicia») sólo puede entenderse a la luz de la hecha por el molinero, Lucindo, al duque en *La quinta de Florencia* («Vuestra Alteza / puede enviar juez, siendo servido...»), o bien, anteriormente, en *Historias trágicas ejemplares* («y, si Vuestra Excellencia fuere servido enviar allá, entenderá que mi accusación no es falsa...»), etc., etc.

La *novella* de Giovanni Sercambi, como concluíamos arriba, es la que tiene más puntos de concordancia con nuestra comedia. Además del esquema básico que posteriormente sigue Masuccio, comparte con ella uno realmente significativo: como Alfonso VII, el gobernante del texto italiano castiga a su cortesano, Maffiolo, no tanto por raptar y violar a la hija de una comadrona, sino especialmente por desobedecerle. Mientras don Tello muestra indiferencia hacia la carta del rey, Maffiolo tampoco parece reaccionar ante los bandos que Messer Bernadó mandó publicar durante más de veinte días; si el monarca castellano no quiere usar de piedad para con su súbdito porque «es traidor / todo hombre que no respeta / a su rey y que habla mal / de su persona en ausencia», el señor de Lombardía recrimina a su camarero haber «stato si presuntuoso che a' miei bandi non hai ubbidito». La concomitancia pierde valor si se tiene presente que la desobediencia al rey se halla en la *Crónica general*, donde el noble gallego desafía la carta de Alfonso VII que le exige devolver al labrador la tierra confiscada;

pero, con todo, la suma de todas las coincidencias entre
nuestra comedia y el relato italiano invita a pensar que las
obras de Sercambi debieron de tener más difusión que la que
se le supone. Según D. McGrady, el incidente que acabamos
de señalar sirve «para enlazar las dos historias [la de Sercambi y la alfonsí] en la mente de Lope, dándole la idea de
combinar ambas en un drama de honor campesino».

Pero, en cambio, ninguno de los textos italianos estudiados (y, obviamente, tampoco la *Crónica general)* incluye la interrupción de una boda por un noble que se lleva
la novia. D. McGrady aduce varios relatos de Mateo Bandello (III, 54 y 62) que narran una situación análoga. En
el 54, Juan de Aragón asiste a los festejos de la boda de
un noble vasallo, se enamora de la novia y se casa con ella
(después de recibir la dispensa papal); en el 62, Enrique VIII anuncia su intención de tomar por esposa a Cat-
herine Howard pocas horas después de que ésta hubiera
celebrado sus nupcias con Thomas Culperer. No se descuide, sin embargo, que la boda aldeana interrumpida por
el señor, aparte de un motivo literario bastante común
(aprovechado por el propio Lope en *El padrino desposado*
y *Fuenteovejuna),* «fue hecho histórico todavía a lo largo
del siglo XVI, independientemente del derecho de pernada»; de 1527 a 1547, por ejemplo, el concejo de Laciana
(Asturias) denunció reiteradas veces la conducta abusiva de
los condes del lugar (especialmente la de Francisco de
Quiñones) durante los bautizos y bodas que colectivamen-
te celebraban sus habitantes [44].

Hay razones para creer, en definitiva, que Lope no tuvo
presente un texto en concreto, sino todos en general: la
influencia de Masuccio y Bandello parece indudable, mientras la de Sercambi y Cintio resulta posible y hasta probable (pero aceptar la de Sercambi supone arrostrar el problema de su escasa difusión).

Con todo, EL MEJOR ALCALDE, EL REY introduce un
hecho realmente insólito en la tradición literaria y del que
no se conoce antecedente: la víctima acaba casándose con

---

[44] Comp. N. SALOMON, *Lo villano...,* págs. 743-744, n. 95.

su prometido. En *La quinta de Florencia*, verbigracia, la protagonista, Laura, tiene tres pretendientes: tres labradores, Doristo, Roselo y Belardo. El último de ellos parece cortejarla con más éxito que los otros; y, de hecho, a ella, si bien se confiesa desenamorada, tampoco se le oculta que su padre habrá de casarla «algún día» y, en ese caso, «nadie como tú —llega a decirle— sería / más dueño de mi albedrío» (y precisamente, cuando está tratando con su padre la boda con Belardo, a quien se le considera «buen mozo», irrumpen César y sus amigos para llevársela). Al igual que Sancho, Belardo llama «padre» a Lucindo y, aunque en su compañía y en la de otros labradores, viaja a Florencia, para pedir justicia al duque... Sin embargo, una vez consumada la violación y concertada la boda con César, debe renunciar a ella: «Perdí mi cierta esperanza, / mas no importa que se pierda...» En *Fuenteovejuna*, Laurencia también está prometida con Frondoso; pero, a diferencia de Elvira, ha conseguido resistir la violencia del comendador y, por tanto, puede consumar sin más percance el matrimonio con su esposo. En EL MEJOR ALCALDE, EL REY, Lope, desde luego, ha condenado a Sancho a vivir con Elvira como si nada hubiera ocurrido...

INTERPRETACIÓN DE LA OBRA

En los últimos años, se han buscado con frecuencia claves teológicas, sociales, políticas, etc., para leer la comedia más allá del acaecer literal y de los hechos estrictamente históricos que evoca. La crítica ha tendido a señalar la fuerte corriente antifeudal que alienta una obra como EL MEJOR ALCALDE (junto a *Peribáñez* y *Fuenteovejuna*, por encima de las comedias de dramaturgos coetáneos), concebida principalmente para un público aristocrático y cuyo autor estaba estrechamente vinculado a los grandes señores: se trata, según la brillante acuñación de N. Salomon, del «antifeudalismo en el seno del feudalismo» [45]. La resistencia del villano (Sancho) a no dejar disponer al señor (don Tello) de su novia parece corresponderse con una categórica oposición del campesinado español de la Edad Media a un privilegio feudal ampliamente practicado pero nunca expresamente reconocido por los textos legales: el *ius primae noctis* o derecho de pernada (véase n. 124). Pero con él, por más que independiente, confluye otra costumbre propia de nobles: la de interrumpir o alterar una boda aldeana (véase n. 112).

---

[45]   *Ibídem*, pág. 744.

Se admite también con bastante unanimidad que el castigo que da Alfonso VII a don Tello exclusivamente por desobedecerle constituye una defensa del poder absoluto del rey y de los ideales tradicionales de la nobleza: el monarca, como encarnación del orden social, vela por los intereses de los grandes magnates; pero, como atributo de la justicia y máxima autoridad en la tierra, condena enérgicamente toda acción encaminada a suplantarle en esa función [46]. Por ahí, también se ha sugerido que la obra constituye una lección política dirigida a Felipe IV en los años de su ascenso al trono (1621) [47]. Sin embargo, P. Bentley, tras establecer una serie de paralelismos bíblicos (véase pág. 16), cree que el desequilibrio provocado por la conducta de don Tello (símbolo de la precariedad de «la naturaleza humana») llega a restablecerse menos por el poder absoluto de Alfonso VII que por el proceder racional de Sancho, por «un sentido —en definitiva— de la discreción y de la responsabilidad».

No hay duda, por otra parte, de que la insistencia de don Tello en no considerar casada la pareja de labradores, porque «no entró el cura», responde a una doctrina católica sobre el matrimonio posterior al concilio de Trento: la anulación de los matrimonios clandestinos, contraídos simplemente con el consentimiento de las partes (el *volo*), sin la presencia de testigos ni de ninguna autoridad eclesiástica [48]. Recientemente, D. T. Dietz ha llevado el conflicto socio-político entre el villano y su señor a una

---

[46] J. M. DÍEZ BORQUE, «Estructura social de la comedia: a propósito de *El mejor alcalde, el rey*», en *Arbor*, 85 (1973), págs. 453-466; reproducido en el prólogo a su edición de la comedia, págs. 87-104. Véase también R. A. YOUNG, *La figura del rey y la institución real en la comedia lopesca*, Madrid, 1979, págs. 71-109.

[47] J. E. VAREY, «Kings and Judges: Lope de Vega's *El mejor alcalde, el rey*», en *Themes in Drama*, ed. J. Redmond, Cambridge, 1979, páginas 37-58.

[48] Comp. además D. MCGRADY, art. cit., págs. 614-615 (con la bibliografía citada en n. 30); y B. LLORCA, «Participación de España en el concilio de Trento», 6 («Sesión XXIV: 11 de noviembre de 1563. Matrimonio. Reforma»), en *Historia de la Iglesia en España*, ed. R. GARCÍA-VILLOSLADA, III-1 *(La Iglesia en la España de los siglos V y XVI)*, Madrid, 1979, págs. 481-482.

dimensión teológica y, por ahí, ha estudiado las implicaciones estructurales que tiene en la comedia la no aparición del cura que ha de celebrar la boda entre los labradores. Los aldeanos parecen admitir que Sancho y Elvira están realmente casados por haber un mutuo acuerdo entre ellos, mientras don Tello considera lo contrario porque el cura no se hallaba presente en la ceremonia.

EL MEJOR ALCALDE, EL REY fue, desde luego, concebido con intenciones políticas; pero, más allá de las puntuales alusiones a la realidad del momento, la comedia, en conjunto, se nos antoja una compleja y dilatada literatura.

que le lleva a impedir la boda de ésta con un labrador; 3) la interrupción de la boda momentos antes de celebrarse, en presencia de los invitados; 4) el esfuerzo de la pareja por eludir la prohibición del señor, celebrando una ceremonia clandestina; 5) el secuestro de la labradora en circunstancias similares: la irrupción en sus respectivas casas durante la noche, cuando la víctima no tiene más compañía que la de un pariente anciano; 6) la simple seducción de una labradora acaba convirtiéndose en una cuestión de honor; 7) las amenazas físicas hechas por el secuestrador al prometido de su víctima; 8) la estrategia usada por el labrador de no creer los rumores que atribuyen a su señor la autoría del secuestro; 9) la compasión que la labradora pretende alcanzar de su secuestrador mientras éste intenta seducirla; y 10) la muerte ignominiosa del noble como castigo a su vil comportamiento. Pero D. McGrady cree oportuno «volver a examinar cada uno de los paralelos, indicando las diferencias entre la comedia del siglo XVII y la novela del XIX», para poder decidir si tales coincidencias deben imputarse al azar o si realmente prueban la utilización de EL MEJOR ALCALDE por parte de Manzoni. Al estudiarlos con cierto detalle, los diez puntos mencionados arriba revelan, en efecto, divergencias entre ambas obras: 1) diversas condiciones políticas respaldan las fechorías de los caciques (don Tello parece burlarse de la autoridad real por estar lejos de su alcance, mientras don Rodrigo confía en la gran influencia de su familia); 2) si don Tello se enamora de Elvira en el mismo día de la boda, don Rodrigo parece enamorado de Lucía desde hace bastante tiempo (y si el primero pospone la boda a partir de ese mismo momento, el segundo la impide, haciendo que sus matones intimiden al cura que ha de celebrarla); 3) en la comedia los personajes se extrañan del motivo que ha llevado a don Tello a suspender la boda, mientras en la novela se preguntan si el cura está realmente enfermo; 4) si Elvira y Sancho proyectan encontrarse por la noche para consumar su unión, convencidos de haber hecho los votos sacramentales, Renzo y Lucía, por el contrario, piensan dar validez a su matrimonio simplemente declarándose «marido» y «mujer» ante un sacerdote —por más que no tengan su consentimiento— y en presencia de dos testigos; 5) en el secuestro de Elvira, don Tello y sus criados llevan máscaras para ocultar su identidad, mientras Canoso, jefe de una célebre banda de matones y hombre de confianza de don Rodrigo, cuando intenta raptar a Lucía, va disfrazado de romero (pero si uno consigue llevársela en presencia del padre, el otro, que asimismo había planeado con don Rodrigo arrancarla de los brazos de su madre, no puede hacerlo, porque no encuentra a nadie en casa); 6) si don Tello se encoleriza porque Elvira no sucumbe a sus deseos, don Rodrigo teme perder la fama de audaz entre los suyos; 7) don Tello manda a sus criados echar a palos a Sancho cuando éste descubre que aquél tiene a Elvira, mientras don Rodrigo ordena a Canoso dar un bastonazo a Renzo únicamente si se topa con él; 8) si en la comedia Sancho finge no creer cuanto dicen de don Tello, en la novela Fra Cristóforo, no Renzo, emplea idéntica estrategia para con don Rodrigo; 9) don Tello captura a Elvira e intenta persuadirla para satisfacer su lujuria, mientras don Rodrigo no consigue tener a Lucía en su palacio y debe contentarse con dar suelta a la fantasía (imaginando de qué modo podrá seducirla); y 10) si don Tello acaba siendo decapitado por violar a Elvira y desobedecer la autoridad real, don Rodrigo muere víctima de una plaga de peste.

Pero el problema mayor radica en establecer el alcance y la calidad de las coincidencias; y, en ese sentido, D. McGrady recurre a un criterio no siempre fiable: la difusión que llegaron a tener en la literatura narrativa y dramática los motivos a que aluden los puntos señalados.

El motivo central de ambas obras, el de la boda interrumpida, no parece ser muy difundido en la literatura, por más que lo haya usado repetidamente el propio Lope de Vega (pero recuérdese también *El burlador de Sevilla* y *La Santa Juana*). Los únicos ejemplos conocidos (véase página 46) presentan siempre a reyes que anulan matrimonios celebrados entre nobles para casarse con las novias, mientras en los textos estudiados un caballero impide la boda que va a celebrarse entre labradores, no porque aspire a casarse con la novia, sino porque desea rendir su virginidad, satisfacer un apetito sexual... Nos las habemos, efectivamente, con motivos distintos: tanto Lope como Manzoni inciden en un problema socio-político de raigambre medieval y aún vigente a lo largo del siglo XVI (véanse notas).

D. McGrady pretende apoyar la hipótesis de la influencia de Lope sobre Manzoni aduciendo un par de concomitancias entre la novela de éste y el teatro español del Siglo de Oro. La decisión que toma Lucía de silenciar a su madre y a Renzo una serie de encuentros fortuitos con don Rodrigo parece corresponderse con la reserva con que la mujer casada suele proceder en el teatro de Lope cuando resulta pretendida por otro hombre. Asimismo, la silla que ofrece don Rodrigo a Fra Cristóforo cuando éste va a verlo a su palacio refleja la hospitalidad de que usaron en el teatro del siglo XVII quienes recibían a un huésped en su casa (se trata realmente de un gesto que nos cuesta de ponderar, porque hoy, a diferencia de cuanto ocurría en lo antiguo, no escasean las sillas; compárense simplemente los versos de nuestra comedia).

Con todo este material, D. McGrady aún admite «una duda razonable» y le falta una prueba más empírica: la seguridad de que Manzoni hubiera conocido la obra de Lope. Así, gracias a las investigaciones de Giovanni Getto, sabemos que el novelista italiano llegó a poseer una colección de comedias de Lope, traducidas al francés, y entre ellas, cómo no, figuraba EL MEJOR ALCALDE, EL REY [51]. Pero, en realidad, también pudo haberlo leído en alguna de las cinco ediciones que aparecieron a principios del siglo XIX.

Si la relación entre la comedia española y la novela italiana resulta tan incontestable, ¿por qué se ha tendido a negarla casi radicalmente? La respuesta cabe buscarla en la

---

[51] «*I promessi sposi*, i drammaturghi spagnoli e Cervantes», en *Manzoni europeo*, Milán, 1971, págs. 312-317, y D. McGRADY, art. cit., página 617.

desigual extensión de ambas obras y en las diferencias en
la mayoría de su contenido. No debe parecer incompren-
sible que una comedia breve haya proporcionado una parte significativa del argumento de una novela de seiscientas
páginas y con un contexto histórico absolutamente distinto. Así, siempre según D. McGrady, *I promessi sposi* puede reducirse a un esquema básico distribuido en tres partes, más o menos afines a los tres *actos* de EL MEJOR AL-
CALDE:

> [I] Dos labradores, Renzo y Lucía, van a casarse, pero
> don Rodrigo, un cacique, prohíbe al cura celebrar la ce-
> remonia. Entonces, la pareja intenta —sin éxito— engañar
> al cura para hacerlo partícipe en una boda clandestina. Esa
> misma tarde don Rodrigo envía a sus matones a raptar a
> Lucía; sin embargo, ella no está en casa. El novio apela al
> bueno de Fra Cristóforo para disuadir a don Rodrigo de
> sus malévolas intenciones, pero el cacique rechaza esta me-
> diación.
>
> [II] Fra Cristóforo consigue convencer a Lucía para
> ocultarla en un convento de otra ciudad. Don Rodrigo
> pide la ayuda a otro cacique aún más poderoso, el Inno-
> minato, quien consigue secuestrar a Lucía en el convento.
> Pero el Innominato, conmovido por la inocencia de la la-
> bradora, acaba liberándola.
>
> [III] Mientras tanto, Renzo se ve implicado en los tu-
> multos de Milán de 1628, pero logra escapar a Bérgamo.
> Don Rodrigo muere víctima de la plaga de peste declarada
> en 1630; la pareja de labradores sobrevive a la epidemia:
> Renzo encuentra a Lucía entre las víctimas de Milán. Poco
> antes, ella había prometido no contraer matrimonio si no
> salía indemne del poder de sus secuestradores; pero, des-
> pués de absolverla Fra Cristóforo de esa promesa, se casa
> con Renzo.

El arte de Manzoni consiste en haber sabido aprovechar
el *principium* de la comedia de Lope, la parte más importante de cualquier obra, y haberse desmarcado de ella en
el *medium* y en el *finalis*, desarrollo y solución del conflicto inicial. No parece difícil concluir que Manzoni pudo
tomar como punto de partida de *I promessi spossi* —y sólo

como punto de partida— una obra que nos consta que
tenía en su biblioteca.

Las consideraciones de D. McGrady contribuyen, al menos, a replantear un hecho hasta ahora negado por la gran
mayoría de críticos: la influencia directa de Lope sobre
Manzoni. Pero, con todo, deberíamos tener en cuenta que
el autor italiano recibió otros estímulos socio-culturales en
cuyo contexto parece explicarse buena parte de los puntos
abordados en este capítulo. Recuérdese que la idea de escribir *I promessi sposi* se inspira —según confiesa el propio
autor— en un bando que castigaba a quienes llegaban a
coaccionar a un párroco para impedir la celebración de una
boda. Se trata de un bando incluido en el ensayo *Economía
y Estadística* de Gioia y aludido por uno de los personajes
de la obra, el abogado Tramoya: las penas, en definitiva,
contra «quel prete non faccia quello che è obbligato per
l'uficio suo...» y en relación a «altre simili violenze» co-
metidas «da feudatarii, nobili, mediocri, vili e plebei» [52].
Así las cosas, el motivo que McGrady cree central en la
novela (y también en la comedia) parece tener origen en
un texto jurídico y en un hábito social todavía frecuente a
principios del siglo XVII. En cuanto a otros aspectos de la
novela, irradiados, desde luego, de ese punto central, el
propio McGrady recuerda una obra de Voltaire con una
serie de «detalles» análogos y con un título realmente significativo: *Le Droit du seigneur*. En ella, dos primos per-
tenecientes a la nobleza hacen una apuesta respecto a una
labradora de la que uno de ellos está enamorado; la raptan
y, en un carruaje, la llevan a un castillo propiedad de quien
la ama; allí, movido a piedad por ella, éste se arrepiente
de su conducta libertina. En términos generales, Manzoni
también se dejó influir por varias novelas históricas de
Walter Scott; en una carta dirigida a su amigo Cattaneo le

---

[52] ALESSANDRO MANZONI, *I promessi sposi*, ed. L. Caretti, Milán,
1987, pág. 58.

pide que le busque «o *El abad* o *El monasterio* o *El astrólogo*». Las coincidencias, en última instancia, entre la comedia española y la novela italiana, si no prueban la influencia de una sobre la otra, ilustran al menos la difusión y prolongación que tuvieron algunos de los temas tratados en EL MEJOR ALCALDE, EL REY.

EL TEXTO

EL MEJOR ALCALDE, EL REY se publicó por primera vez en la *Veinte y una parte verdadera de las comedias del Fenix de España... sacadas de sus originales* (en Madrid, «por la viuda de Alonso Martín» y «a costa de Diego Logroño», 1635); en el mismo volumen figuran *La bella Aurora, Hay verdades que en amor, La boba para los otros y discreta para sí, La noche de san Juan, El castigo sin venganza, Los Bandos de Sena, El premio del bien hablar, La victoria de la honra, El piadoso aragonés, Los Tellos Meneses, Por la puente, Juana*. Existen también numerosas ediciones sueltas, tanto del siglo XVIII como del XIX: todas, sin excepción, parecen derivar de la primera de ellas, estampada en Madrid, «en la imprenta de Antonio Sanz..., año de 1741», con el título de *Comedia famosa «El mejor alcalde, el rey»* [53].

Un cotejo detenido de la *Veinte y una parte* y la *Suelta* de 1741 revela bastantes diferencias entre ambas, fácilmente explicables por «el paulatino desgaste que en el curso de los años iban sufriendo los textos de Lope» [54]: cambios

---

[53] Los problemas ecdóticos aquí planteados sobre la comedia también pueden seguirse en N. ROIG FISAS y B. MORROS, «En el texto de *El mejor alcalde, el rey* de L. de V.», en *Actas del X Congreso Internacional de Hispanistas*, Barcelona, 1989, en prensa.

[54] J. F. Montesinos, ed., L. de V., *Barlaán y Josafat*, Madrid, 1935, pág. 170.

léxicos; versos suprimidos, añadidos o alterados, etc. A la *Parte*, en definitiva, como edición sacada «de sus originales y borradores», debería concederse la máxima autoridad para fijar el texto; y a ella, en última instancia, cabría remontar las demás impresiones. Sin embargo, la *Suelta* también transmite lecturas *difficiliores;* y, amiga de adiciones, parece salvar lagunas más o menos evidentes de la *Parte:* el dilema textual reside en determinar si tales variantes postulan la existencia de una fuente desconocida (ya manuscrita, ya impresa) o si son simplemente el fruto de la conjetura de algún representante o editor de comedias. A favor de la primera hipótesis podría aducirse un argumento bastante convincente: los errores de la *Suelta.* El oportuno estudio de la mayoría de ellos inclina a pensar que la *Suelta* tuvo ante los ojos un manuscrito, y no un impreso. Absolutamente insólito sería, desde el punto de vista de la ecdótica y la tipografía, admitir que un impreso hubiera mal interpretado con tanta reincidencia las grafías de una edición. Valgan unos ejemplos:

339 Fieras son que junto *al anca [alcanza]* / del caballo

936-8 mal podía / matarte cuando *te vía [debía]* / para ponerte afición

1221 Yo tengo un rocín castaño / que apostará con el viento...: *parte [ponte]* en él

1323-4 Oh ejemplo de los reyes / divina observación de *santas [sus]* leyes!

1630 aquel castellano *sol [soy]*

1701-2 Aunque por moverte a ira / dijera de sí *algún sabio [otro labio]*

2187-8 porque tiene este villano / *bravo [raro]* ingenio y natural [55].

Deturpaciones como las señaladas exigen concluir que la *Suelta,* en efecto, reproduce un códice; pero no obligan a descartar que éste fuera a su vez una copia de la *Parte.*

Sorprende, por otro lado, que un texto tan remozado y

---

[55] En este último caso, la *lectio facilior* podría suscitarse también por el contenido, en tanto *bravo* y *raro* durante el siglo XVII fueron sinónimos.

tan poco cuidado como el que ofrece la *Suelta* haya reconstruido algunas lagunas y haya sido capaz de corregir pasajes realmente difíciles, sobre todo cuando muchos de los cambios que introduce estropean la *iunctura* y la métrica del original. Pero la *Suelta* —cabe insistir— restituye de manera tan brillante algunos pasajes de la edición *princeps*, que llegan a plantear graves problemas de atribución. Así, por ejemplo, en el v. 682, la *Suelta* trae un verso que falta en la *Parte*: *¡Qué puesto en su gusto está!* El verso, en cuanto al contenido, no parece absolutamente necesario: se empareja con otro que tiene una estructura sintáctica bastante similar (si bien la transición del verso 681 al 683 se entiende mejor con el 682, porque don Tello contrasta su terquedad con la de Sancho, a la que vuelve a aludir en seguida: *en tu presencia porfía / con voluntad poco honesta);* pero, desde el punto de vista de la forma, resulta imprescindible para completar una redondilla. Es difícil decidir si se trata de un verso de Lope o si de la conjetura de otro ingenio o epígono suyo. Asimismo, en el v. 1290, la *Parte* deja incompleta una frase y una quintilla *(y que si fuera mi igual...),* en tanto la *Suelta* publica *que ya me hubiera casado.* El pasaje, desde luego, ofrece pocas dudas sobre el modo y los términos en que debe subsanarse y, en ese sentido, no sería descabellado pensar que el verso en cuestión es un apócrifo. Pero junto a estas adiciones más o menos en consonancia con el *usus scribendi* de Lope, la *Suelta* trae otras que chocan con la *inventio*, *dispositio* y *elocutio* de nuestro autor.

A ese propósito, el v. 965 resulta harto sospechoso y podría resolver muchas dudas. En la *Parte* se lee, antes y después de ese verso:

> Necia estoy;
> pero soy, Tello, mujer:
> y es terrible tu porfía,
> que llegar, ver y vencer
> no se entiende con amor...;

la *Suelta,* en cambio, imprime:

> Necia estoy;
> pero soy, Tello, mujer:
> y es terrible tu porfía.
> Hermano, por vida mía,
> deja que pase algún día,
> que llegar, ver y vencer
> no se entiende como amor...

Es obvio que, según la métrica, en la *Parte* ha desaparecido un verso; pero la *Suelta*, en lugar de conjeturarlo y completar —como en los casos anteriores— la redondilla, añade otro y deja el pasaje aún más corrupto que antes. ¿Cómo justificar, pues, la presencia aquí de un verso más? Desde luego no cabe atribuírselo a Lope. Seguramente el impresor de la *Suelta* —o bien un testimonio de la tradición de que procede— ha incorporado en el cuerpo del texto una doble sugerencia, dos versos que se habían propuesto para ocupar una sola plaza: de hecho, los versos en cuestión son intercambiables. Más improbable parece suponer que el responsable de esta corrección se hubiera confundido de estrofa y pensara estar reconstruyendo una quintilla, por cuanto contraviene la más importante de sus condiciones, la de que no haya tres versos seguidos con la misma rima. Con todo, los editores modernos de nuestra comedia han admitido como de Lope *Deja que pase algún día* y han desechado *Hermano, por vida mía*. Pero este ejemplo bastaría para concluir que los versos que introduce la *Suelta* son ajenos al original y que en el origen de ésta seguramente hay un manuscrito con correcciones apócrifas.

En un par de ocasiones la *Suelta* conserva la lectura correcta; pero no sabemos si enmienda un texto que procede de la *Parte* o si se remonta a otro que no depende de ella: en tales materias no puede tenerse ninguna seguridad, aunque, de concederle un mínimo de sentido común a la crítica textual, se diría que parece difícil —no imposible— que un impresor o representante haya subsanado esos pasajes. En el v. 317, el *con amor* de la *Parte* es sin duda una *lectio facilior* (por más que también podría tratarse de una errata del cajista); y el *can amor* que imprime la *Suelta*, con minúscula y manteniendo la separación, habría que interpretarlo como conjetura propia de ella: nótese que las gentes un poco leídas de los siglos XVI y XVII conocían perfectamente los nombres de los caballeros andantes (dada la gran fortuna editorial que tuvieron los libros de que son protagonistas) y seguramente se los pusieron a sus perros (imitando una costumbre habitual entre nobles). Pero el uso de la minúscula podría probar precisamente que el autor de la enmienda no pensaba en el nombre de Canamor (*La historia del rey Canamor y el infante Turián, su hijo...:* Sevilla; 1528, 1546, 1550, 1558 y 1567), sino simplemente en cambiar la preposición *con* por el sustantivo *can*. En el v. 1414, la *Suelta* lee *Baúl cuando al Badil matar quería*, mientras la *Parte* había editado *Saúl cuando a David matar quería:* la conjetura de *Saúl* por *Baúl* no entrañaba una gran dificultad, porque tanto la *Parte* como la *Suelta* imprimen antes, en el v. 1412, *el rey Baúl;* pero la de *David* por *Badil* es más complicada, y sólo fácil de explicar en la medida en que los juegos lingüísticos de Pelayo llegaron a ser corrientes en el teatro del Siglo de Oro.

En ecdótica, hay un criterio más o menos infalible para filiar los textos: el del error común. Se trata del «error que dos o más testimonios no han podido cometer independientemente» [56] y cuya existencia permite inferir un modelo común que lo ha transmitido. Las dos ediciones de EL MEJOR ALCALDE coinciden no pocas veces en lagunas hechas evidentes por la contravención a las normas métricas: de ser errores provocados por la transmisión textual, desde luego, obligan a remontarlos a una edición común que los tuviera; pero tampoco cabría descartar la posibilidad de que se hubieran cometido en el borrador de Lope. Así, verbigracia, antes o después del 205, parecen faltar dos versos de un tercero: uno que complete la rima en -*echos* y otro que la inicie en -*ada;*

---

[56] A. BLECUA, *Manual de crítica textual*, Madrid, 1983, págs. 49-57.

> Esa casilla mal labrada mira
> en medio de esos campos, cuyos techos
> el humo tiñe porque no respira.
> 205 Están lejos de aquí cuatro barbechos,
> diez o doce castaños: todo es nada,
> si el señor desta tierra no te ayuda
> con un vestido o con alguna espada.

No resulta absolutamente necesario pensar que Nuño, un hidalgo venido a menos, poseyera más propiedades de las mencionadas: «todo es nada» no permite suponerle, en efecto, más fortuna que una «casilla mal labrada» y, lejos de allí, «cuatro barbechos» junto a «diez o doce castaños»; de admitir una laguna en este pasaje, se nos antoja bastante más plausible conjeturar que se haya producido antes del verso 205: Nuño podría referir en un par de versos su actual hacienda en tierras de don Tello, difícilmente comprendida en una «casilla mal labrada» (recuérdese que en lo antiguo una casa, de la que *casilla* era el diminutivo, equivalía, según Covarrubias, a una «habitación rústica, humilde, pobre, sin fundamento y firmeza, que fácilmente se desbarata») [57]. Pero también cabría imaginar que Pelayo encierra los «puercos» de Nuño en un pequeño corral anejo a la «casilla» de éste y semejante al «piccolo cortile» que Lorenzo cruza para entrar en la «casetta» de Lucia *(I*

---

[57] En *La Dama del Olivar* de Tirso, en cambio, el labrador Niso promete a su hija, a quien quiere casar con Maroto, una rica dote en tierras, ganado y muebles:

> Rico dote se os dará,
> que, aunque es mi hija la menor,
> por vella con vos casada,
> vos prometo dar, Maroto,
> un pedazo deste soto
> y media fanega arada
> de tierra, catorce ovejas
> y seis cabras, con el perro,
> la barrosa y el becerro,
> una casa con sus tejas,
> que no de techo pajizo,
> una cama con su ajuar...

promessi sposi). Entiéndase como se entienda la enumeración, completa o incompleta, Lope, en última instancia, pudo olvidarse de citar alguna de las posesiones de Nuño (o, más probablemente, quiso evitar los detalles).

Los tercetos comprendidos entre los versos 222-226 presentan anomalías en la rima tanto en la *Parte* como en la *Suelta* (que, en el verso 226, trae, además, una *lectio facilior: entendido* por *bienacido):*

222   iré, pues tú lo mandas.
                              Pues el cielo,
       Sancho, tu vida y sucesión aumente.
       Ven, Pelayo, conmigo.
                              Pues ¿tan presto
       le diste a Elvira, estando yo delante?
226   ¿No es Sancho mozo noble y bien nacido?
       No le tiene el aldea semejante

Hartzenbusch, en consecuencia, introdujo varios cambios:

....
                              Dios, con esto,
....
....
                 ....
....
       No es Sancho mozo noble y bien dispuesto?
....

Podríamos salvar el obstáculo de las rimas imperfectas, conjeturando en el pasaje la omisión de un endecasílabo y dos tercetos: ABA [BCB] CD[C] [DED] EF[G=E] GHG H; pero nada en el texto permite imaginar una laguna de tales proporciones y, por otro lado, bajo esa irregularidad, cabe apreciar una ligera tendencia a los versos asonantados: la rima *ó-e (note)* del v. 220 puede enlazarse con la de los vv. 222-224 en *é-o (cielo* y *presto);* y asimismo la rima *é-e (aumente)* del v. 223 parece explicar la de los versos 225-227 en *á-e (delante* y *semejante).* EL MEJOR ALCALDE contiene otro caso análogo, aunque de un alcance bastante menor. El v. 1403 rima en asonante con el

1405, en lugar de hacerlo en consonante, según exige el
sexteto lira en que aparecen:

> la cara abigarrada,
> y la calza caída en media pierna,
> y en la mano una vara...

J. G. Ocerin y R. M. Tenreiro propusieron una enmienda
excelente, no sólo porque remedia el error de rima, sino
también porque concuerda con el «lenguaje que Lope
pone en labios de Pelayo»: editar *abigarrara* por *abigarrada*. La irregularidad de la rima podría solucionarse con un
simple cambio en el orden de los vocablos: *la abigarrada
cara*. Pero, en última instancia, no debe descartarse otro
descuido de Lope.

Las ediciones conocidas del texto traen «me robaron a
mi prenda amada» (v. 1056). Es indiscutible que en el verso falta una sílaba y Hartzenbusch la suplió, sustituyendo
la preposición *a* (aún optativa en el siglo XVII ante complemento directo de persona) por un vocativo: «me robaron [, señor,] mi prenda amada». Si el original rezaba así,
hay que suponer un doble proceso en su transmisión: uno
en que hubiera desaparecido «señor» y otro en que, ad-
vertida la alarmante hipometría, se hubiera introducido la
preposición *a*. La omisión y el cambio descritos permiti-
rían asegurar que todos los testimonios de EL MEJOR AL-
CALDE dependen de un modelo común que edita el verso
según lo hace Hartzenbusch (un vocativo como «señor»
no pudo desaparecer tan fácilmente, y menos aún, de forma independiente en todos los editores). No obstante, parece más satisfactorio conjeturar que Lope se propuso escribir «me robaron a [mí] mi prenda amada»: la elimina-
ción de una sílaba o palabra semejante a otra contigua
(conocida como *haplología* o disimilación) es uno de los
errores más frecuentes en el proceso de copia y de edición
de textos (así, por ejemplo, en el *Lazarillo*, Juan de Junta
olvida «mi» en «mirá, si sois mi amigo...», etc., etc.) [58]. Se

---

[58] A. BLECUA, *Manual...*, pág. 22; y F. Rico, ed., *Lazarillo de Tor-
mes*, con un apéndice bibliográfico de B. Morros, Madrid, 1987, págs.
139-140.

trata, pues, de un error poligenético y que, en principio, no posee valor filiativo (todos los impresores han podido suprimir accidental e independientemente el pronombre): un error por haplología también pudo cometerlo el propio autor en sucesivas revisiones de la obra.

Erratas e irregularidades se aprecian también en la distribución de algunos diálogos. Pero debe atribuírseles un valor relativo, por cuanto el lugar en que se sitúan las acotaciones y los nombres de los personajes depende muchas veces de necesidades tipográficas (aparte de que unas y otras llegan a confundirse con cierta facilidad). Sin embargo, no siempre es fácil reconstruir el original. En el v. 640, la *Parte* adjudica a Pelayo los vv. 639-640 («Junto a la novia os sentad; / no hay quien el puesto os empida»), mientras la *Suelta* los pone en boca de Feliciana, con la variante de *impida* por *empida*. A primera vista, cabría seguir ahí a la *Suelta*, porque no parece corresponder el bobo dar al novio la autorización de sentarse (sobre todo, cuando, en seguida, pregunta dónde debe hacerlo él). Con todo, hay dos obstáculos para admitir esa hipótesis. Por un lado, los versos en cuestión parecen en el contexto un tanto innecesarios y, en ese sentido, podrían entenderse como una repetición graciosa del bobo de unas palabras anteriores de Feliciana («Dad licencia que se siente / Sancho...»; 635-636) [59]: hacer repetir a los criados cuanto acaban de decir sus amos fue estrategia muy recurrida en el teatro del Siglo de Oro. Por otro, el uso de la forma *empida*, con disimilación, corregida por la *Suelta*, caracteriza la lengua rústica de Pelayo (pero no debe descuidarse que las ediciones del XVIII, por un prurito estético, corrigen sistemáticamente rasgos como ésos). Independientemente de a quién se imputen esos versos, es indiscutible que el original rezaba *empida*. Según esas consideraciones, la

---

[59] Pero recuérdese que la *Parte* también las imputa a Pelayo. En el original, seguramente ya resultaba bastante difícil entender la distribución de estos parlamentos.

Suelta tiene todo el aspecto de un *lectio facilior*; y, aunque sólo sea por el criterio de la *difficilior*, podríamos aceptar la distribución de la *Parte*. J. Gómez Ocerín y R. M. Tenreiro proponen atribuir el primer verso a Feliciana y el segundo a Pelayo.

Con los ejemplos aducidos, resulta francamente difícil tener alguna seguridad sobre la transmisión textual de EL MEJOR ALCALDE, EL REY. En principio, sí parece fácil concluir que la *Suelta* —como ocurre con otras comedias de Lope— ofrece un texto que ha sido objeto de enmiendas, alteraciones, supresiones, etc., por numerosas manos y en distintos momentos: sólo así se entienden enmiendas excelentes junto a otras realmente malas; pero los mayores problemas con que debe enfrentarse un editor de Lope pueden reducirse básicamente a dos: determinar si algunos de los versos que introduce cabe atribuirlos a él o a una mano ajena y decidir si las *lectiones difficiliores* que trae pudieron o no pudieron subsanarse por conjetura. Afrontarlos implica conjeturar si hay o no hay una fuente de EL MEJOR ALCALDE distinta a la *Veintiuna parte* y establecer un criterio más o menos coherente a la hora de incorporar alguno de esos versos en el cuerpo de la obra e incluir otros en un aparato de variantes. En cuanto a esta última cuestión, los editores modernos de nuestra comedia han solido aceptar como de Lope los versos que completan una estrofa defectuosa en la *Parte*. La ciencia ecdótica, por desgracia, no puede garantizar absolutamente nada al respecto (ni aun aduciendo versos paralelos), aunque, eso sí, recomienda siempre obrar con gran cautela ante casos dudosos.

ESTA EDICIÓN

La presente edición reproduce básicamente el texto de la *Veintiuna parte;* hemos admitido las lecturas de la *Suelta* que subsanan errores más o menos evidentes de la *Parte* (pero, en cambio, incluimos entre paréntesis cuadrados los versos que aquélla introduce para salvar las lagunas de ésta y seguimos idéntico proceder para señalar nuestras enmiendas). Si bien se ha ajustado a la ortografía moderna el sistema fonológico de tiempos de Lope *(ss / s > s; x / j > j o g,* etc.), hemos mantenido las formas arcaicas de ciertos grupos consonánticos *(indina, efeto, lición,* etc.); respetamos asimismo la aglutinación de la preposición *de* y el demostrativo, pronombre personal o artículo *(deste, dél,* etc.); y, contra el uso habitual en las ediciones modernas (ése constituye el único punto de discordancia entre la primera *Suelta* y las posteriores), no hemos añadido ninguna acotación ajena a la *Parte.* Se han actualizado, por supuesto, la puntuación y la acentuación.

La anotación intenta aclarar el sentido literal de la comedia y las alusiones tanto a la historia en que el autor sitúa la acción como a la realidad contemporánea de que parece hacerse eco; pero también pretende señalar algunas imágenes literarias ampliamente difundidas e incidir en otros aspectos de la obra. Así, las notas suelen empezar «traduciendo» las palabras o giros más alejados de la competencia lingüística del lector moderno (y, en ese sentido, sólo hemos ilustrado con testimonios paralelos los de más difícil comprensión); y, tras un punto y aparte, siguen con la discusión e interpretación del pasaje. Para no cargarlas en exceso, nos abstenemos de dar las referencias bibliográficas de los textos citados; y, también con ese objeto, cuando no tenemos más remedio que aludir a un trabajo incluido en la bibliografía, lo hemos hecho sin otras indicaciones que el nombre del autor, la fecha de publicación y las páginas en cuestión (cfr. J. Díez Borque [1977], 114).

Hemos recogido *todas* las variantes entre la *Parte* y la *Suelta* (pero no, claro, las erratas obvias: 47 *fanor*; 335 *javal*; 488 *alabença*; 1128 *tal*; 1308 *pertida*; 1720 *vangas*; 1772 *buxeza*; 1792 *pare*; 2323 *cabelos* [60]): al hacerlo, pretendemos ofrecer al especialista y al *no* especialista la posibilidad de discernir las distintas manos que han intervenido en la transmisión de nuestra comedia.

Hemos decidido reproducir, finalmente, en un apéndice las *novelle* italianas que en conjunto se han aducido como fuentes inmediatas de la obra de Lope: se trataba de poner al alcalce del lector una serie de textos insistentemente aludidos en un capítulo importante de nuestro prólogo.

NÚRIA ROIG FISAS y BIENVENIDO MORROS.

---

[60] En casos como 507 *descreción* no hemos sabido a qué carta jugar: si se trata, efectivamente, de una errata o de una asimilación (que, quizá, en boca de Celio, criado de don Tello, pueda tener un uso caracterizador).

BIBLIOGRAFÍA

A) *Ediciones:*

GÓMEZ OCERÍN, J., y TENREIRO, R. M.: Lope de Vega, *El remedio en la desdicha. El mejor alcalde, el rey*, Madrid, Espasa-Calpe *(Clásicos Castellanos*, 39), 1920; 1975.

DÍEZ BORQUE, J. M., ed.: L. de V., *El mejor alcalde, el rey*, Madrid, Retorno, 1973; reimpr. en Madrid, Istmo, 1974.

HARTZENBUSCH, J. E., ed.: L. de V., *El mejor alcalde, el rey*, en *Comedias escogidas de L. de V.*, vol. XVI de la Biblioteca de Autores Españoles, Madrid, 1859 (y reimpresiones), págs. 475-491.

LOPE BLANCH, J. M., ed.: L. de V., *El mejor alcalde, el rey*, México, Porrúa, 1962.

MENÉNDEZ PELAYO, M., ed.: L. de V., en *Obras de L. de V.*, VIII (Madrid, 1987).

VALBUENA PRAT, A.: L. de V., *Obras. El mejor alcalde, el rey. Fuenteovejuna. El caballero de Olmedo. El castigo sin venganza. La Estrella de Sevilla*, Barcelona, Argos Vergara, 1979.

B)   *Traducciones:*

MONTEVERDI, A., ed. y trad.: *Il miglior giudice è il re,*
Florencia, 1922; reimpr. 1949.

UNDERHILL, J. G., trad.: *Four Plays (A Certainty for a
Doubt, The King the Greatest Alcalde, The Gardereneri
Dog, The Sheep Well),* con un ensayo crítico por Jacinto
Benavente, Wesport, Hyperion Press, 1936; reimpr. en
1978.

C)   *Estudios generales:*

BENTLEY, BERNARD P. E.: «*El mejor alcalde, el rey* y la
responsabilidad política», en *Lope de Vega y los orígenes
del teatro español. Actas del I Congreso Internacional
sobre Lope de Vega,* ed. M. Criado de Val, Madrid,
1981, págs. 415-424.

CARTER, R.: «History and Poetry: A Re-examination of
Lope de Vega's *El mejor alcalde, el rey*», en *Forum for
Modern Language Study,* 16 (1980), págs. 193-233.

COTRONEI, B.: *Una commedia di Lope de Vega ed «Promessi sposi»,* Palermo, 1889.

COURTNEY BRUERTON, Ph.: «*La quinta de Florencia,*
fuente de *Peribáñez*», en *Nueva Revista de Filología
Hispánica,* 4 (1950), págs. 25-39.

DOMENECH, R., ed.: «*El castigo sin venganza*» *y el teatro
de L. de V.,* Madrid, Cátedra, 1987.

D'ANTUONO, N. L.: *Boccaccio's «Novelle» in the Theater
of Lope de Vega,* Madrid, Porrúa, 1983.

DIETZ, D. T.: «The non-acting character type: the priest
in Lope's *El mejor alcalde, el rey*», en *Hispania,* 71
(1988), págs. 14-19.

DÍEZ BORQUE, J. M.: «Estructura social de la comedia: a
propósito de *El mejor alcalde, el rey*», en *Arbor,* 85
(1973), págs. 453-466.

FERNÁNDEZ, J.: «El amor, el honor y sus conflictos en *El
mejor alcalde, el rey*», en *Bulletin of the Faculty of Foreign
Languages and Studies,* 13 (1979), págs. 43-69.

GETTO, G.: «I *Promessi sposi,* i drammaturghi spagnoli e

Cervantes», en *Manzoni europeo*, Milán, 1971, páginas 299-402.

HALKOREE PREMRAJ, R. K.: «El arte de Lope de Vega en *El mejor alcalde, el rey*», en *Bulletin of Hispanic Studies*, 56 (1979), págs. 31-44.

LEAVITT, STURGIS E.: A Maligned Character in Lope's *«El mejor alcalde, el rey»*, en *Bulletin of the Comediantes*, 6 (1954), págs. 1-3.

LEVI, E.: «Il dramma spagnuolo preludio dei *Promessi sposi*», en *Lope de Vega e l'Italia*, Florencia, 1935, páginas 125-153.

LY, N.: *L'affrontement interlocutif dans le theatre de L. de V.*, University de Lille, 1981.

McGRADY, D.: «Lope de Vega's *El mejor alcalde, el rey*: its Italian *novella* sources and its influence upon Manzoni's *I promessi sposi*», en *Modern Language Review*, 80 (1985), págs. 604-618.

MENÉNDEZ PELAYO, M.: *Estudios sobre el teatro de L. de V.*, Edición Nacional, Santander, 1949, vols. IV y VI, págs. 7-24 y 173-193.

NAVIA ROMERO, W.: «Acerca de lo trágico en *El mejor alcalde, el rey*», en *Noesis*, 3 (1964), págs. 155-162.

O'CONNOR, Th. A. y L. W.: «Estupro y política en *El mejor alcalde, el rey*», en *Actas del VI Congreso Internacional de Hispanistas*, Toronto, Univers. de Toronto, 1980, págs. 531-534.

PATRICIA MADRAZO, A.: *«El mejor alcalde, el rey»*, en *AyL* (1974), págs. 27-34.

ROIG FISAS, N.: «Bandello, Pierre Bouistan y Francisco de Bellforest en *La quinta de Florencia*», en *Anuario de Filología Española. El Crotalón*, III (1986), en prensa.

ROIG FISAS, N., y MORROS, B.: «En los textos de *El mejor alcalde, el rey*, de Lope de Vega», en *Actas del X Congreso Internacional de Hispanistas*, Barcelona, Universidad de Barcelona, 1989, en prensa.

ROZAS, J. M.: *Significado y doctrina del «Arte nuevo»*, de L. de V., Madrid, 1976.

SALOMON, N., *Lo villano en el teatro del siglo de oro*, Castalia, Madrid, 1985; vers. orig., Burdeos, 1965.

SÁNCHEZ ROMERALO, A., ed., *L. de V.: el teatro,* Taurus
(El escritor y la crítica, 193 y 194), Madrid, 1989, 2 vols.

SLOMAN, ALBERT E.: «Lope's *Mejor alcalde, el rey:* Addendum to a Note by Sturgis E. Leavitt», en *Bulletin
of the Comediantes,* 7 (1955), págs. 17-19.

VAREY, J. E.: «Kings and Judges: Lope de Vega's *El mejor alcalde, el rey*», en *Themes in Drama,* ed. J. Redmond, Cambridge, n. p., 1979, págs. 37-58.

URRUTIA, J.: «Actante y personaje (los actantes)», en
Acta... Almagro, 1985, págs. 87-95.

YOUNG, R. A.: *La figura del Rey y la Institución Real en
la comedia lopesca,* Madrid, Porrúa, 1979.

ZAMORA VICENTE, A.: «Sobre la fabla antigua de
L. de V.», en *Philologica Hispaniensia in Honorem Manuel Alvar,* I: *Dialectología,* Madrid, Gredos, 1983,
páginas 645-649.

SINOPSIS DE LA VERSIFICACIÓN

ACTO PRIMERO

1-120	décimas	120
121-156	redondillas	35
157-230	tercetos encadenados	73
	(con un terceto que no rima [224-226] y un endecasílabo suelto [230])	
231-378	redondillas	147
379-522	romance *aa*	143
523-726	redondillas	203
727-878	romance *eo*	151

ACTO SEGUNDO

879-958	décimas	79
959-1006	redondillas	47
1007-1094	octavas reales	87
1095-1134	décimas	39
1135-1246	romance *eo*	111
1247-1306	quintillas (en copla real)	59
1307-1420	sexteto lira	113
1421-1492	redondillas	71
1493-1552	romance *ao*	59
	prosa	
1553-1618	romance *ao*	63

Acto tercero

1619-1624	endecasílabos sueltos	6
1625-1776	redondillas	151
1777-1796	silva	19
1797-1926	décimas	129
1927-2280	redondillas	153
2281-2354	romancillo (hexasílabo) *ea*	73
2355-2410	romance *ea*	55

FAMOSA COMEDIA

El MEJOR ALCALDE, EL REY

DE

FREY LOPE DE VEGA CARPIO

PERSONAS QUE HABLAN EN ELLA *

SANCHO.	ELVIRA.	EL CONDE DON PEDRO.
DON TELLO.	FELICIANA.	ENRIQUE.
CELIO.	JUANA.	BRITO.
JULIO.	LEONOR.	FILENO.
NUÑO.	EL REY DE LEÓN.	

---

* En tanto la *Parte* no parece seguir ningún criterio para agrupar las *personas que hablan* en la comedia, la *Suelta* las distribuye por sexos y de acuerdo con su condición social.

ACTO PRIMERO **

Sale SANCHO.

SANCHO [1].

Nobles campos de Galicia,
que a sombras destas montañas,
que [2] el Sil entre verdes cañas
llevar la falda codicia,

** La *Suelta* divide la comedia en *jornadas*.

---

[1] Estas décimas ("las décimas son buenas para quejas", según Lope, *Arte Nuevo*, 307) juegan con una serie de conceptos especialmente gratos a las letras del Siglo de Oro (véanse ns. 5, 7 y 8) y utilizan vagamente algún procedimiento característico de la poesía y teatro barrocos (comp. n. 3).

[2] *que:* 'a que'. No era raro en lo antiguo omitir la preposición que indica el caso en que está o la función que desempeña un pronombre relativo *(a que, en que, de que...)*; pero, en su lugar, solía emplearse un pronombre personal redundante que acompañaba al verbo principal (aquí lo normal hubiera sido "que el Sil entre verdes cañas / llevar*les* la falda codicia"). Comp. el refrán "quien se muda, Dios *le* ayuda"; Juan de Mariana, *Historia de España*, XIX, 15: "Virtudes que cada cual *les* daba el nombre"; Jorge de Montemayor, *La Diana:* "un valle que toda cosa en él me daba gloria"; J. Gómez Ocerín-R. M. Tenreiro [1920], 177-178; y J. M. Díez Borque [1977], 114.

5   dais sustento a la milicia
        de flores de mil colores;
        aves que cantáis amores,
        fieras que andáis sin gobierno,
        ¿habéis visto amor más tierno
10   en aves, fieras y flores? [3].

        Mas como no podéis ver
        otra cosa, en cuanto mira
        el sol, más bella que Elvira,
        ni otra cosa puede haber;
15   porque habiendo de nacer
        de su hermosura, en rigor [4],
        mi amor [5], que de su favor
        tan alta gloria procura [6],
        no habiendo más hermosura,
20   no puede haber más amor.

        Ojalá, dulce señora,
        que tu hermosura pudiera
        crecer, porque en mí creciera
        el amor que tengo agora [7].
25   Pero, hermosa labradora,
        si en ti no puede crecer
        la hermosura, ni el querer
        en mí, cuanto eres hermosa
        te quiero, porque no hay cosa
30   que más pueda encarecer.
        Ayer las blancas arenas
        deste arroyuelo volviste

---

[3]   Nótese en esta décima el uso de la técnica de diseminación y re-
colección (unas cuantas palabras se diseminan a lo largo del poema y se
recogen en el último verso), común en la poesía española de finales del
siglo XVI y en el teatro de Calderón.

[4]   "*en rigor* 'estricta, realmente' es giro procedente del latín escolásti-
co" (F. Rico).

[5]   El amor como deseo de hermosura constituye una de las ideas fun-
damentales del neoplatonismo, difundida y popularizada en el Renacimiento por Marsilio Ficino y León Hebreo.

[6]   *su favor... procura:* busca... su correspondencia.

[7]   *agora:* es forma etimológica de *ahora* (< *hac hora*).

perlas, cuando en él pusiste
tus pies, tus dos azucenas;
35   y, porque verlos apenas
pude, porque nunca para [8],
le dije al sol de tu cara,
con que tanta luz le das,
que mirase el agua más,
40   porque se viese más clara.
Lavaste, Elvira, unos paños,
que nunca blancos volvías:
que las manos que ponías
causaban estos engaños [9].
45   Yo, detrás destos castaños,
te miraba, con temor,
y vi que amor, por favor,
te daba a lavar su venda:
el cielo el mundo defienda,
50   que anda sin venda el amor [10].
¡Ay Dios!, ¡cuándo será el día
(que me tengo de morir)
que te pueda yo decir:

---

37   la dije *Suelta*.

---

[8]   El sujeto de *para* es el *agua del arroyuelo*.
[9]   Llamar *sol* a la amada y considerar el color *blanco* (*pies=azucenas*) como uno de los atributos de su hermosura son imágenes tópicas del petrarquismo y corrientes en la época; a propósito de la segunda, se juega entre la blancura de las *manos* de Elvira y la de los *paños* ('telas de lana') que lava. Por otra parte, el encuentro de los enamorados en el río mientras ella está lavando "tiene una clara filiación... con la lírica tradicional" (J. M. Díez Borque [1979], 116) y es una situación que se repite en el teatro de Lope (cfr., por ejemplo, *Fuenteovejuna*, 723-726 y 783-785).
[10]   Ciertas tradiciones medievales representan a Cupido ciego o con los ojos vendados, para simbolizar la irracionalidad del amor; pero el Cupido clásico ni era ciego ni tenía los ojos vendados, porque, según creencia neoplatónica, el amor entra por los ojos (y así, en el arte renacentista, se suele pintar a Cupido "quitándose la venda"): aquí, Sancho pondera el poder de 'enamorar' de los ojos de Elvira, convertida en Cupido. Cfr. *La Dorotea*, II, i: "di que el Cupido es ella y yo el dios marino, pues vine por la mar a que me tirase las flechas de sus ojos".

Elvira, toda [11] eres mía!
55   ¡Qué regalos te daría!
Porque yo no soy tan necio,
que no te tuviese en precio [12]
siempre con más afición;
que en tan rica posesión
60   no puede caber desprecio.

Sale ELVIRA.

ELVIRA

Por aquí Sancho bajaba,
o me ha burlado el deseo.
A la fe [13] que allí le veo,
que el alma me le mostraba [14].
65   El arroyuelo miraba
adonde ayer me miró:
¿si piensa que allí quedó
alguna sombra de mí?
Que me enojé cuando vi
70   que entre las aguas me vio.
¿Qué buscas por los cristales
destos libres arroyuelos,
Sancho, que guarden los cielos,

---

64   lo mostraba *Suelta.*

---

[11]   *toda:* enteramente.
[12]   Era corriente la omisión de la preposición *a*, sobre todo si le pre-
cedía o seguía otra *a* inicial o final. Comp., abajo, n. 95.
[13]   *a la fe:* 'ciertamente', 'en verdad', exclamación con valor afirmati-
vo; convive con la forma *a la he* (v. 87), con aspiración de la *f-*, más
propia del lenguaje villanesco (y no es inverosímil que la lengua de Sancho, hombre de aldea, aunque con maneras de hidalgo, tenga algunos de
los rasgos de la que allí se habla; pero véase J. M. Díez Borque [1977],
85).
[14]   Lope es leísta, a saber, "usa *le* como complemento directo, de persona o cosa, y no *lo*"; "justamente Madrid y el siglo de oro son centro
de expansión y época culminante de leísmo" (F. Rico).

cada vez que al campo sales?
¿Has hallado unos corales [15]
que en esta margen perdí?

SANCHO

Hallarme quisiera a mí,
que me perdí desde ayer;
pero ya me vengo a ver,
pues me vengo a hallar en ti [16].

ELVIRA

Pienso que ayudarme vienes
a ver si los puedo hallar.

SANCHO

¡Bueno es venir a buscar
lo que en las mejillas tienes [15]!
¿Son achaques [17] o desdenes?
¡Albricias [18], ya los hallé!

ELVIRA

¿Dónde?

SANCHO

En tu boca, a la he,
y con extremos de plata [19].

---

[15] Sancho juega del vocablo: *corales* tenía el sentido literal de 'pulsera' y los metafóricos, manoseadísimos en la época, de 'mejillas' (v. 84) y 'boca' (v. 87).

[16] Se recuerda aquí la idea de que el alma del amante está más "ubi amat, quam ubi animat" (Erasmo, *Apotegmas*, V), bien conocida de la tradición antigua tanto como medieval y desarrollada por Lope en muchos lugares.

[17] *achaques:* excusas.

[18] *albricias:* el regalo que se daba al recibir una buena noticia; se usó mayoritariamente como interjección de alegría.

[19] *con extremos de plata:* los dientes; se trata de una metáfora también manidísima.

ELVIRA

Desvíate [20].

SANCHO

90   ¡Siempre ingrata
a la lealtad de mi fe!

ELVIRA

Sancho, estás muy atrevido.
Dime tú: ¿qué más hicieras
si por ventura estuvieras
en vísperas de marido?

SANCHO

95   Eso, ¿cúya [21] culpa ha sido?

ELVIRA

Tuya, a la fe.

SANCHO

                      ¿Mía? No.
Ya te lo dije, y te habló
el alma y no respondiste.

ELVIRA

¿Qué más respuesta quisiste
100   que no responderte yo?

SANCHO

Los dos culpados estamos.

ELVIRA

Sancho, pues tan cuerdo eres,

---

[20] *desviarse:* propiamente, 'apartarse'; aquí, probablemente, referido a
las intenciones y requiebros de Sancho. Pero comp. *Fuenteovejuna*, 621,
y *La inocente Laura*, 45.

[21] *cuyo, -a,* 'de quién', "es hoy exclusivamente culto y raras veces
empleado" (S. Fernández Ramírez).

advierte que las mujeres
hablamos cuando callamos,
105   concedemos si negamos:
por esto, y por lo que ves,
nunca crédito nos des,
ni crueles ni amorosas [22];
porque todas nuestras cosas
110   se han de entender al revés.

SANCHO

Según eso, das licencia
que a Nuño te pida aquí.
¿Callas? Luego dices sí.
Basta: ya entiendo la ciencia.

ELVIRA

115   Sí; pero ten advertencia
que no digas que yo quiero.

SANCHO

Él viene.

ELVIRA

El suceso espero
detrás de aquel olmo.

---

[22] Entiéndase: ni cuando nos mostremos *crueles*, ni cuando nos mostremos *amorosas*. Es antigua (está en la Biblia y en Diógenes Laercio) y popular la caracterización de la mujer como un ser que nunca dice lo que siente y al que, por tanto, no hay que creer: "La mujer ser de dos faces e cuchillo de dos tajos non hay dubda en ello, por cuanto de cada día veemos que uno dice por la boca, otro tiene en el corazón" (Arcipreste de Talavera, *El corbacho*, II, vi); aquí, además, parece confluir el refrán "quien calla otorga". Cfr. por ejemplo, *Nadie se conoce:* "Mujer, fingir y nacer, / a un tiempo suelen salir. / Esto por extremo hacen / sin maestros de danzar, / porque bailar y engañar / lo saben desde que nacen."

SANCHO

¡Ay Dios,
si nos juntase a los dos,
porque, si no, yo me muero!

Escóndese ELVIRA, *y salen* NUÑO *y* PELAYO.

NUÑO

Tú sirves de tal manera,
que será mejor buscar,
Pelayo, quien sepa andar
más despierto en la ribera.
¿Tienes algún descontento
en mi casa?

PELAYO

Dios lo sabe.

NUÑO

Pues hoy tu servicio acabe,
que el servir no es casamiento.

PELAYO

Antes [23] lo debe de ser [24].

118-119 A Dios, / y que él nos junte a los dos...! *Suelta.*

---

[23] *antes:* al contrario.

[24] Nuño está recordando a Pelayo que, a diferencia del matrimonio, las obligaciones que contrae un criado para con su amo no son para siempre (y, de hecho, era frecuente que "los amos" fueran "dejados de los mozos", según viene en el *Lazarillo*, IV); Pelayo, en cambio, entiende al pie de la letra las palabras de Nuño y cree que el amo debía casar a sus criados (y, si podía ser, con alguna de sus hijas).

NUÑO

130   Los puercos traes perdidos [25].

PELAYO

Donde lo están los sentidos,
¿qué otra cosa puede haber?
Escúchame: yo quijera [26]
emparentarme...

NUÑO

Prosigue
135   de suerte que no me obligue
tu ignorancia...

---

133   Escúcheme *Suelta.*

---

[25] *perdidos:* o bien 'desperdigados', o bien 'sucios'; a continuación se
juega con el segundo de los significados, aplicado a *puercos* y dándoles
un sentido moral ('donde están los sentidos perdidos como los puercos'
o 'donde están los sentidos perdidos como los de los puercos'): "al hombre de mal trato ("mujer de mal trato: 'la que no es casta y recogida'")
llamamos *cochino*" (Covarrubias).

[26] *quijera:* quisiera. El trueque de sibilantes, con la palatización de la
s sonora intervocálida (como, más abajo, *igreja*), se daba aún en el siglo XVI, por más que ya empezaba a sonar como arcaísmo. Lope caracteriza a los personajes más villanos y rústicos, haciéndoles hablar "la
misma lengua compuesta y sintética..." (N. Salomon), artificial y anó-
mala, conocida como *sayaguesa*, pero no hablada en ninguna región geográfica de León, utilizada únicamente en literatura y, en especial, en el
teatro del Siglo de Oro; está formada por lusismos y leonismos (*son*
'sino'; *frores* 'flores', *habro* 'hablo', *fraco* 'flaco', *diabro* 'diablo'; *maeso*
'maestro'; *mueso* 'nuestro', *vueso* 'vuestro'; *tien* 'tiene'; *nuevo* 'joven'),
arcaísmos (*fer* 'hacer', *pecilgar* 'pellizcar', *pescudar* 'preguntar', *estó* 'estoy', *só* 'soy'), asimilaciones (*mos* 'nos', *mijor* 'mejor'), disimilaciones
(*lumpia* 'limpia' , *empida* 'impida', *inorme* por *enorme* 'fuera de la norma'), aspiraciones (*a la he, huerte* 'fuerte'), expresiones y juramentos po-
pulares (*a la fe, hola, voto al soto, voto al sol,* etc.), deformaciones lingüísticas (*Malasanca* 'Salamanca', *resquiebro* 'requiebro', *inifica* 'significa',
cortimos 'corrimos'), etc.
  No se descuide que la lengua arcaizante o *fabla,* empleada en los últimos veinte años del siglo XVI y a principios del XVII con idéntica función que la *sayaguesa,* comparte algunos de los rasgos señalados arriba:
véase A. Zamora Vicente [1983].

PELAYO

Un poco espera,
que no es fácil de decir.

NUÑO

De esa manera, de hacer
será difícil.

PELAYO

                            Ayer
me dijo Elvira al salir:
«A fe, Pelayo, que están
gordos los puercos.»

NUÑO

                            Pues bien;
¿qué la respondistes [27]?

PELAYO

                            Amén,
como dice el sacristán.

NUÑO

Pues ¿qué se saca de ahí?

PELAYO

¿No lo entiende?

---

142   bié *Parte*. [Parece haber interpretado como acento el signo de
abreviatura de la *n*: *bié*.

---

[27]   Nótese el laísmo (uso de *la* o *las* como complemento indirecto, en
lugar de *le* o *les*), frecuente también en Lope y sancionado en la época
por los gramáticos más doctos.

NUÑO

¿Cómo puedo?

PELAYO

Estó [28] por perder el miedo.

SANCHO

¡Oh si se fuese de aquí!

PELAYO

¿No ve que es resquiebro y muestra
querer casarse conmigo?

NUÑO

¡Vive Dios!...

PELAYO

No te lo digo,
ya que fue ventura nuestra,
para que tomes collera [29].

NUÑO

Sancho, ¿tú estabas aquí?

---

148   Oh si se fuesen de aquí *Parte*.
149   requiebro *Suelta*. [La *Suelta*, por lo general, tiende a eliminar todos los rasgos dialectales y rústicos de la lengua de Pelayo: comp. 170, 174.]
152   La *suelta* omite este verso, seguramente por un salto de igual a igual.

---

[28]   *estó* por 'estoy' es forma etimológica *(stum)*.
[29]   *collera:* 'cólera' (usando *ll* en vez de *l*, quizá como un rasgo de hipercultismo, frecuente entre los personajes rústicos del teatro: véase arriba, n. 26); en lo antiguo, la acentuación era normalmente llana: comp. J. Gómez Ocerín y R. M. Tenreiro, con ejemplos.
       La situación del gracioso que cree que una dama está enamorada de él también se da en *La francesilla*, 932-933.

SANCHO

Y quisiera hablarte.

NUÑO

155   Di.
Pelayo, un instante espera.

SANCHO

Nuño, mis padres fueron como sabes;
y, supuesto que [30] pobres labradores,
de honrado estilo [31] y de costumbres graves.

PELAYO

160   Sancho, vos que sabéis cosas de amores,
decir una mujer hermosa y rica
a un hombre que es galán como unas frores
       «Gordos están los puercos», ¿no inifica
que se quiere casar con aquel hombre?

SANCHO

165   ¡Bien el requiebro al casamiento aplica!

NUÑO

¡Bestia, vete de aquí!

---

155   La *Suelta* no trae la conjunción *Y*.
161   decid *Suelta*.

---

[30]   *supuesto que:* puesto que, bien que *(Dicc. de Autoridades).*
[31]   *estilo:* "la costumbre y modo de proceder un hombre en todas sus cosas" (Covarrubias).

SANCHO

Pues ya su nombre
supiste y su nobleza, no presumo
que tan honesto amor la tuya asombre [32]:
por Elvira me abraso y me consumo.

PELAYO

170 Hay hombre que el ganado trai [33] tan fraco
que parece tasajo [34] puesto al humo;
yo, cuando al campo los cochinos saco...

NUÑO

¿Aquí te estás, villano? ¡Vive el cielo!...

PELAYO

¿Habro de Elvira yo, son [35] del varraco [36]?

SANCHO

175 Sabido, pues, señor, mi justo celo...

PELAYO

Sabido, pues, señor, que me resquiebra...

---

170 trae *Suelta.*
174 Hablo *Suelta.*
176 Sabiendo *Suelta.*

---

[32] *asombrar:* espantar, asustar.
[33] *trai:* 'trae'; la reducción del grupo *ae*, átono o tónico, a *ai* no fue infrecuente en la lengua del Siglo de Oro (*cairá* 'caerá', *trairé* 'traeré', etcétera), pero ya se veía como "una forma de vulgarismo" (E. S. Morby). Compárese *El desdén vengado:* "No la obligará jamás, / porque toca en liviandad... / y *tray* el amor al vuelo"; y arriba, n. 26.
[34] *tasajo:* carne salada y seca.
[35] *son* (o también *so):* 'sino'; podría tratarse de una variante del leonés *soncas* o del portugués *senon que* o simplemente de una pronunciación descuidada del *sinon* castellano. Véase arriba, n. 26.
[36] *varraco:* "el puerco no castrado" (Covarrubias), el semental, usado para la reproducción (véase vv. 190-192); en la época se sentía como más propia y correcta la forma *verraco* (derivada del *verres* latino).

NUÑO

¿Tiene mayor salvaje el indio suelo?

SANCHO

El matrimonio de los dos celebra.

PELAYO

Cochino traigo yo por esa orilla...

NUÑO

180 Ya la cabeza el bárbaro me quiebra.

PELAYO

Que puede ser maeso de capilla,
si bien tiene la voz desentonada,
y más cuando entra y sale de la villa [37].

NUÑO

¿Quiérelo Elvira?

SANCHO

De mi amor pagada,
185 me dio licencia para hablarte ahora.

NUÑO

Ella será dichosamente honrada,
pues sabe las virtudes que atesora,

---

[37] *desentonar:* "salirse de tono, cantar una voz y desentonar otra, se-
ñalando con la que desentona la que otro ha de cantar. Es de maestros
de capilla muy diestros" (Covarrubias); la *voz desentonada* se refiere,
claro está, a los grandes berridos que debía dar el *cochino* cuando lo
sacaban al campo o cuando lo devolvían al corral.

Sancho, tu gran valor, y que pudiera
llegar a merecer cualquier señora.

PELAYO

190 Con cuatro o seis cochinos que toviera [38],
que éstos parieran otros, en seis años
pudiera yo labrar una cochera [39].

NUÑO

Tú sirves a don Tello en sus rebaños;
es señor desta tierra y poderoso
195 en Galicia y en reinos más estraños [40].
Decirle tu intención será forzoso,
así porque eres, Sancho, su criado,
como por ser tan rico y dadivoso [41].
Daráte alguna parte del ganado;

---

191 parirán *Suelta.*
194 El señor *Parte* [Si, en realidad, se trata de un error, puede explicarse fácilmente si el antígrafo de la *Parte* traía una s alta: e⌠.

---

[38] Esto es: las cochinas que había dejado preñadas el *verraco* (véase n. 25).

[39] *cochera* es propiamente el lugar donde se guardan los *coches* 'carruajes'; y *labrar una cochera* equivale, por tanto, a 'construirla' ("Ayer labró de madera / una cochera y decía / yo que llamarse podía / el conde de la cochera"). Pero aquí Pelayo da a *cochera* el sentido de 'corral donde se guardan los cerdos' y, por extensión, el de 'piara', pensando en el valor de *coche* 'cochino'; y asimismo usa *labrar una cochera* por 'formar una manada de cerdos'. Cfr. *El llegar en ocasión:* "hacíale porquerizo / de un coche en que siempre estaba"; y arriba, n. 26.

[40] *estraño:* 'extranjero, forastero' *(Dicc. de Autoridades).* En cuanto a la ortografía, adviértase que "todo el período áureo es época de lucha entre el respeto a la forma latina de los cultismos [*extraño, efecto...*] y la propensión a adaptarlos a los hábitos de la pronunciación romance [*estraño, efeto...*]" (R. Lapesa).

[41] Entiéndase: 'por ser [don Tello] tan rico...'. Los cambios de sujeto dentro de una misma oración son habituales en la sintaxis de Lope y de ·la literatura del Siglo de Oro. Véase, abajo, vv. 771-772.

200   porque es tan poco el dote de mi Elvira [42],
            que has menester estar enamorado.
            Esa casilla mal labrada [43] mira
            en medio de esos campos cuyos techos
            el humo tiñe porque no respira.
205   Están lejos de aquí cuatro barbechos,
                diez o doce castaños: todo es nada,
            si el señor desta tierra no te ayuda
            con un vestido o con alguna espada [44].

SANCHO

            Pésame que mi amor pongas en duda.

PELAYO

210   Voto al sol que se casa con Elvira.
            Aquí la dejo yo; mi amor se muda.

---

204   En el pasaje parecen faltar dos versos de un terceto, antes o después del 205: uno que complete la rima en -echos y otro que la inicie en -ada.

---

[42]   *el dote:* "hoy tiende a generalizarse el uso como femenino, de acuerdo con el latín, pero el género masculino tuvo bastante extensión [seguramente por influjo de *don*] y todavía subsiste en refranes" (J. Corominas-J. A. Pascual).

[43]   *casilla mal labrada:* 'casita mal construida'. Nuño parece descender de pequeños nobles, pero en la actualidad sólo tiene unas cuantas propiedades (entre campos y ganados) dentro de los dominios de don Tello.

[44]   Esto es: 'si no te favorece, haciéndote hidalgo, proporcionándote una espada y la ropa apropiada'; comp. *Lazarillo*, III y VI: "[el escudero] comienza a limpiar y sacudir sus calzas y jubón y sayo y capa...; y púsose su espada en el talabarte" o "ahorré para me vestir muy honradamente de la ropa vieja, de la cual compré un jubón... y una espada... Desque me vi en hábito de hombre de bien". Pero un villano podía alcanzar la condición nobiliaria únicamente mediante la concesión del rey o mediante la de un noble por delegación de éste: véase *Peribáñez*, 1796-1809, 2234-2259 y 3116-3122.

Sin embargo, los editores modernos del texto han visto en las palabras de Nuño una referencia a la fórmula tradicional de adopción *per arma*, en que un caballero recibía a otro bajo su tutela y protección, dándole caballo y armas. Pero ésta era una costumbre sólo común entre reyes y nobles.

SANCHO

¿Qué mayor interés [44bis] que al que suspira
por su belleza darle su belleza,
milagro celestial que al mundo admira?
215 No es tanta de mi ingenio la rudeza,
que más que la virtud me mueva el dote.

NUÑO

Hablar con tus señores no es bajeza,
    ni el pedirles que te honren te alborote [45];
que él y su hermana pueden fácilmente,
220 sin que esto, Sancho, a más que amor se note.

SANCHO

Yo voy de mala gana; finalmente,
iré, pues tú lo mandas.

NUÑO

                    Pues el cielo,
Sancho, tu vida y sucesión aumente.
    Ven, Pelayo, conmigo.

PELAYO

                    Pues ¿tan presto
225 le diste a Elvira, estando yo delante?

---

215 tanto *parte* [Por concertar con el sustantivo más próximo: *ingenio.*

222 y 226 Estos versos no riman ni en la *Parte* ni en la *Suelta* (que trae, además, una *lectio facilior: noble y entendido);* por tanto, Hartzenbusch corrige: *Dios, con esto, / Sancho, tu vida y sucesión aumente. / Ven Pelayo... / No es Sancho mozo y bien dispuesto.* Pero, como es difícil determinar si se trata de un descuido del autor o de una deturpación de los editores, nos abstenemos de introducir ninguna enmienda: podría pensarse también en la omisión de un terceto (aunque, en ese caso, aún quedaría por explicar la irregularidad de la rima en el v. 226). Comp. 204.

[44bis] *interés:* riqueza.
[45] *alborotar:* inquietar, alterar.

NUÑO

¿No es Sancho mozo noble y bien nacido [46]?

PELAYO

No le tiene el aldea semejante,
si va a decir verdad; pero, en efeto,
fuera en tu casa yo más importante,
porque te diera cada mes un nieto [46bis].

230

Vanse NUÑO *y* PELAYO.

SANCHO

Sal, hermosa prenda mía;
sal, Elvira de mis ojos.

Sale ELVIRA.

ELVIRA

¡Ay Dios!, ¡con cuántos enojos
teme amor y desconfía [47]!

---

226   mozo, noble *Parte*.

---

[46]   *bien nacido:* 'noble' y 'el que lo da a entender con sus obras o
modo de portarse' *(Dicc. de Autoridades).* Por otro lado, Covarrubias
recuerda que el "no nacido noble, por sus hazañas y virtudes, no sólo
llega a serlo, pero ['sino'] a ser principio de que lo sean todos sus descendientes".

[46bis]   Comp. Joan Suárez Coelho, *Cantigas d'escarnho e de maldizer,*
n. 234: "Bon casament'è, pera Don Gramilho, / ena porta de ferr'ña ten-
deira; ... / pera ricome... / ... podê-l'-á fazer / *con aquela que faz cada
mês filho*" (ed. M. Rodrigues Lapa, Coimbra, 1965, pág. 356).

[47]   *desconfiar:* perder la esperanza.

235   Que la esperanza prendada,
            presa de un cabello está.

                        SANCHO

            Tu padre dice que ya
            tiene la palabra dada
            a un criado de don Tello:
240   ¡mira qué estrañas mudanzas!

                        ELVIRA

            No en balde mis esperanzas
            colgaba amor de un cabello.
                ¿Que mi padre me ha casado,
            Sancho, con hombre escudero [48]?
245   Hoy pierdo la vida, hoy muero.
            Vivid, mi dulce cuidado,
                que yo me daré la muerte.

                        SANCHO

            Paso, que me burlo, Elvira.
            El alma en los ojos mira;
250   dellos la verdad advierte;
                que, sin admitir espacio,
            dijo mil veces que sí [49].

---

[48] *hombre escudero:* servidor de un señor noble (J. M. Díez Borque
[1973], 129). El uso de sustantivos en función adjetiva no fue anormal
en la lengua del Siglo de Oro; comp., por ejemplo, *La fortuna merecida*,
I: "Que tal manera de hablar / asista en hombre escudero"; *Peribáñez*,
1584 y 2044: "no desdenes labradores"; "su inocente cama / de paños
comendadores".

[49] La idea de que los ojos son espejos del alma fue extraordinaria-
mente popular en el Renacimiento gracias a Ficino ("Oculi sunt animi
indices, per quos homines clementiam, misericordiam, amorem, odium,
iram, laetitiam, tristiam & huiusmodi affectus ostendunt & magis eos
augent"); la recoge, entre otros, Covarrubias, *s. v.* "ojo". Véase, abajo,
v. 266.

ELVIRA

Sancho, no lloro por ti,
sino por ir a palacio;
255   que el criarme en la llaneza
desta humilde casería [50]
era cosa que podía
causarme mayor tristeza.
        Y que es causa justa advierte.

SANCHO

260   ¡Qué necio amor me ha engañado!
Vivid, mi necio cuidado,
que yo me daré la muerte.
        Engaños fueron de Elvira,
en cuya nieve me abraso [51].

ELVIRA

265   Sancho, que me burlo, paso [52].
El alma en los ojos mira;
        que amor y sus esperanzas
me han dado aquesta lición [53]:
su propia definición
270   es que amor todo es venganzas.

---

268   lección Suelta.

---

[50]   casería: casa de labranza, con sus tierras cultivadas por un colono.
[51]   engaños: triquiñuelas amorosas; 'abrasarse en la nieve de la amada'
es oxímoron típicamente petrarquesco y de los más usados en la poesía
española del Siglo de Oro.
[52]   paso: "se usa como interjección para poner paz entre los que ri-
ñen" (Dicc. de Autoridades).
[53]   En tiempos de Lope, todavía perviven las vacilaciones en el tiembre
de las vocales átonas; y "el empleo excesivo de i, u, no sólo dura todo
el siglo XVI..., sino que algunos penetran en el XVII", como lición, etc.
(R. Lapesa).

SANCHO

Luego, ¿ya soy tu marido?

ELVIRA

¿No dices que está tratado [54]?

SANCHO

Tu padre, Elvira, me ha dado
consejo, aunque no le pido:
275   que a don Tello, mi señor
y señor de aquesta tierra,
poderoso en paz y en guerra,
quiere que pida favor.

    Y, aunque yo contigo, Elvira,
280   tengo toda la riqueza
del mundo (que en tu belleza
el sol las dos Indias mira) [55],
dice Nuño que es razón,
por ser mi dueño [56]; en efeto,

---

[54] Durante siglos, basándose en la teología tomística, la Iglesia aceptó como válidos los matrimonios secretos, contraídos simplemente con el consentimiento de las partes (el *volo*), sin la presencia de testigos ni de ninguna autoridad eclesiástica; pero, dados los abusos sociales que llegó a comportar la celebración de tales matrimonios, el concilio de Trento decidió prohibirlos y anularlos. Sancho y Elvira parecen representar la primera postura, mientras don Tello encarna la segunda. Cfr. D. T. Dietz [1988]; y, II, n. 1.

[55] Recuérdese que Platón menciona la belleza entre el segundo de los bienes humanos, por encima de la riqueza: "primum est sanitas, forma secundum..., quartum diuitiae" (*Leyes*, en *Opera* [Lyon, 1543], traducidas por Marsilio Ficino, fol. 507).

[56] Sancho hace referencia a su condición de *siervo rural* (esto es, de quien habita en alguno de los caseríos de un gran señor, cuida de su ganado y cultiva en provecho propio la tierra que éste le ha asignado) y, como tal, a su obligación de no casarse sin el consentimiento de su *dueño*. Pero, al parecer, Sancho no está tan estrechamente sujeto como otros siervos a la potestad señorial (quizá porque los *siervos rurales* dejaron de constituir en el siglo XIII una clase propiamente servil y gozaron durante la Baja Edad Media de algunos derechos). Téngase en cuenta, además,

285   es viejo y hombre discreto
         y que merece opinión
             por ser tu padre también.
         Mis ojos [57], a hablarle voy.

                              ELVIRA

         Y yo esperándote estoy.

                              SANCHO

290   Plega [58] al cielo que me den
             él y su hermana mil cosas.

                              ELVIRA

         Basta darle cuenta desto.

                              SANCHO

         La vida y el alma he puesto
             en esas manos hermosas.

---

290 Plegue *Suelta*.

---

que antes se ha confesado hijo de "pobres labradores" (158) y que, más
adelante, se presenta como "hidalgo" (1361): de hecho, el término hidalgo se aplicó en principio, no al *infanzón* o noble de abolengo, sino a los
hombres libres de las villas o *villanos*. Fuera como fuere, Lope utiliza
este dato jurídico como un recurso dramático, para provocar la acción
de la obra.

[57] *mis ojos*: «Para encarecer lo mucho que se quiere a una persona la
igualamos con nuestros ojos y le damos ese nombre» (Covarrubias).

[58] *plega*: 'plazca'; es forma etimológica del presente del subjuntivo del
verbo *placer*.

295   Dadme siquiera la una [59].

ELVIRA

Tuya ha de ser: vesla aquí.

SANCHO

¿Qué puede hacer contra mí,
si la tengo, la fortuna?
Tú verás mi sentimiento
300   después de tanto favor;
que me ha enseñado el amor
a tener entendimiento.

Vanse, y sale DON TELLO, *de caza; y* CELIO *y* JULIO,
criados.

DON TELLO

Tomad el venablo [60] allá.

CELIO

¡Qué bien te has entretenido [61]!

JULIO

305   Famosa [62] la caza ha sido.

DON TELLO

Tan alegre el campo está,
que sólo ver sus colores
es fiesta.

302-303   *ac.* salen *Suelta.*

---

[59]   La "mezcla de *tú* y *vos* tiene como antecedente el fácil tránsito de
un tratamiento a otro dentro de una misma frase o en frases vecinas,
atestiguado en todas las lenguas romances" (R. Lapesa).
[60]   *venablo:* 'lanza corta y arrojadiza', usada como "arma particular"
por "monteros que van a caza de jabalíes" (Covarrubias).
[61]   *entretenido:* divertido.
[62]   *famosa:* excelente. Comp. *Peribáñez,* 508.

CELIO

¡Con qué desvelos
procuran los arroyuelos
310   besar los pies a las flores!

DON TELLO

Da de comer a esos perros,
Celio, así te ayude Dios.

CELIO

Bien escalaron los dos
las puntas de aquellos cerros.

JULIO

Son famosos.

CELIO

315   Florisel
es deste campo la flor.

DON TELLO

No lo hace mal Canamor.

JULIO

Es un famoso lebrel [63].

---

317   con amor *Parte*: can amor *Suelta*. [La *Suelta* corrige la *lectio facilior* de la *Parte*.

---

[63]   "Dar a los perros el nombre de un caballero andante... fue costumbre que perduró hasta los tiempos de Lope" (J. Gómez Ocerín y R. M. Tenreiro).

Los caballeros citados son protagonistas de algunas novelas de caballerías, que, como todas las de su género, gozaron de una impresionante fortuna editorial durante el siglo XVI: el *Florisel de Niquea* (una de las muchas continuaciones del *Amadís de Gaula*) y *La historia del rey Canamor y del infante Turián, su hijo*...

CELIO

Ya mi señora y tu hermana
te han sentido.

Sale FELICIANA.

DON TELLO

320   ¡Qué cuidados
de amor, y qué bien pagados
de mis ojos, Feliciana!
¡Tantos desvelos por vos!

FELICIANA

Yo lo estoy de tal manera [64],
325   mi señor, cuando estáis fuera,
por vos, como sabe Dios.
    No hay cosa que no me enoje;
el sueño, el descanso dejo;
no hay liebre, no hay vil conejo
330   que fiera no se me antoje.

DON TELLO

    En los montes de Galicia,
hermana, no suele haber
fieras, puesto que [65] el tener
poca edad, fieras codicia.

---

[64] Es zeugma, por cuanto hay que sobreentender el participio pasado *desvelada* ("Yo lo estoy..."), comprendido en el sustantivo *desvelos;* véase, abajo, v. 558 (donde el pronombre *los* alude a la palabra *ganados* contenida en las *vacas* y *ovejas* mencionadas antes).

[65] *puesto que:* con valor adversativo, 'aunque'.

335   Salir suele un jabalí
        de entre esos montes espesos,
        cuyos dichosos sucesos
        tal vez celebrar les vi [66].

            Fieras son que, junto al anca
340   del caballo más valiente,
        al sabueso con el diente
        suelen abrir la carlanca [67];
            Y tan mal la furia aplacan,
        que, para decirlo en suma,
345   truecan la caliente espuma
        en la sangre que le sacan.
            También el oso, que en pie
        acomete al cazador
        con tan estraño furor,
350   que muchas veces se ve
            dar con el hombre en el suelo.
        Pero la caza ordinaria [68]
        es humilde cuanto varia,
        para no tentar al cielo;
355   es digna de caballeros
        y príncipes, porque encierra
        los preceptos de la guerra,

_____

339   alcanza _Suelta._ [Es error que sólo puede suscitarse si la _Suelta_
tiene ante los ojos letra manuscrita: _alanca._

_____

[66]   "_tal vez:_ modo adverbial que significa 'en rara ocasión'" (_Dicc. de
Autoridades_). El pronombre relativo _cuyos_ tiene como antecedente a _ja-
balí,_ mientras el dativo _les_ alude a _montes:_ "Puede dudarse si _les_ es enclítico de _celebrar_ o proclítico de _vi;_ el pronombre se apoya en el infinitivo, pero sintácticamente depende de _vi_" (J. Gómez Ocerín y R. M. Tenreiro).
[67]   _carlanca:_ "collar ancho, con puntas de hierro puestas hacia fuera,
para armar el pescuezo de los mastines contra las mordeduras de los
lobos" (_Dicc. de Autoridades_).
[68]   _caza ordinaria:_ aquí seguramente por _caza menor,_ la de liebres,
conejos, perdices, etc. Por otro lado, la caza como imagen de la guerra,
ejercicio de reyes y grandes señores es una idea clásica, difundida por los
humanistas italianos. Cfr. _El príncipe perfecto:_ "Pues de la caza a la milicia hay tan poca distancia, que por preludio de la guerra fue de los
persas tan alabada."

y ejercita los aceros,
y la persona habilita.

FELICIANA

360   Como [68bis] yo os viera casado,
no me diera ese cuidado,
que tantos sueños me quita.

DON TELLO

El ser aquí poderoso
no me da tan cerca igual [69].

FELICIANA

365   No os estaba aquí tan mal [70]
de algún señor generoso [71]
la hija.

DON TELLO

Pienso que quieres
reprehender [72] no haber pensado
en casarte, que es cuidado
370   que nace con las mujeres [73].

---

366   poderoso *Suelta.*

[68bis]   *como* con valor condicional suele usarse "en la prosa del siglo del XVI solo con referencia al futuro" (H. Keniston).

[69]   *igual:* 'semejante en especie o nobleza'; aquí don Tello alude a algunos de los requisitos que debía atender el "que es noble / para la calidad del casamiento: / igual, del mismo pueblo y bien nacido" *(La francesilla).* Véase, abajo, vv. 949-953.

[70]   Es decir: 'si la hubiese..., no os estaría...', entendiendo *estaba* "con sentido condicional dependiente de una condición implícita" (J. Gómez Ocerín y R. M. Tenreiro).

[71]   *generoso:* noble y de ilustre prosapia *(Dicc. de Autoridades).*

[72]   *reprehender:* trisílabo, *reprender;* probablemente se trata de una mera grafía culta, en general sin reflejo oral, y no de un caso de sinéresis.

[73]   En ausencia del padre, correspondía al hijo mayor ocuparse del matrimonio de sus hermanas; don Tello, por otra parte, insiste en una

FELICIANA

Engáñaste, por tu vida;
que sólo tu bien deseo.

Salen SANCHO *y* PELAYO.

PELAYO

Entra, que solos los veo;
no hay persona que lo empida.

SANCHO

375   Bien dices: de casa son
los que con ellos están.

PELAYO

Tú verás lo que te dan.

SANCHO

Yo cumplo mi obligación.
    Noble, ilustrísimo Tello,
380   y tú, hermosa Feliciana,
señores de aquesta tierra,
que os ama por tantas causas,
dad vuestros pies generosos

---

374   impida *Suelta.*

---

idea bastante común en la obra de Lope: "es un blanco [el de las don-
cellas] el casamiento, / por ser el centro del cuidado suyo» *(Los Ponces
de Barcelona).*

a Sancho, Sancho el que guarda
385   vuestros ganados y huerta,
oficio humilde en tal casa.
Pero en Galicia, señores,
es la gente tan hidalga,
que sólo en servir al rico
390   el que es pobre no le iguala.
Pobre soy, y en este oficio
que os he dicho, cosa es clara
que no me conoceréis,
porque los criados pasan
395   de ciento y treinta personas
que vuestra ración [74] aguardan
y vuestro salario esperan;
pero tal vez en la caza
presumo que me habréis visto.

DON TELLO

400   Sí he visto [75], y siempre me agrada
vuestra persona, y os quiero
bien.

SANCHO

Aquí, por merced tanta,
os beso los pies mil veces [76].

DON TELLO

¿Qué quieres?

---

[74]   *ración:* "la parte que se da a cada uno de los criados para cada día"
(Covarrubias).

[75]   A partir del valor etimológico de *así,* el adverbio *sí* "se empleó
acompañando a un verbo, como perífrasis afirmativa: *sí fago..., sí quiero*
y análogos, que todavía son usuales en el Siglo de Oro... Pronto se desarrolló la construcción elíptica, que, partiendo de *sí hago* y análogos,
empleó solamente *sí*" (J. Corominas-J. A. Pascual).

[76]   *besar los pies* era una fórmula protocolaria para dirigirse y presen-
tarse ante un superior.

SANCHO

405

410

                    Gran señor, pasan
        los años con tanta furia,
        que parece que con cartas
        van por la posta a la muerte
        y que una breve posada
        tiene la vida a la noche,
        y la muerte a la mañana [77].
        Vivo solo; fue mi padre
        hombre de bien [78], que pasaba
        sin servir [79]; acaba en mí
        la sucesión de mi casa.
        He tratado de casarme [80]
        con una doncella honrada,
        hija de Nuño de Aíbar,
        hombre que sus campos labra,
        pero que aun tiene paveses [81]

415

418-419   hombre que a sus campos labra, / pero aun le duran pabeses
Suelta.

---

[77]   Es un motivo de la poesía de todas las épocas (especialmente conocido en la acuñación de Virgilio: "fugit irreparabile tempus"), con
imágenes que Lope usa repetidamente: "en la corte cualquier vida / va
por la posta a la muerte" (*La inocente Laura*).

[78]   *hombre de bien:* hombre honrado y noble (*Dicc. de Autoridades*).

[79]   *pasaba sin servir:* 'vivía sin servir'. El padre de Sancho fue seguramente un hombre libre, esto es, un hidalgo (véase n. 49), dueño de tierras
y ganado, con autonomía jurídica y económica. Por otro lado, la situación de los hidalgos de aldea que han perdido su hacienda y deben tomar
señor (según parece haberle ocurrido al padre de Sancho) se da a menudo
en el teatro de Lope: "perdí soberbio mi hacienda... Si buscáis en nuestra
tierra / en qué trabajar, no creo / que el amo ocuparos pueda..." (*La juventud de San Isidro*).

[80]   *he tratado de casarme:* no, como se entendería moderanmente, 'he
intentado casarme', sino 'he concertado mi compromiso matrimonial'
(véase v. 272).

[81]   *pavés:* "especie de escudo largo que ocultaba todo el cuerpo del
soldado y recibía en él los golpes del enemigo... En Castilla se usaron
los paveses hasta los tiempos de nuestros abuelos y hoy día en las casas
de los hidalgos se conservan y guardan" (Covarrubias).

420
en las ya borradas armas
de su portal, y con ellas,
de aquel tiempo, algunas lanzas.
Esto y la virtud de Elvira
(que así la novia se llama)
425
me han obligado: ella quiere,
su padre también se agrada [82];
mas no sin licencia vuestra,
que me dijo esta mañana
que el señor ha de saber
430
cuanto se hace y cuanto pasa
desde el vasallo más vil
a la persona más alta
que de su salario vive,
y que los reyes se engañan
435
si no reparan en esto,
que pocas veces reparan.
Yo, señor, tomé el consejo,
y vengo, como él lo manda,
a deciros que me caso.

Don Tello

440
Nuño es discreto, y no basta
razón a tan buen consejo.
Celio...

Celio

Señor...

Don Tello

Veinte vacas
y cien ovejas darás

---

431   vasallo menor *Suelta*.

---

[82]   *se agrada:* está de acuerdo. Comp. *Lazarillo*, pr.

a Sancho, a quien yo y mi hermana
habemos [83] de honrar la boda.

SANCHO

¡Tanta merced!

PELAYO

¡Merced tanta!

SANCHO

¡Tan grande bien!

PELAYO

¡Bien tan grande!

SANCHO

¡Rara virtud!

PELAYO

¡Virtud rara!

SANCHO

¡Alto valor!

PELAYO

¡Valor alto!

---

[83] "En los orígenes del idioma..., *habemos* predomina sobre *hemos*
como auxiliar; en las letras del Siglo de Oro, se da a veces como arcaísmo o dialectalismo, y aun otras parece usado por mera comodidad métrica" (F. Rico).

SANCHO

¡Santa piedad!

PELAYO

450   ¡Piedad santa!

DON TELLO

¿Quién es este labrador
que os responde y acompaña?

PELAYO

Soy el que dice al revés
todas las cosas que habra [84].

SANCHO

455   Señor, de Nuño es criado.

PELAYO

Señor, en una palabra,
el pródigo soy de Nuño [85].

DON TELLO

¿Quién?

---

[84]   El bobo que *dice al revés* cuanto *habla* su señor constituye un
recurso cómico ampliamente usado en el teatro del Siglo de Oro.

[85]   *el pródigo de Nuño:* 'el malgastador de su hacienda' (comp. versos 121-124 y 130); pero aquí también 'su porquerizo' (v. 458), recordando el oficio del hijo *pródigo* (Lucas, XV, 15-17); véase J. M. Díez
Borque [1977], 149. Téngase en cuenta que Lope compuso una comedia
o auto sacramental sobre *El hijo pródigo* intercalada en el *Peregrino en
su patria:* [Mont.] Guardaréis puercos?... [*Pród.*] ¿Cómo os llamáis, señor
amo? [*Mont.*] Montano, ¿y vos? [*Pród.*] Yo me llamo / el Pródigo".

PELAYO

El que sus puercos guarda.
Vengo también a pediros
mercedes.

DON TELLO

460   ¿Con quién te casas?

PELAYO

Señor, no me caso ahora;
mas, por si el diabro me engaña,
os vengo a pedir carneros,
para si después me faltan.
465   Que un astrólogo me dijo
una vez en Masalanca [86]
que tenía peligro en toros,
y en agua tanta desgracia,
que desde entonces no quiero
470   casarme ni beber agua,
por escusar el peligro.

FELICIANA

Buen labrador.

DON TELLO

Humor gasta.

FELICIANA

Id, Sancho, en buen hora. Y tú
haz que a su cortijo [87] vayan

---

[86]   *Masalanca:* 'Salamanca'. Comp. arriba, n. 26; y *La mayor virtud de un Rey:* "Yo, señor, me llamo Mendo, / de tierra de Masalanca" (J. M. Díez Borque [1977], 141).

[87]   *cortijo:* casa de labranza o ganado (Rosal; en *Tesoro Lexicográfico)* o, más específicamente, el cercado donde "cría... la hierba" (Covarrubias).

475   las vacas y las ovejas.

SANCHO

Mi corta lengua no alaba
tu grandeza.

DON TELLO

                ¿Cuándo quieres
desposarte?

SANCHO

                Amor me manda
que sea esta misma noche.

DON TELLO

480   Pues ya los rayos desmaya
el sol, y entre nubes de oro
veloz al poniente baja,
vete a prevenir [88] la boda,
que allá iremos yo y mi hermana.
485   ¡Hola [89]!, pongan la carroza [90].

SANCHO

Obligada llevo el alma
y la lengua, gran señor,
para tu eterna alabanza.

Vase.

---

[88]   *prevenir:* preparar, disponer los preparativos de.
[89]   "*¡Hola!:* modo vulgar de hablar, usado para llamar a otro que es
inferior" (*Dicc. de Autoridades*).
[90]   *carroza:* "coche grande, ostentoso y ricamente vestido y adornado,
que regularmente se hace para funciones públicas y solemnes, como en-
tradas de embajadores, boda de príncipes y señores" (*Dicc. de Autoridades*).

FELICIANA

En fin, vos ¿no os casaréis?

PELAYO

490   Yo, señora, me casaba
con la novia deste mozo,
que es una lumpia zagala,
si la hay en toda Galicia [91];
supo que puercos guardaba,
495   y desechóme por puerco.

FELICIANA

Id con Dios, que no se engaña.

PELAYO

Todos guardamos, señora,
lo que...

FELICIANA

¿Qué?

PELAYO

      Lo que nos mandan
nuestros padres que guardemos.

Vase.

FELICIANA

500   El mentecato me agrada.

---

492   limpia *Suelta.*

---

[91] Entiéndase: como no la hay...

CELIO

Ya que es ido el labrador,
que no es necio en lo que habla[92],
prometo[93] a vuesa señoría,
que es la moza más gallarda
505   que hay en toda Galicia,
y que por su talle[94] y cara,
descreción y honestidad
y otras infinitas gracias,
pudiera honrar el hidalgo[95]
510   más noble de toda España.

FELICIANA

¿Que es tan hermosa?

CELIO

Es un ángel.

DON TELLO

Bien se ve, Celio, que hablas
con pasión[96].

---

[92]   *hablar en...* era régimen común, donde hoy usamos *hablar de...*
[93]   *prometo:* afirmo, aseguro.
[94]   *talle:* presencia física, porte.
[95]   Es habitual aún en el siglo XVII suprimir la preposición *a* ante el complemento directo de persona. Véase arriba, n. 12.
[96]   *pasión:* "particularmente se toma por la excesiva inclinación o preferencia de una persona a otra, por interés o motivo particular" *(Dicc. de Autoridades).*

CELIO

Alguna tuve,
mas cierto que no me engaña.

DON TELLO

515   Hay algunas labradoras
que, sin afeites ni galas,
suelen llevarse los ojos,
y a vuelta dellos el alma;
pero son tan desdeñosas,
520   que sus melindres me cansan.

FELICIANA

Antes, las que se defienden
suelen ser más estimadas.

Vanse y salen NUÑO *y* SANCHO.

NUÑO

¿Eso don Tello responde?

SANCHO

Esto responde, señor.

NUÑO

Por cierto que a su valor
525   dignamente corresponde.

SANCHO

Mandóme dar el ganado
que os digo.

522-3   *ac.* salen *Suelta.*

NUÑO

Mil años viva.

SANCHO

Y, aunque es dádiva excesiva,
530   más estimo haberme honrado
con venir a ser padrino.

NUÑO

¿Y vendrá también su hermana?

SANCHO

También.

NUÑO

Condición tan llana
del cielo a los hombres vino.

SANCHO

535   Son señores generosos.

NUÑO

¡Oh, si aquesta casa fuera,
pues los huéspedes espera
más ricos y poderosos
deste reino, un gran palacio...!

SANCHO

540   Esa no es dificultad:
cabrán en la voluntad,
que tiene infinito espacio.
Ellos vienen, en efeto.

NUÑO

¡Qué buen consejo te di!

SANCHO

545   Cierto que en don Tello vi
        un señor todo perfeto.
        Porque, en quitándole el dar,
        con que a Dios es parecido,
        no es señor; que haberlo sido
550   se muestra en dar y en honrar [97].
        Y pues Dios su gran valor
        quiere que dando se entienda,
        sin dar ni honrar no pretenda
        ningún señor ser señor.

NUÑO

555   ¡Cien ovejas! ¡Veinte vacas!
        Será una hacienda gentil [98],
        si por los prados del Sil
        la primavera los sacas.

---

558   Para resolver la «dificultad sintáctica» que plantea la concordancia de *los* con *vacas* y *ovejas*, J. Gómez Ocerín y R. M. Tenreiro sugieren que Lope «pudo... haber escrito *las*»: pero véase I, n. 59.

---

[97]   "El sujeto de la oración que introduce *porque* no es don Tello,
sino *señor*"; *haberlo sido* tiene aquí el valor de un infinitivo simple
(J. Gómez Ocerín y R. M. Tenreiro).
    Por otro lado, Sancho incide en un concepto comunísimo durante la
Edad Media: el de la semejanza entre Dios y los reyes (aunque aquí la
comparación se establece con un noble, de gran poder en tierras de Galicia). Comp. también las *Siete Partidas*, IV, XXV, 1: "nol deben llamar
señor sinon aquellos que son sus vasallos et resciben bienfecho dél".
[98]   Las *veinte vacas y cien ovejas* constituían, desde luego, una hacienda importante *(gentil hacienda)* para quien no tenía nada. Como elemento de comparación, adviértase, por ejemplo, que en *Los Tellos de Meneses*
el protagonista intenta dar una lección de humildad a su hijo, presumien-
do de labrador "que ha vivido / del fruto de cuatro vacas, / seis ovejas y
dos viñas...», cuando, en realidad, es un poderoso ganadero y rico agri-
cultor, dueño de una inmensa finca de millares de vacas y ovejas.

      Páguele Dios a don Tello
560   tanto bien, tanto favor.

SANCHO

¿Dónde está Elvira, señor?

NUÑO

Ocupárala el cabello
o algún tocado de boda.

SANCHO

Como ella traiga su cara,
565   rizos y gala escusara,
que es de rayos del sol toda.

NUÑO

No tienes amor villano.

SANCHO

Con ella tendré, señor,
firmezas de labrador
570   y amores de cortesano [99].

---

[99] En el teatro de Lope, por influencia de la que dieron varios humanistas (Erasmo, Vives, etc.), suele repetirse y ser casi proverbial la imagen del labrador fiel y representante de "la más alta y perfecta de cuantas maneras de vivir tienen los esposos" (N. Salomon).

Pero el amor de Sancho es también *cortesano*, no sólo en las "formas" (J. M. Díez Borque [1977], 147), sino en tanto huye de "toda vileza de

NUÑO

No puede amar altamente
quien no tiene entendimiento,
porque está su sentimiento
en que sienta lo que siente.
575   Huélgome de verte así.
Llama esos mozos, que quiero
que entienda este caballero
que soy algo o que lo fui.

SANCHO

Pienso que mis dos señores
580   vienen, y vendrán con ellos.
Deje Elvira los cabellos,
y reciba sus favores.

Salen DON TELLO *y criados;* JUANA, LEONOR *y villanos.*

DON TELLO

¿Dónde fue mi hermana?

JUANA

                                                                    Entró
por la novia.

582-3   *ac.* salen don Tello, Juana, Leonor y criados *Suelta.*

---

amor bajo" y entra, como proponían los neoplatónicos, "con la guía de
la razón en el camino alto y maravilloso de amar" (Baltasar de Castiglio-
ne). Cfr. *La Dorotea*, II, ii; IV, i: "Amor no es margarita ['piedra pre-
ciosa'] para bestias. Quiere entendimientos sutiles, aborrece el interés ['la
riqueza'], anda desnudo, no es para sujetos bajos" y "que esto que se
ejecuta con amor no se pierda con entendimiento; que entre los que le
tienen y aquellos a quien falta hay esta diferencia, que los unos quieren
por razón y los otros por costumbre".

SANCHO

Señor mío.

DON TELLO

Sancho.

SANCHO

585   Fuera desvarío
querer daros gracias yo,
con mi rudo entendimiento,
desta merced.

DON TELLO

¿Dónde está
vuestro suegro?

NUÑO

Donde ya
590   tendrán sus años aumento [100]
con este inmenso favor.

DON TELLO

Dadme los brazos.

NUÑO

Quisiera
que esta casa un mundo fuera,
y vos del mundo señor.

---

[100]   *aumento:* medro, provecho, mejora.

DON TELLO

595   ¿Cómo os llamáis, serrana?

PELAYO

Pelayo, señor.

DON TELLO

                                No digo
a vos.

PELAYO

¿No habraba comigo [101]?

JUANA

A vuestro servicio, Juana.

DON TELLO

Buena gracia.

---

595   ¿Cómo os llamáis vos, serrana? *Parte.*

---

[101]   El gracioso que se entromete respondiendo cuando preguntan a otro es un recurso cómico que Lope utiliza en otras obras; comp. *La francesilla*, 948-950: "[*Clavelia*] —¿Cómo es, señor, vuestro nombre? / [*Tristán*] Tristán me llamo. [*Feliciano*] Enemigo, ¿no ves que me habla a mí?."

PELAYO

Aun no lo sabe
bien; que con un cucharón,
si la pecilga [102] un garzón,
le suele pegar un cabe [103],
que le aturde los sentidos;
que una vez, porque llegué
a la olla, los saque
por dos meses atordidos [104].

DON TELLO

¿Y vos?

PELAYO

Pelayo, señor.

DON TELLO

No hablo con vos.

---

599   las sabe *Suelta* [Se refiere, claro está, a las *gracias* de Juana.
601   pellizca *Suelta*.
604   una vez que yo llegué *Suelta*.

---

[102]   *'pecilgar':* 'pellizcar'; es forma documentada en castellano antiguo,
seguramente procedente de **pelcigar*, por metátesis (pues existe el pos-
verbal *pelcigo*). Véase arriba, n. 26.

[103]   *cabe:* 'golpe'; se trata de un término tomado del juego de la ar-
golla: "para ser *cabe* ha de hacer que la bola de su contrario, tocada con
el golpe de la suya, pase de la raya del juego" (Covarrubias).

[104]   *atordido* (derivado de *tordo* 'pájaro atolondrado', y no de *torpi-
dus*), por 'aturdido', se usó raras veces en los siglos XVI y XVII, en competencia con el más habitual *atordecido* (cuya forma se explica por un
cruce con *adormecido*). Véase arriba, n. 26.

La figura de "la villana con fuerzas físicas excepcionales", corriente en
el teatro del Siglo de Oro, parece estar en deuda con la tradición de "las
cantigas de serranas medievales" (N. Salomon).

PELAYO

Yo pensaba,
señor, que conmigo habraba.

DON TELLO

¿Cómo os llamáis?

LEONOR

610   Yo, Leonor.

PELAYO

¡Cómo pescuda [105] por ellas
y por los zagales no!
Pelayo, señor, soy yo.

DON TELLO

¿Sois algo de alguna dellas?

PELAYO

615   Sí, señor, el porquerizo.

DON TELLO

Marido, digo, o hermano.

NUÑO

¡Qué necio estás!

---

611   ella *Suelta.*

---

[105] *pescudar* 'preguntar' es arcaísmo, con origen en **perscutare*, disimilación de *perscrutari* 'escrutar'; en 1611 tiene un uso mayoritariamente
"rústico" (Covarrubias).

SANCHO

¡Qué villano!

PELAYO

Así mi madre me hizo.

SANCHO

La novia y madrina [106] vienen.

Salen FELICIANA *y* ELVIRA

FELICIANA

620 Hermano, hacedles favores,
y dichosos los señores
que tales vasallos tienen.

DON TELLO

Por Dios que tenéis razón.
¡Hermosa moza!

FELICIANA

    Y gallarda.

ELVIRA

625 La vergüenza me acobarda,
como primera ocasión.
Nunca vi vuestra grandeza.

626-627 por ser primera ocasión / en que vi vuestra grandeza *Suelta*.

---

[106] *madrina:* "en los casamientos, la que va acompañando en lugar de madre a la novia" (Covarrubias).

NUÑO

Siéntense sus señorías:
las sillas son como mías [107].

DON TELLO

630   No he visto mayor belleza,
¡Qué divina perfección!
Corta ha sido su alabanza.
¡Dichosa aquella esperanza
que espera tal posesión!

[FELICIANA]

635   Dad licencia que se siente
Sancho.

DON TELLO

Sentaos.

SANCHO

No, señor.

DON TELLO

Sentaos.

---

630   La *Suelta* pone aquí un *ap[arte]*.
633-634   La *Parte* atribuye estos versos a Nuño.
635 y 639   La *Parte* adjudica estos versos a Pelayo, mientras la *Suelta*
los pone en boca de doña Feliciana: la corrección de la *Suelta* puede
parecer obvia en el v. 635, pero resulta dudosa en los otros dos, porque
la forma *empida*, en lugar de *impida*, caracteriza la lengua villanesca de
Pelayo. J. Gómez Ocerín y R. M. Tenreiro sugieren que el v. 639 podría
atribuirse a Feliciana y el 640 a Pelayo. Véase pról., págs. 67-68.

---

[107]   Es decir: las propias de un labrador humilde.

SANCHO

Yo tanto favor,
y mi señora presente.

FELICIANA

Junto a la novia os sentad [108];
no hay quien el puesto os empida.

DON TELLO

No esperé ver en mi vida
Tan peregrina beldad.

PELAYO

¿Yo y adónde he de sentarme?

NUÑO

Allá en la caballeriza
tú la fiesta solenniza.

DON TELLO

¡Por Dios que siento abrasarme!
¿Cómo la novia se llama?

PELAYO

Pelayo, señor.

NUÑO

¿No quieres
callar? Habla a las mujeres,
y cuéntaste tú por dama.
Elvira es, señor, su nombre.

---

641   espero *Suelta* // En este verso, la *Suelta* introduce otro *ap[arte]*.
643   donde *Suelta*.

---

[108]   La anteposición del pronombre enclítico al infinito, gerundio o
imperativo fue regular en español hasta la segunda midad del siglo XVII.

DON TELLO

Por Dios que es hermosa Elvira,
y digna, aunque serlo admira,
de novio tan gentilhombre [109].

NUÑO

655   Zagalas, regocijad
la boda.

DON TELLO

¡Rara hermosura [110]!

NUÑO

En tanto que viene el cura,
a vuestra usanza bailad [111].

JUANA

El cura ha venido ya.

---

655   zagales *Suelta.*

---

[109]   *gentilhombre* vale aquí "el que tiene buen talle, está bien proporcionado de miembros y facciones" (Covarrubias).
[110]   Los adjetivos *peregrino* y *raro* se usaron como sinónimos (Covarrubias, *s. v.* "peregrino"), con el valor de 'extraordinario, poco común'.
[111]   La fórmula *a vuestra usanza* "no es más que una expresión de
estilización 'regionalista' sin valor testimonial" (N. Salomon); pero Lope
la utiliza en varias ocasiones para caracterizar "la danza nupcial de la
manzana o de la naranja", bailada aun hoy en las aldeas de la comarca
madrileña: en ella, recordando una costumbre tradicional de algunos pueblos visigodos, los mozos y mozas ofrecen a la novia *manzanas* o *naranjas* llenas de monedas con distinto valor. Comp. *San Isidro labrador
de Madrid:* "Manda que bailen, Juan, / la naranja a nuestra usanza",
"Bailad a la usanza vuestra; / saquen los mozos las mozas".

DON TELLO

660   Pues decid que no entre el cura:
que tan divina hermosura
robándome el alma está.

SANCHO

¿Por qué, señor?

DON TELLO

Porque quiero,
después que os he conocido,
honraros más.

SANCHO

665   Yo no pido
más honras, ni las espero,
que casarme con mi Elvira.

DON TELLO

Mañana será mejor [112].

---

[112] La boda aldeana perturbada o interrumpida por el señor, "antes
de ser motivo teatral, fue hecho histórico todavía durante el siglo XVI,
independientemente de cualquier derecho de pernada" (N. Salomon). Así,
por ejemplo, el 17 de septiembre de 1527, García Buelta, en nombre del
concejo de Laciana, denunciaba: "... se había acostumbrado en el dicho
concejo de hacer bodas y bautizos e regocijarse en ellos e ofrecerse los
parientes a los parientes e amigos...; el conde les había quitado e quitaba
las dichas bodas e bautizos"; un año más tarde, una sentencia real resol-
vía "que no se turben las bodas"; y, posteriormente, el 19 de noviembre
de 1546, la Real Cancillería de Valladolid tomaba también la determinación de "que los vecinos del dicho concejo pudiesen hacer las fiestas e
regocijos que quisieran según costumbre en las bodas e bautismos, sin
que el conde ni otra persona en su nombre no se los perturbasen". Pero
comp. El burlador de Sevilla: "En mis bodas / caballero: / ¡mal agüero!"

SANCHO

No me dilates, señor,
670   tanto bien; mis ansias mira,
   y que desde aquí a mañana
puede un pequeño accidente [113]
quitarme el bien que presente
la posesión tiene llana.
675   Si sabios dicen verdades,
bien dijo aquel que decía
que era el sol el que traía
al mundo las novedades [114].
   ¿Qué sé yo lo que traerá
680   del otro mundo mañana?

DON TELLO

¡Qué condición tan villana!
[¡Qué puesto en su gusto [115] esta!]
   Quiérole honrar y hacer fiesta [116],

---

682   La *Parte* omite este verso (quizá por saltar de *Qué...!* a *Quiérole*).

---

[113] *accidente:* "caso no prevenido ni pensado, suceso inopinado y casual" *(Dicc. de Autoridades).*
[114] Entiéndase: "del mundo superior, que es el cielo" y al que "Cicerón
llamó *mundo luciente*" (Fernando de Herrera); no he localizado, por otra
parte, el dicho de "aquel sabio": podría tratarse de una tergiversación total
y consciente del Eclesiastés, I, 4 y 10 ("Terra autem in aeternum stat. Ori-
tur sol et occidit... Nihil sub sole novum..."). Pero la idea de que el sol
nace cada día, uno y distinto, se halla en Horacio, *Carmen saeculare,* 9-11:
"Alme sol, curru nitido diem qui / promis et celas aliusque et idem / nasceris."
Comp. también Anacreonte, *Odae:* "Hodierna curo tantum; / Quis cras fu-
tura novit?" (vers. latina por Henricus Stephanus, París, 1556, pág. 108); o "Id
curo iam quod instat; / cui nota cratina est lux?" (Helia Andrea, pág. 17).
   Por otra parte, se ha querido ver en el pasaje "una referencia velada al
ascenso del Rey Planeta" (B. P. E. Bentley).
[115] *puesto en su gusto:* obstinado en cumplir su voluntad, en hacer
según su antojo.
[116] *hacer fiesta:* "comúnmente decimos cuando hay regocijos que se
hacen fiestas" (Covarrubias); pero, en el contexto, también puede valer
por los "agasajos que se hacen para atraer la voluntad de uno" *(Dicc. de
Autoridades).*

685
y el muy necio, hermana mía,
en tu presencia porfía
con voluntad poco honesta.
    Llévala, Nuño, y descansa
esta noche.

NUÑO

Haré tu gusto.

Vanse TELLO, FELICIANA *y* CELIO.

Esto no parece justo.
690
¿De qué don Tello se cansa?

ELVIRA

Yo no quiero responder
por no mostrar liviandad.

NUÑO

No entiendo su voluntad
ni lo que pretende hacer:
695
    es señor. Ya me ha pesado
de que haya venido aquí. *Vase*.

SANCHO

Harto más me pesa a mí,
aunque lo he disimulado.

PELAYO

¿No hay boda esta noche?

689-690 La *Parte* imputa esta intervención a Elvira.
691 quise *Suelta*.

JUANA

No.

PELAYO

¿Por qué?

JUANA

700   No quiere don Tello.

PELAYO

Pues don Tello, ¿puede hacello [117]?

JUANA

Claro está, pues lo mandó. *(Vase.)*

PELAYO

¡Pues antes que entrase el cura
mos [118] ha puesto impedimento! *Vase.*

SANCHO

Oye, Elvira.

ELVIRA

705   ¡Ay, Sancho! Siento
que tengo poca ventura.

---

704   nos *Suelta.*

---

[117]   La asimilación de la -r del infinitivo a la l- del enclítico, en el
siglo XVIII, había quedado limitada mayoritariamente a la poesía y, en
ella, a las palabras en rima.
[118]   *mos* 'nos' "aparece desde el período clásico" y es "variante vulgar... debida al influjo de *me* y de la desinencia de la primera persona
plural" (J. A. Pascual y J. Corominas). Véase arriba, n. 26.

SANCHO

¿Qué quiere el señor hacer,
que a mañana lo difiere?

ELVIRA

Yo no entiendo lo que quiere,
710   pero debe de querer.

SANCHO

¿Es posible que me quita
esta noche? ¡Ay, bellos ojos!
¡Tuviesen paz los enojos
que airado me solicita! [119]

ELVIRA

715   Ya eres, Sancho, mi marido:
ven esta noche a mi puerta [120].

SANCHO

¿Tendrásla, mi bien, abierta?

711-714   No parece entenderse la corrección de Hartzenbusch: *¿Es
posible que me quita / que esta noche, ¡ay bellos ojos!, / tuviesen paz los
enojos / que airado me solicita?* Véase I, n. 106.

---

[119]   Quiere decir: 'ojalá tuviesen paz mis enojos con que [don Tello]
airado ["encolerizado"; Covarrubias] me solicita' (era corriente usar el subjuntivo en oraciones principales que expresan deseo); *solicitar:* "poner en
cuidado" (Covarrubias). Comp. Nicolas Perotti, *Cornucopia seu commentarium linguae latinae*, Venecia, 1503 [1488], col. 548: "Sollicitare enim est
'uel spem metumque ostendere'". Sobre los coléricos, el Arcipreste de Talavera advierte: "Estos tales subito son irados muy de recio, sin tempranza
alguna. Son muy soberbios, fuertes e de mala complisión arrebatada...: el tiempo que dura son muy peligrosos" (*El corbacho*, III, iii). Véase también n. 1.
[120]   "El rito matrimonial separaba los esponsales *(palabras de futuro)*
de la ceremonia religiosa (bendición y velaciones). Como el pueblo consideraba a los esponsales como auténtico matrimonio, era muy frecuente
la cohabitación entre los prometidos" (A. Domínguez Ortiz).

ELVIRA

Pues ¡no!

SANCHO

Mi remedio ha sido;
que, si no, yo me matara.

ELVIRA

720   También me matara yo.

SANCHO

El cura llegó y no entró.

ELVIRA

No quiso que el cura entrara.

SANCHO

Pero, si te persuades
a abrirme, será mejor;
725   que no es mal cura el amor
para sanar voluntades [121].

Vanse, y salen DON TELLO *y criados, con mascarillas.*

DON TELLO

Muy bien me habéis entendido.

---

[121]   Se juega aquí con algunos de los sentidos de *cura:* 'sacerdote' y
'remedio a alguna enfermedad'; cfr. *El engaño en la verdad:* "Con aceite
de candil / Y con ensalmos nos cura [un médico de pueblo], / Y aún da
quehacer al cura / Si se le pierde el carril."

CELIO

Para entenderte, no creo
que es menester, gran señor,
730   muy sutil entendimiento.

DON TELLO

Entrad, pues que estarán solos
la hermosa Elvira y el viejo.

CELIO

Toda la gente se fue
con notable descontento
735   de ver dilatar la boda.

DON TELLO

Yo tomé, Celio, el consejo
primero que amor me dio:
que era infamia de mis celos
dejar gozar a un villano
740   la hermosura que deseo.
Despúes que della me canse,
podrá ese rústico necio
casarse; que [122] yo daré
ganado, hacienda y dinero
745   con que viva: que es arbitrio
de muchos, como lo vemos
en el mundo [123]. Finalmente,
yo soy poderoso, y quiero,
pues este hombre no es casado,

---

[122]   La conjunción *que* tiene aquí un valor causal.
[123]   Estos versos adaptan una idea bastante popular, de que se conocen
numerosas variantes: "sola pecunia regnat" (Lucrecio), "Laudatur num-
mus quasi rex super omnia summus" (dicho latino), "pecuniae obediunt
omnia" (Erasmo, *Adagia*, 87), etc.

750   valerme de lo que puedo [124].
             Las máscaras os poned.

                          CELIO

             ¿Llamaremos?

                       DON TELLO

                            Sí.

             Llaman, y sale ELVIRA *al paño* [123bis].

                          CRIADO

                       Ya abrieron.

                          ELVIRA

             Entra, Sancho de mi vida.

                          CELIO

             ¿Elvira?

                          ELVIRA

                            Sí.

             ───────────────
             752-3   *ac.* La *Suelta* trae únicamente *Llaman.*

───

[124] Don Tello parece obrar según un privilegio de que usaron algunos
nobles de occidente durante la Edad Media, el *ius primae noctis* o derecho de pernada, que otorgaba al señor la facultad de desflorar a la novia
en la noche de boda, antes que el marido. No obstante, Fernando el
Católico dictó una sentencia arbitral contra esta costumbre (Guadalupe,
1486), recogida también por las cortes de Monzón en 1585.
[123bis] *al paño* "es expresión aún viva en la jerga teatral, con el sentido
de 'tras un telón o bastidor'" (F. Rico).

CRIADO

¡Buen encuentro!

ELVIRA

755 ¿No eres tú, Sancho? ¡Ay de mí!
¡Padre! ¡Señor! ¡Nuño! ¡Cielos!
¡Que me roban, que me llevan!
Llévanla.

DON TELLO

Caminad ya.

NUÑO

Dentro.

¿Qué es aquesto?

ELVIRA

¡Padre!

DON TELLO

Tápala esa boca.

NUÑO

760 ¡Hija, ya te oigo y te veo!
Pero mis caducos años
y mi desmayado esfuerzo,
¿qué podrán contra la fuerza
de un poderoso mancebo?,
765 que ya presumo quién es.

Salen SANCHO *y* PELAYO, *de noche.*

757-8   *ac.* La *Suelta* suprime esta acotación y, a cambio, incluye otra
a la altura del v. 760: *Llévanse a Elvira y sale Nuño.*
758   aquello *Suelta.*

SANCHO

Voces parece que siento
en el valle hacia la casa
del señor.

PELAYO

                    Habremos quedo [125]:
no mos sientan los criados.

SANCHO

770   Advierte que estando dentro
no te has de dormir.

PELAYO

                            No haré,
que ya me conoce el sueño.

SANCHO

Yo saldré cuando del alba
pida albricias el lucero;
775   mas no me las pida a mí,
si me ha de quitar mi cielo [126].

PELAYO

¿Sabes qué pareceré
mientras estás allá dentro?

---

768   Hablemos *Suelta* // quando *Parte*.
769   nos *Suelta*.

---

[125]   *quedo:* sin hacer ruido, en voz baja, con cuidado.
[126]   La separación de los amantes por la llegada de la aurora es un
tema poético universal y constituye un género bien definido (el *alba* o
albada); "en España, desde fines del XV, tal situación aparece a menudo
en el teatro" (F. Rico).

Mula de doctor que está
780   tascando a la puerta el freno [127].

SANCHO

Llamemos.

PELAYO

Apostaré
que está por el agujero
de la llave Elvira atenta.

SANCHO

Llego, y llamo.

Sale NUÑO

NUÑO

Pierdo el seso.

SANCHO

¿Quién va?

NUÑO

Un hombre.

------

781   Llama, pues, *Suelta.*

------

[127]   *tascando... el freno:* 'mordiéndolo' o, simplemente, 'moviéndolo
entre los dientes'; comp. Góngora, *Polifemo,* 13-14: "tascando haga el
freno de oro, cano, / del caballo andaluz la ociosa espuma".
    Los médicos solían ir a visitar a sus pacientes en mula: "Alguno co-
nozco yo / que médico se regula / por la sortija y la mula..." (Góngora);
"Si quieres ser famoso médico, lo primero linda mula..." (Quevedo).

SANCHO

¿Es Nuño?

NUÑO

785   ¿Es Sancho?

SANCHO

¡Pues tú en la calle! ¿Qué es esto?

NUÑO

¿Qué es esto, dices?

SANCHO

Pues bien,
¿qué ha sucedido?, que temo
algún mal.

NUÑO

Y aun el mayor;
790   que alguno ya fuera menos.

SANCHO

¿Cómo?

NUÑO

Un escuadrón de armados
aquestas puertas rompieron,
y se han llevado...

---

788   ¿qué te ha sucedido? *Parte.*

SANCHO

No más,
que aquí dio fin mi deseo.

NUÑO

795   Reconocer con la luna
los quise, mas no me dieron
lugar a que los mirase;
porque luego [128] se cubrieron
con mascarillas las caras,
800   y no pude conocerlos.

SANCHO

¿Para qué, Nuño? ¿Qué importa?
Criados son de don Tello,
a quien me mandaste hablar:
¡mal haya, amén, el consejo!
805   En este valle hay diez casas,
y todas diez de pecheros [129],
que se juntan a esta ermita:
no ha de ser ninguno dellos.
Claro está que es el señor
810   que la ha llevado a su pueblo;
que el no me dejar casar
es el indicio más cierto.
¡Pues es verdad que hallaré
justicia, fuera del cielo,

---

807   essa *Suelta.*
811   que el no dexarme casar *Suelta* [Es una modernización de la sintaxis de Lope: comp. I, n. 97.

---

[128]   *luego:* al punto, en seguida, inmediatamente.
[129]   *pecheros:* 'los que están obligados a pagar o contribuir con el pecho o tributo' (*Dicc. de Autoridades*); en la Baja Edad Media, se llamó
específicamente así a los labriegos o villanos, por ser ellos, colonos tanto
como propietarios rurales, quienes pagaban siempre tales impuestos.

815   siendo un hombre poderoso,
        y el más rico deste reino [130]!
        ¡Vive Dios que estoy por ir
        a morir, que no sospecho
        que a otra cosa!

Nuño

        Espera, Sancho.

Pelayo

820   Voto al soto, que, si encuentro
        sus cochinos en el prado,
        que, aunque haya guarda con ellos,
        que los he de apedrear [130bis].

Nuño

        Hijo, de tu entendimiento
825   procura valerte ahora.

Sancho

        Padre y señor, ¿cómo puedo?
        Tú me aconsejaste el daño,
        aconséjame el remedio [131].

---

819   que otra cosa! *Suelta.*

---

[130]   El escepticismo de Sancho respecto a la justicia terrena podía re-
lacionarse con el mito de Astrea, divinidad que propagó en la tierra el
sentimiento de justicia y que, obligada por la progresiva degeneración de
los hombres, hubo de volverse al cielo.

[130bis]   "Es una práctica habitual en el siglo XVI repetir el *que* anuncia-
tivo cuando se introduce algún elemento entre el *que* y el verbo de la
frase" (H. Keniston).

[131]   Sancho atribuye a Nuño una célebre paradoja bíblica (Deutero-
nomio, XXXII, 39: "Ego occidam et ego vivere faciam: Percutiam et ego
Sanabo"; Oseas, VI, 1: "Ipse cepit et sanabit os, percutiet et curavit
nos"), conocida también en la tradición clásica (Ovidio, *Remedia amoris,*
44: "una manus vobis vulnus opemque feret").

NUÑO

Vamos a hablar al señor
mañana; que yo sospecho
que, como fue mocedad,
ya tendrá arrepentimiento.
Yo fío, Sancho, de Elvira
que no haya fuerza ni ruegos
que la puedan conquistar.

830

835

SANCHO

Yo lo conozco y lo creo.
¡Ay, que me muero de amor!
¡Ay, que me abraso de celos!
¿A cuál hombre ha sucedido
tan lastimoso suceso?
¡Que trujese [132] yo a mi casa
el fiero león sangriento
que mi cándida cordera
me robara [133]! ¿Estaba ciego?
Sí estaba; que no entran bien
poderosos caballeros
en las casas de los pobres
que tienen ricos empleos [134].
Paréceme que su rostro

840

845

---

[132] *trujese:* 'trajera' o 'trajese'; gracias a la preferencia de la lengua moderna por la -*u*- postónica, se llegó a la uniformización de todos los perfectos con vocales temáticas *a* y *o*.

[133] *cándida:* con el sentido latino de 'blanca'; comp. *Peribáñez*, 3090-3093: "paséle el pecho, y entonces / dejó la cordera blanca, / porque, yo, como pastor, / supe del lobo quitarla"; o Calderón, *El alcalde de Zalamea*, 119-122: "bien así / como de los pechos quita / carnicero hambriento lobo / a la simple corderilla".

Por otra parte, la imagen del lobo y la cordera es de raigambre clásica; cfr. simplemente Ovidio, *Ars amatoria*, 118-119: "utque fugit visos agna novella lupos, / sic illae timuere viros sine lege ruentes..."; o *Fasti*, II, 799-800: "sed [Lucretia] tremit, ut quondam stabulis deprensa relictis / parva sub infesto cum iacet agna lupo".

[134] *ricos empleos:* 'amores apetecibles', 'hermosas muchachas en quienes emplearse, esto es, con quienes tener relaciones amorosas' (*empleos* tiene aquí el sentido restringido de 'amores, noviazgos, relaciones'; compárese *El caballero de Olmedo*, 863 y 2611; y abajo, v. 912).

850   lleno de aljófares [135] veo
    por las mejillas de grana,
    su honestidad defendiendo;
    paréceme que la escucho,
    ¡lastimoso pensamiento!:
855   y que el tirano la dice
    mal escuchados requiebros;
    paréceme que a sus ojos
    los descogidos cabellos
    haciendo están celosías
860   para no ver sus deseos [136].
    Déjame, Nuño, matar;
    que todo el sentido pierdo.
    ¡Ay, que me muero de amor!
    ¡Ay, que me abraso de celos!

NUÑO

865   Tú eres, Sancho, bien nacido:
    ¿qué es de tu valor?

SANCHO

          Recelo
    cosas que, de imaginallas,
    loco hasta el alma me vuelvo,
    sin poderlas remediar.
870   Enséñame el aposento
    de Elvira.

---

867 imaginarlas *Suelta*.
870-872 Y, a mí, señor, la cocina, / porque muerto de hambre estoy, / como anoche no cené *Suelta*.

---

[135] *aljófares:* propiamente, 'perlas'; aquí, en sentido metafórico, 'lágrimas', corriente en los poetas del barroco.
[136] Comp. *Fuenteovejuna*, 1558-1569: "Acercóse el caballero, / y ella,
confusa y turbada, hacer quiso celosías / de las intrincadas ramas... '¿Para
qué te escondes, / niña gallarda? / Que mis linces deseos / paredes pasan'"; o Calderón, *El alcalde de Zalamea*, 234-238.

PELAYO

Yo [137], mi señor,
la cocina, que me muero
de hambre; que no he cenado,
como enojados se fueron.

NUÑO

875   Entra, y descansa hasta el día;
que no es bárbaro don Tello.

SANCHO

¡Ay, que me muero de amor,
y estoy rabiando de celos!

---

877   La *Suelta* atribuye a Pelayo dos versos más: *¡Ay, que me muero
de hambre! / ¡Ay, que de hambre me muero!*

---

[137]   Nótese el uso del nominativo enfático inicial, corriente en la lengua del Siglo de Oro: el *yo*, "por una suerte de anacoluto, queda al
comienzo de la frase, como un sujeto efectivo, del que se va a tratar, si
bien interrumpiendo sus relaciones gramaticales con lo que sigue"
(F. Lázaro Carreter).

ACTO SEGUNDO

Salen DON TELLO *y* ELVIRA

ELVIRA

> ¿De qué sirve atormentarme,
> Tello, con tanto rigor?
> ¿Tú no ves que tengo honor,
> y que es cansarte y cansarme?

DON TELLO

> Basta, que das en matarme
> con ser tan áspera y dura.

ELVIRA

> Volverme [1], Tello, procura
> a mi esposo [2].

---

[1] "*volver* vale 'tornar'...: *volver* lo prestado" (Covarrubias); 'devolver'.

[2] Ni Elvira ni don Tello parecen hacer distinción entre *esposo* y *marido*, cuando en la época sí se distinguía entre uno y otro término: "Sponsalia sunt futurarum nuptiarum promissio... ["*esposo* y *esposa:* 'los que han dado palabra de casamiento'; Covarrubias]; unde *sponsus* quasi 'promissus' & *sponsa* quasi 'promissa'. Quare post contractum matrimonium per verba de praesenti dicuntur *uxor* & *maritus*, non *sponsus* nec *sponsa*" (Joseph Langio, *Florilegii magni...*, col. 2628).

DON TELLO

No es tu esposo;
ni un villano, aunque dichoso,
digno de tanta hermosura.

Mas cuando yo Sancho fuera,
890 y él fuera yo, dime Elvira,
¿cómo el rigor de tu ira
tratarme tan mal pudiera?
¿Tu crueldad no considera
que esto es amor?

ELVIRA

No, señor;
895 que amor que pierde al honor
el respeto es vil deseo;
y, siendo apetito feo [3],
no puede llamarse amor.

Amor se funda en querer
900 lo que quiere quien desea;
que amor que casto no sea,
ni es amor ni puede ser.

---

[3] *apetito feo:* por 'deseo bajo, ilícito', en una probable alusión al *apetito sensual*, frente al *racional*, según distingue la escolástica entre lo aprehendido por los sentidos corpóreos y lo aprehendido por la inteligencia. Pero téngase en cuenta que *apetito* se entendía en general "por las cosas corporales y sensitivas que son comunes a los hombres y a los brutos" (*Dicc. de Autoridades*).

El amor de don Tello, pues, no asciende "de la vista de la belleza corporal a la *consideración* de la espiritual y divina" (la *consideratio* "est omnis operatio intellectus vel processus rationis ex principiis pertigentibus ad contemplationem veritatis"; Santo Tomás), sino que "desciende de la vista al deseo de tocar" (Fernando de Herrera); y, en tanto aspira únicamente a la mera satisfacción sexual, atenta contra la honra de Elvira y la acaba convirtiéndose en una especie de locura (vv. 1132-1133).

Comp. *La quinta de Florencia:* "No, que vos no me queréis, / porque sólo pretendéis, / César, burlaos de mí. / Quien quiere quiere el honor / y el bien de aquello que quiere; / quien quiere el gusto prefiere / al santo honor el amor"; y también *El caballero de Olmedo*, 69-73: "[*Alonso*] Acertaste con mi amor: / esa labradora es / fuego que me abrasa y arde. / [*Fabia*] Alto has picado. [*Alonso*] Es deseo / de su honor."

Don Tello

¿Cómo no?

Elvira

        ¿Quiéreslo ver?
Anoche, Tello, me viste;
905   pues tan presto me quisiste,
que apenas consideraste
qué fue lo que deseaste:
que es en lo que amor consiste.
        Nace amor de un gran deseo;
910   luego va creciendo amor
por los pasos del favor
al fin de su mismo empleo;
y en ti, según lo que veo,
no es amor, sino querer
915   quitarme a mí todo el ser
que me dio el cielo en la honra.
Tú procuras mi deshonra,
y yo me he de defender.

Don Tello

        Pues hallo en tu entendimiento,
920   como en tus brazos, defensa,
oye un argumento.

Elvira

              Piensa
que no ha de haber argumento
que venza mi firme intento.

---

905   y tan presto *Suelta.*
910   luego ya *Parte.*

Don Tello

¿Dices que no puede ser
ver, desear y querer?

Elvira

Es verdad.

Don Tello

Pues dime, ingrata,
¿cómo el basilisco mata
con sólo llegar a ver [4]?

Elvira

Ése es sólo un animal.

Don Tello

Pues ése fue tu hermosura.

Elvira

Mal pruebas lo que procura
tu ingenio.

Don Tello

¿Yo pruebo mal?

---

929   sólo es *Suelta.*

---

[4]   *basilisco:* sierpe fabulosa cuya condición es "matar mirando" (*La corona merecida*). Comp. Calderón, *La niña de Gómez Arias*, I: "¿Ves toda aquesa hermosura? / Basilisco es que amenaza / con la vista, y sólo ahora / que no me ve no me mata."

ELVIRA

El basilisco mortal
mata teniendo intención
935   de matar; y es la razón
tan clara, que mal podía
matarte cuando te vía [5]
para ponerte afición [6].

Y no traigamos aquí
940   más argumentos, señor.
Soy mujer y tengo amor:
nada has de alcanzar de mí.

DON TELLO

¿Puédese creer que así
responda una labradora?
945   Pero confiésame ahora
que eres necia en ser discreta,
pues viéndote tan perfeta,
cuanto más, más enamora [7].

¡Y ojalá fueras mi igual!
950   Mas bien ves que tu bajeza
afrentara mi nobleza,
y que pareciera mal
juntar brocado y sayal [8].
Sabe Dios si amor me esfuerza
955   que mi buen intento tuerza;
pero ya el mundo trazó
estas leyes, a quien yo
he de obedecer por fuerza.

---

937   debía *Suelta* [Es un error que sólo puede producirse a partir de
una forma manuscrita: *te via* con la *v* alta, semejante a la *b*].

---

[5]   *vía:* 'veía'; es forma etimológica.
[6]   Esto es: 'al no mostrarte amor cuando te miraba, difícilmente podía
matarte' *(afición* es el duplicado semipopular de *afección* y aquí vale
'amor, voluntad'). Elvira parece estar recordando la idea neoplatónica de
que sólo en el amor recíproco o correspondido *(amor mutuus)* quien ama
deja de vivir en él (*i. e.,* muere) para vivir donde vive el amado. Véase
I, n. 16.
[7]   Entiéndase: 'cuanto más perfecta, tu hermosura más enamora'.
[8]   *brocado:* 'tela tejida con seda, oro o plata', propia de nobles; *sayal:*

Sale FELICIANA.

FELICIANA

Perdona, hermano, si soy
más piadosa que quisieras.
Espera, ¿de qué te alteras?

DON TELLO

¡Qué necia estás!

FELICIANA

                    Necia estoy;
pero soy, Tello, mujer,
y es terrible tu porfía [9].
[Deja que pase algún día]:
que llegar, ver y vencer
     no se entiende con amor,
aunque César de amor seas [10].

DON TELLO

¿Es posible que tú seas
mi hermana?

---

965 La *Parte* no trae este verso [Pero la *Suelta* añade un verso después de *porfía: Hermano, por vida mía* véase pról., pág. 62.

'tela muy basta, confeccionada de lana burda', usada por labradores *(Diccionario de Autoridades)*.

Al oponerse a la celebración de matrimonios desiguales y, por ahí, a su utilización para conseguir ascender en la escala social, don Tello se hace eco de la doctrina conservadora (vigente aún en el siglo XVII) de que los estamentos en que se divide la sociedad, concebidos como expresión de la voluntad de Dios, son inmutables e inalterables.

[9] *porfía:* "constancia en continuar alguna pretensión" (Covarrubias).

[10] Feliciana recuerda aquí las famosas palabras ("veni, vidi, vici") con que Julio César anunció al Senado su fulminante victoria sobre el rey del

FELICIANA

970   ¡Tanto rigor
con una pobre aldeana!

Llaman.

ELVIRA

Señora, doleos de mí.

FELICIANA

Tello, si hoy no dijo sí,
podrá decirlo mañana.
975   Ten paciencia, que es crueldad
que los dos no descanséis.
Descansad, y volveréis
a la batalla.

DON TELLO

¿Es piedad
quitarme la vida a mí?

Llaman.

---

973   dijo que sí *Suelta.*

Ponto (Suetonio, *Vida de los Césares*, I, xxxvii, 2) y que, desde entonces,
se usaron para expresar la rapidez con que se lleva a cabo una acción.

Un poco más abajo (vv. 981-984) parece insistir en una de las condiciones
que Aristóteles exigía para la amistad (*Ética a Nicómaco*, VIII, iii) y que
tanto Lucrecio como Ovidio aplican al amor (*tratar y estar en conversación*
son expresiones con un significado afín): "consuetudo concinnat amorem; /
nam leuiter quamuis quod crebro tunditur ictus, / vincitur in longo spatio
tamen atque labascit..." (*De rerum natura*, 1283-1285); o "Penelopen ipsam,
persta modo, tempore vinces" (*Ars amatoria*, 475).

FELICIANA

980   Calla, que estás enojado.
       Elvira no te ha tratado,
       tiene vergüenza de ti.
          Déjala estar unos días
       contigo en conversación,
985   y conmigo, que es razón.

ELVIRA

Puedan las lágrimas mías
moveros, noble señora,
a interceder por mi honor.

Llaman.

FELICIANA

Sin esto [11], advierte, señor,
990   que debe de haber un hora [12]
          que están llamando a la puerta
       su viejo padre y su esposo,
       y que es justo y aun forzoso
       que la hallen los dos abierta;
995   porque, si no entran aquí,
       dirán que tienes a Elvira.

DON TELLO

Todos me mueven a ira.
Elvira, escóndete ahí,
y entren esos dos villanos.

---

990   una hora *Parte* [El uso de Lope concuerda con la *Suelta*.

---

[11]   *sin esto:* además de esto.
[12]   Es decir: 'debe de hacer una hora'; *hora* es palabra originariamente femenina (del latín *horam),* pero, a menudo, aparecía acompañada por el artículo indeterminado *un,* en vez de *una,* porque durante la Edad Media *una* solía apocoparse cuando el sustantivo que le seguía comenzaba por vocal.

ELVIRA

1000   ¡Gracias a Dios que me dejas
descansar!

DON TELLO

¿De qué te quejas,
si me has atado las manos?

Escóndese [ELVIRA].

FELICIANA

¡Hola!

CELIO *Dentro.*

Señora.

FELICIANA

Llamad
esos pobres laboradores.
1005   Trátalos bien, y no ignores
que importa a tu calidad.

Salen NUÑO *y* SANCHO.

NUÑO

Besando el suelo de tu noble casa [13]
(que de besar tus pies somos indinos),
venimos a decirte lo que pasa,
1010   si bien con mal formados desatinos.
Sancho, señor, que con mi Elvira casa,
de quien los dos habíais de ser padrinos,
viene a quejarse del mayor agravio
que referirte puede humano labio.

_____

1006-7 *ac.* sale *Suelta.*
1008   indignos *Parte.*

_____

[13]   En el teatro de Lope, "el uso principal de las octavas es para el

SANCHO

1015   Magnánimo señor, a quien las frentes
         humillan estos montes coronados
         de nieve, que, bajando en puras fuentes,
         besan tus pies en estos verdes prados:
         por consejo de Nuño y sus parientes,
1020   en tu valor divino confiados,
         te vine a hablar y te pedí licencia,
         y honraste mi humildad con tu presencia.

         Haber estado en esta casa, creo
         que obligue tu valor a la venganza
1025   de caso tan atroz, inorme [14] y feo,
         que la nobleza de tu nombre alcanza.
         Si alguna vez amor algún deseo
         trujo la posesión a tu esperanza,
         y al tiempo de gozarla la perdieras,
1030   considera, señor, lo que sintieras.

         Yo, sólo labrador en la campaña,
         y en el gusto del alma caballero,
         y no tan enseñado a la montaña
         que alguna vez no juegue el limpio acero [15],

1015   fuentes *Parte* [Se trata, sin duda, de una mala lectura o interpretación de las grafías *(frētes: fuētes)*, facilitada por la mención, en el
contexto, de *montes*.

1025   enorme *Suelta*.

1028   traxo *Suelta*.

---

diálogo factual, especialmente con conflicto dramático, en tono elevado
y situación grave unas veces, ordinarias otras" (D. Marín); comp. *Arte
nuevo*, 309-310: "Las relaciones piden los romances, / aunque en otavas
lucen por estremo"; y abajo, vv. 2281-2354.

[14]   *inorme:* "lo mismo que *enorme*" (*lat. enormis* 'fuera de la norma,
irregular'), que "en lo moral vale perverso, lleno de fealdad y maldad,
excesivo y torpemente grave" *(Dicc. de Autoridades)*.

[15]   *juegue el limpio acero:* 'maneje con destreza y habilidad la espada'
(la versión más frecuente era *jugar las armas*). De hecho, Sancho, como
hijo de hidalgo, ha heredado las armas de su padre (al menos "una mohosa espada"), y, aunque jornalero en la actualidad, muy bien podía ejer-
citarse en ellas.

1035   oyendo nueva tan feroz y estraña,
            no fui, ni pude, labrador grosero;
            sentí el honor con no haberle tocado,
            que quien dijo de sí [16] ya era casado.

            Salí a los campos, y a la luz que excede
1040   a las estrellas, que miraba en vano,
            a la luna veloz [17], que retrocede
            las aguas y las crece al Oceano,
            «Dichosa, dije, tú, que no te puede
            quitar el sol ningún poder humano
1045   con subir cada noche donde subes,
            aunque vengan con máscaras las nubes.

            Luego, volviendo a los desiertos prados [18],
            durmiendo con los álamos de Alcides
            las yedras vi con lazos apretados,
1050   y con los verdes pámpanos las vides.
            «¡Ay!, dije, ¿cómo estáis tan descuidados?
            Y tú, grosero, ¿cómo no divides [19],
            villano labrador, estos amores,
            cortando ramas y rompiendo flores?»

1047-1048   Salí, señor, bolviendo a los desiertos prados, / adonde con
los álamos de Alcides *Suelta*.

---

[16]   *decir de sí:* 'decir [que] sí'. "El uso de *de* por *que* es bastante raro
en el siglo XVI"; puede tratarse, en efecto, de un italianismo (H. Keniston): de hecho, en los relatos italianos en que parece inspirarse Lope son
habituales expresiones como *rispuose di sì* o *disse di sì*, etc. Comp. *La
Lozana andaluza* CLXXXII: "¿Quién diría de no a tales convidadas?"
[17]   Comp., p. ej., Giovanni Pontano: "ac tandem rapidis *uelox Latonia*
vigis".
[18]   *desiertos:* 'dejados, abandonados, solitarios' (Rosal; en *Tesoro Lexicográfico*). El *álamo* es árbol consagrado a *Alcides* (Hércules) y "de los
antiguos... era tenido por árbol infeliz, por cuanto se cuenta entre los
infructuosos" (Covarrubias): en el contexto, parece representar a don Tello (cuyo triste fin podría insinuarse aquí), mientras las *yedras* encarnan
a Elvira (pero comp., abajo, "¿cómo estáis tan descuidados?", en boca
de Sancho, refiriéndose a sí mismo).
[19]   *dividir:* "apartar, hacer partes lo que estaba junto y de montón"
(Covarrubias).

1055   Todo duerme seguro. Finalmente,
        me robaron a [mí] mi prenda amada,
        y allí me pareció que alguna fuente
        lloró también y murmuró turbada.
        Llevaba yo, ¡cuán lejos de valiente!,
1060   con rota vaina una mohosa espada;
        llegué al árbol más alto, y a reveses
        y tajos igualé sus blancas mieses [20].
        No porque el árbol me robase a Elvira,
        mas porque fue tan alto y arrogante,
1065   que a los demás como a pequeños mira:
        tal es la fuerza de un feroz gigante.

1056   Hartzenbusch suple la sílaba que falta en el verso, imprimiendo
me robaron, señor, mi prenda amada; pero la supresión de una sílaba
podría explicarse fácilmente por haplología: *me robaron a [mí] mi prenda
amada.*

1062*   La corrección de Hartzenbusch no es inaceptable: *y tajos le
iguale a las bajas mieses;* pero *las blancas mieses* parecen referirse a las
hojas de los *álamos* (J. G. Ocerín y R. M. Tenreiro); y, por otro lado,
la metáfora no por insólita carece de algún fundamento. Véase II, n. 20.

---

[20]   *igualé sus blancas mieses:* 'derribé las blancas hojas de los álamos'
(el sentido traslaticio que tiene aquí *mieses* debió de ser poco frecuente,
pero, con todo, resulta bastante comprensible, por ciertas concomitancias
existentes entre la espiga y la hoja del álamo: el color, el tamaño, etc).
   Cortar las ramas o las flores más altas de un bosque o jardín se interpretaba a menudo como amenaza dirigida contra personas importantes.
Comp. Valerio Máximo, *De dictis factisque memorabilibus,* VII, iv, 2:
"Tarquinus... nihil respondit, sed seducto eo [su hijo Sexto] in hortum,
maxima et altissima papaveram capita baculo decussit...; adolescens... nec
ignoravit praecipi sibi ut excellentissimum quemque Gabinorum aut exi-
lio submoveret aut morte consumeret"; o *La campana de Aragón:* [don
Fortunio] "Luego un pequeño cuchillo / sacó de una vaina negra, / que
de su cinta pendía, / y, entre las flores y yerbas, / fue cortando las más
altas / que mostraban más soberbia, / escapando de sus manos / las humildes y pequeñas... / *[Ramiro]* "Que corte las cabezas de los grandes /
y tomarán ejemplo los pequeños..."
   Sobre *igualar* 'derribar, echar al suelo', 'tender', comp. Garcilaso,
Égloga III, 225-230: "Todas, con el cabello desparcido, / lloraban una
ninfa delicada / cuya vida mostraba que había sido / antes de tiempo y
casi en flor cortada; / cerca del agua, en un lugar florido, / estaba entre
las hierbas *igualada*" (comunicación A. Blecua).

Dicen en el lugar (pero es mentira,
siendo quien eres tú) que, ciego amante
de mi mujer, autor del robo fuiste,
1070   y que en tu misma casa la escondiste.
    «¡Villanos, dije yo, tened respeto:
don Tello, mi señor, es gloria y honra
de la casa de Neira, y en efeto
es mi padrino y quien mis bodas honra.»
1075   Con esto, tú piadoso, tú discreto,
no sufrirás la tuya y mi deshonra;
antes harás volver, la espada en puño,
a Sancho su mujer, su hija a Nuño.

DON TELLO

Pésame gravemente, Sancho amigo,
1080   de tal atrevimiento, y en mi tierra
no quedará el villano sin castigo
que la ha robado y en su casa encierra.
Solicita tú y sabe qué enemigo [20bis],
con loco amor, con encubierta guerra
1085   nos ofende a los dos con tal malicia,
que, si se sabe, yo te haré justicia.
    Y a los villanos [21] que de mí murmuran
haré azotar por tal atrevimiento.
Idos con Dios.

SANCHO

Mis celos se aventuran.

1077   empuño *Parte* y *Suelta*. Aceptamos la enmienda de Hartzenbusch.
1080   del tal atrevimiento *Suelta*.
1088   castigaré *Suelta*.

[20bis]   Entiéndase: vete a saber qué enemigo...
[21]   Don Tello usa el término *villano* con un tono despectivo, para
recordar a Sancho y a Nuño su condición inferior y de quienes viven en
villa; pero, más abajo, en correlación con *pícaros*, parece emplearlo más
claramente con el sentido de 'vil, ruin, cobarde'. Nótese, además, que
doña Feliciana evita llamarlos así y se refiere a ellos como *labradores*.

Nuño

Sancho, tente [22], por Dios.

Sancho

1090   Mi muerte intento.

Don Tello

Sabedme [23] por allá los que procuran
mi deshonor.

Sancho

¡Estraño pensamiento!

Don Tello

Yo no sé dónde está, porque, a sabello,
os la diera, por vida de don Tello.

Sale Elvira, *y pónese en medio* Don Tello.

Elvira

1095   Sí sabe, esposo: que aquí
me tiene Tello escondida.

Comp. Luis Vélez de Guevara, *La serrana de la vera:* "Hombre soy
humilde y llano; / mas villano, no por Dios, / sino es porque vivo en
villa; / que villano es el que intenta / a traición muerte o afrentar / hombres buenos en Castilla / sus reyes nos han llamado, / y los que son
hombres buenos / de ese nombre son ajenos"; y *Los Benavides:* "[*Payo*]
¿Qué es lo que quieres, villano? / [*Sancho*] No soy villano, señor. /
[*Payo*] ¿Pues qué eres? [*Sancho*] Labrador, / como vos sois cortesano. /
[*Payo*] ¿Qué diferencia has hallado / en el uno y otro nombre? / [*Sancho*] Que el que es villano es ruin hombre / [*Payo*] ¿Y el labrador? [*Sancho*] Hombre honrado."

[22] *tente:* detente.

[23] *Sabedme:* dadme a conocer. Comp. *Peribáñez*, 1493: "yo no sé la
casa".

SANCHO

¡Esposa, mi bien, mi vida!

DON TELLO

¿Esto has hecho contra mí?

SANCHO

¡Ay, cuál estuve por ti!

NUÑO

1100 ¡Ay, hija, cuál me has tenido!
El juicio tuve perdido.

DON TELLO

¡Teneos, apartaos, villanos!

SANCHO

Déjame tocar sus manos,
mira que soy su marido.

DON TELLO

1105 ¡Celio, Julio! ¡Hola, criados!
Estos villanos matad.

FELICIANA

Hermano, con más piedad,
mira que no son culpados.

DON TELLO

Cuando estuvieran casados,
1110 fuera mucho atrevimiento.
¡Matadlos!

SANCHO

Yo soy contento
de morir y no vivir,
aunque es tan fuerte el morir.

ELVIRA

Ni vida ni muerte siento.

SANCHO

1115   Escucha, Elvira, mi bien:
yo me dejaré matar.

ELVIRA

Yo ya me sabré guardar,
aunque mil muertes me den.

DON TELLO

¿Es posible que se estén
1120   requebrando? ¿Hay tal rigor?
¡Ah, Celio, Julio!

Sale CELIO *y* JULIO.

JULIO

Señor.

DON TELLO

¡Matadlos a palos!

CELIO

¡Mueran!

Échanlos a palos.

DON TELLO

En vano remedio esperan
tus quejas de mi furor.
1125   Ya pensamiento tenía
de volverte, y tan airado
estoy en ver que has hablado
con tan notable osadía,
que por fuerza has de ser mía,
1130 o no he de ser yo quien fui.

FELICIANA

Hermano, que estoy aquí.

DON TELLO

He de forzalla o matalla.

FELICIANA

¿Cómo es posible liballa
de un hombre fuera de sí?
Vanse.

Salen CELIO *y* JULIO *tras* SANCHO *y* NUÑO.

JULIO

1135   Ansí [24] pagan los villanos
tan grandes atrevimientos.

1130 soy *Suelta.*
1134-5 *ac.* La *Suelta* añade *Vanse y.*

---

[24] *ansí:* 'así', por influencia de la preposición *en*, empleada en muchas
locuciones adverbiales *(en antes, en uno, en contra,* etc.), o por analogía
con la -n de otros adverbios (J. Corominas-J. A. Pascual).

CELIO

¡Salgan fuera de palacio!

LOS DOS

¡Salgan!

Vanse.

SANCHO

Matadme, escuderos.
¡No tuviera yo una espada!

NUÑO

1140   Hijo, mira que sospecho
que este hombre te ha de matar,
atrevido y descompuesto [25].

SANCHO

¿Pues será bueno vivir?

NUÑO

Mucho se alcanza viviendo.

SANCHO

1145   ¡Vive Dios! ¡De no quitarme [26]
de los umbrales que veo,

---

[25] *descomponerse:* el que no está en su cabal juicio y razón *(Dicc. de Autoridades).*

[26] *"¡Vive Dios!...:* juramento" (Correas); pero no resultaba extraño suprimir el verbo *jurar:* 'juro de no quitarme...' (el uso de la preposición *de* introduciendo un complemento directo en infinitivo fue "especialmente común con verbos de emoción"; H. Keniston). Comp. *El remedio en la desdicha,* I, 378: "de guardarte secreto eternamente".

aunque me maten!: que vida
sin Elvira no la quiero.

NUÑO

Vive y pedirás justicia,
que rey tienen estos reinos;
o en grado de apelación
la podrás pedir al cielo.

Sale PELAYO.

PELAYO

Aquí están.

SANCHO

¿Quién es?

PELAYO

Pelayo,
todo lleno de contento,
que os viene a pedir albricias.

SANCHO

¿Cómo albricias a este tiempo?

PELAYO

Albricias, digo.

SANCHO

¿De qué,
Pelayo, cuando estoy muerto,
y Nuño espirando?

PELAYO

¡Albricias!

NUÑO

1160   ¿No conoces a este necio?

PELAYO

Elvira pareció ya.

SANCHO

¡Ay, padre! ¿si la habrán vuelto[27]?
¿Qué dices, Pelayo mío?

PELAYO

Señor, dice todo el puebro
1165   que desde anoche a las doce
está en casa de don Tello.

SANCHO

¡Maldito seas! Amén.

PELAYO

Y que tienen por muy cierto
que no la quiere volver.

NUÑO

1170   Hijo, vamos al remedio:
el rey de Castilla, Alfonso,
por sus valerosos hechos,

---

[27]   El *si* dubitativo en oraciones interrogativas hay que interpretarlo
como evolución semántica del *si* condicional.

reside agora en León;
pues es recto y justiciero,
1175   parte allá, y informarásle
desde agravio; que sospecho
que nos ha de hacer justicia.

SANCHO

¡Ay, Nuño!, tengo por cierto
que el rey de Castilla, Alfonso,
1180   es un príncipe perfeto;
mas ¿por dónde quieres que entre
un labrador tan grosero?
¿Qué corredor de palacio
osará mi atrevimiento
1185   pisar? ¿Qué portero [28], Nuño,
permitirá que entre dentro?
Allí, a la tela, al brocado,
al grave acompañamiento
abren las puertas, si tienen
1190   razón, que yo lo confieso;
pero a la pobreza, Nuño,
sólo dejan los porteros
que miren las puertas y armas,
y esto ha de ser desde lejos.

1189   y *Suelta*.
1193   mire *Suelta*.

---

[28]   Durante la Edad Media, el *portero* era quien conducía a las personas ante la presencia del rey, o bien el oficial encargado de ejecutar sus
órdenes; pero, en tiempos de Lope, la palabra tiene una acepción menos
restringida y bastante más próxima a la hoy predominante.
Sancho parece aludir al *portero de cadena* (llamados así porque eran
los encargados de echar la cadena de la puerta de palacio), que "constan-
temente estaban con los bastones en las puertas altas y en la baja de
palacio, alternando en las guardias... Dejaban entrar en palacio a las personas que venían en coche y a caballo..." (fray Antonio de Guevara,
Aviso de privados y despertador de cortesanos).

1195
     Iré a León y entraré
en Palacio, y verás luego
cómo imprimen en mis hombros
de las cuchillas los cuentos [29].
¡Pues andar con memoriales [30]
1200
que toma el rey! ¡Santo y bueno [31]!
Haz cuenta que de sus manos
en el olvido cayeron.
Volveréme habiendo visto
las damas y caballeros,
1205
la iglesia, el palacio, el parque [32],
los edificios; y pienso
que traeré de allá mal gusto
para vivir entre tejos,
robles y encinas, adonde
1210
canta el ave y ladra el perro.
No, Nuño, no aciertas bien.

NUÑO

Sancho, yo sé bien si acierto.
Ve a hablar al rey Alfonso;
que, si aquí te quedas, pienso

1198   la cuchilla *Parte*.
1213   vete *Suelta*.

---

[29] Es decir: tratándole a palos, golpeándole con el fuste de la espada (*de las cuchillas los cuentos*), según se acostumbraba a tratar a los villanos.

[30] *memorial:* "El papel o escrito en que se pide alguna merced o gracia, alegando los méritos o motivos en que se funda su razón" (*Dicc. de Autoridades*).

Comp. fray Antonio de Guevara, *Menosprecio de corte y alabanza de aldea*, XI: "No debe el cortesano alterarse ni escandalizarse si no puede hablar al rey, si se le negó la audiencia el privado, si no proveyeron a su memorial, si no respondieron a su petición..."

[31] *¡Santo y bueno!:* "expresión con que se aprueba alguna proposición..., conviniendo en ella" (*Dicc. de Autoridades*).

[32] *parque:* "el cercado junto a la casa real" (Covarrubias).

1215   que te han de quitar la vida.

SANCHO

Pues eso, Nuño, deseo.

NUÑO

Yo tengo un rocín castaño,
que apostará con el viento
sus crines contra sus alas,
1220   sus clavos contra su freno;
parte en él, y irá [33] Pelayo
en aquel pequeño overo [34]
que suele llevar al campo.

SANCHO

Por tu gusto te obedezco.
1225   Pelayo, ¿irás tú conmigo
a la corte?

PELAYO

Y tan contento
de ver lo que nunca he visto,
Sancho, que los pies te beso.
Dícenme acá de la corte
1230   que con huevos y torreznos
empiedran todas las calles [35],
y tratan los forasteros
como si fueran de Italia,

1221   ponte *Suelta* [Parece una *lectio facilior* de *parte*, sobre un antígrafo como *prte*.

---

[33]   Covarrubias subraya que la conjunción *e* se usa ante *i* cuando se
escribe "con algún primor"; "pero *y+i-* era habitual y aún hoy se da en
la conversación poco cuidada" (F. Rico).
[34]   *overo:* "lo que es de color de huevo; aplícase regularmente al caballo" (*Dicc. de Autoridades*).
[35]   Es procedimiento cómico habitual hacer creer a los aldeanos en la
existencia de "paraísos alimenticios".

de Flandes o de Marruecos [36].
1235 Dicen que es una talega [37]
donde junta los trebejos [38]
para jugar la fortuna,
tantos blancos como negros.
Vamos, por Dios, a la corte.

SANCHO

1240 Padre, adiós; partirme quiero.
Échame tu bendición.

NUÑO

Hijo, pues eres discreto,
habla con ánimo al rey.

SANCHO

Tú sabrás mi atrevimiento.
Partamos.

---

[36] Se ha querido ver en el pasaje una referencia a la protección económica que la Corona dispensó durante los siglos XVI y XVII a los comerciantes de los países aliados: genoveses, flamencos y alemanes. Pero, en la enumeración, no se explica la mención de Marruecos, a no ser por alusión al Príncipe de Fez, Muley Xeque, a quien los reyes "le concedieron el hábito y encomienda de Santiago" (J. Gómez Ocerín y R. M. Tenreiro). Véase pról., pág. 28-29.

[37] *talega:* "Saco o bolsa ancha y corta de lienzo, estopa u otra tela que sirve para llevar dentro las cosas de una parte a otra" *(Dicc. de Autoridades).*
En estos versos, Pelayo recoge varios lugares comunes sobre la descripción de la corte, utilizando la imagen del juego del ajedrez: su riqueza, la convivencia en ella de gentes de todas las condiciones y con distinta fortuna, etc. Comp. *La dama boba:* "Es Madrid una talega / De piezas donde se anega / Cuanto su máquina pare. / Los reyes, roques y alfiles / Conocidas casas tienen. / Los demás que van y vienen / Son como peones viles. / Todo es allí confusión."

[38] *trebejos:* "usado en plural, se llaman 'las piezas del juego del ajedrez'" *(Dicc. de Autoridades).*

NUÑO

1245   ¡Adiós, mi Sancho!

SANCHO

¡Adiós, Elvira!

PELAYO

¡Adiós, puercos!

Vanse y salen TELLO *y* FELICIANA.

DON TELLO

¡Que no pueda conquistar
desta mujer la belleza!

FELICIANA

Tello, no hay que porfiar,
1250   porque es tanta su tristeza,
que no deja de llorar.
Si en esa torre la tienes,
¿es posible que no vienes [39]
a considerar mejor
1255   que, aunque te tuviera amor,
te había de dar desdenes?
Si la tratas con crueldad,
¿cómo ha de quererte bien?
Advierte que es necedad
1260   tratar con rigor [40] a quien
se llega a pedir piedad.

---

[39] En las oraciones subordinadas, el castellano antiguo tolera el uso
del indicativo en vez del subjuntivo, sobre todo con verbos que expresan
posibilidad.

[40] *rigor:* "crueldad y exceso en el castigo, pena o reprehensión" *(Diccionario de Autoridades).*

Don Tello

¡Que sea tan desgraciado
que me vea despreciado,
siendo aquí el más poderoso,
el más rico y dadivoso!

Feliciana

No te dé tanto cuidado [41],
ni estés por una villana
tan perdido.

Don Tello

      ¡Ay Feliciana,
que no sabes qué es amor,
ni has probado su rigor!

Feliciana

Ten paciencia hasta mañana;
que yo la tengo de hablar,
a ver si puedo ablandar
esta mujer.

Don Tello

      Considera
que no es mujer, sino fiera,
pues me hace tanto penar.
  Prométela plata y oro,
joyas y cuanto quisieres;
di que la daré un tesoro:
que a dádivas [42] las mujeres

---

[41] *cuidado:* "recelo y temor de lo que puede sobrevenir" *(Dicc. de Autoridades).*

[42] *a dádivas:* 'con regalos'. No fue raro en lo antiguo el uso de la preposición *a* con el valor de 'con'. Comp., p. ej., *Los Porceles de Murcia:* "No ha de quedar moro a vida"; *Lazarillo,* II: "Ratones, que no dejan cosa a vida".

suelen guardar más decoro [43].
    Di que la regalaré,
y dile que la daré
un vestido tan galán,
que gaste el oro a Milán [44]
desde su cabello al pie;
que si remedia mi mal,
la daré hacienda y ganado;
y que, si fuera mi igual,
[que ya me hubiera casado].

1285

1290

FELICIANA

¿Posible es que diga tal?

DON TELLO

Sí, hermana, que estoy de suerte,
que me tengo de dar muerte

1290 La *Parte* omite este verso [Comp. arriba, v. 682.

---

[43] Entiéndase: suelen guardar una mayor compostura, mostrándose más comedidas y menos dadas a las expresiones de histeria (con que parece haberse exhibido Elvira), como mesarse los cabellos, llorar, etc. De hecho, don Tello recurre a una estrategia recomendadísima en casi todos los tratados de amor, tanto de tradición clásica como medieval, consistente en obsequiar a la mujer con muchos y costosos regalos para seducirla; cfr., vgr., Ovidio, *Ars amatoria*, II, 278: "auro conciliatur amor"; Andreas Capellanus, *De amore*, III: "Tantus enim in mulieribus ardor avaritiae manet, quod larga munera rerum omnia penitus in eis castitatis claustra dirumpunt"; *Libro de buen amor*, 489: "Por poquilla cosa del tu aver que.l dieres, / servirte á lealmente, fará lo que quisieres; / que mucho o que poco dal cada que podieres: / fará por los dineros todo cuanto le pidieres"; el refrán "Las dádivas peñas quebrantan" (Covarrubias); o bien *La quinta de Florencia*: "Porque con ser labradora, desprecia el oro y la tela...; / Yo la he servido a su modo: / ya con grana de Valencia, / ya con sartas de corales, / ya con doradas patenas. / Pero ni con cosas propias / de su nativa aspereza, / ni por los vanos tocados / de Génova y de Venecia / es posible que se ablande / ni a mis lágrimas se mueva."

[44] Era proverbial el *oro de Milán*; y solía mencionarse como encarecimiento de riqueza. Comp. *El ausente en el lugar*, I, 252a: "Que no hay oro de Milán / que se compare con ella."

o la tengo de gozar,
1295   y de una vez acabar
con dolor tan grave y fuerte.

FELICIANA

Voy a hablarla, aunque es en vano.

DON TELLO

¿Por qué?

FELICIANA

Porque una mujer
que es honrada es caso llano [45]:
1300   que no la podrá vencer
ningún interés humano.

DON TELLO

Ve presto y da a mi esperanza
algún alivio. Si alcanza
mi fe lo que ha pretendido,
1305   el amor que le he tenido
se ha de trocar en venganza.
Vanse.

Sale el REY *y el* CONDE *y* DON ENRIQUE *y
acompañamiento.*

REY

Mientras que se apercibe
mi partida a Toledo y me responde

---

[45] Entiéndase: 'está claro o es evidente que con una mujer que mira
por su honra no hay nada que hacer' *(caso llano* equivale a 'hecho obvio,
evidente'; comp. *La carbonera:* "[*Leonor*] Temo al Rey / [*Tello*] Y es
caso llano, / que es de condición terrible").

el de Aragón, que vive
1310   ahora en Zaragoza [46], sabed, Conde,
si están ya despachados
todos los pretendientes y soldados [47];
y mirad si hay alguno
también que quiera hablarme.

CONDE

No ha quedado
1315   por despachar ninguno.

DON ENRIQUE [48]

Un labrador gallego he visto echado
a esta puerta, y bien [49] triste.

REY

¿Pues quién a ningún pobre la resiste?
Id, Enrique de Lara,
1320   y traedle vos mismo a mi presencia [50].

Vase ENRIQUE.

---

[46] Alfonso I *el Batallador*, como es sabido, tomó Zaragoza en diciembre de 1118.

[47] La figura del *pretendiente* ("el que procura, pretende o solicita" algún empleo; *Dicc. de Autoridades*) fue de las más habituales en la corte y estuvo asociada especialmente a los soldados, quienes, al regresar a ella, reclamaban algún cargo o dignidad, como recompensa a los servicios prestados. Comp. Juan de Zabaleta, *El día de fiesta por la mañana y por la tarde*, I, xiv: "De las necesidades... de la república y de los merecimientos de los hombres se hace un pretendiente. Éste viene a la corte, que es la fuente que distribuye los premios. Aquí sólo trata de hablar al príncipe, de informar a los consejeros que han de informarle... Llega el soldado... a los pies del príncipe..., y dícele... que le ha servido veinte años..."

[48] Podría ser "don Enrique de Lara"; pero se trata de un "personaje [que] no figura en la historia hasta la turbulenta minoría de edad de Alfonso VIII" (J. Gómez Ocerín y R. M. Tenreiro).

[49] *bien*: galicismo, 'muy'.

[50] La noticia de que Alfonso VII daba audiencia a los pobres viene

CONDE

¡Virtud heroica y rara!
¡Compasiva piedad, suma clemencia!
¡Oh ejemplo de los reyes,
divina observación de santas leyes!

Salen ENRIQUE, SANCHO *y* PELAYO.

DON ENRIQUE

1325   Dejad las azagayas [51].

SANCHO

A la pared, Pelayo, las arrima.

PELAYO

Con pie derecho vayas [52].

SANCHO

¿Cuál es el rey, señor?

1324   sus leyes *Suelta* [Se trata, sin duda, de una mala lectura de la
abreviatura de *santas: sās.*

---

también en la *Corónica de España:* "En este logar cuenta la estoria que
este Emperador don Alfonso... tan bien teníe a los pobres e a los que
podíen poco como a los ricos e a los altos e a ordenes e a religiosos a
cada uno en sus estados."
Pero los tratados sobre la monarquía consideraban la atención a los
pobres entre las obligaciones más importantes de un rey: comp., por
ejemplo, Juan de Mariana, *Del rey y la Institución real.*
[51]   *azagaya:* "lanza pequeña de que usan los montañeses" (Covarrubias).
[52]   *ir con pie derecho* parece aquí una variante de la frase proverbial
entrar con pie derecho 'entrar con ventura' (Covarrubias).

DON ENRIQUE

          Aquel que arrima [53]
la mano agora al pecho.

SANCHO

1330   Bien puede, de sus obras satisfecho.
Pelayo, no te asombres.

PELAYO

Mucho tienen los reyes del invierno
que hacen temblar los hombres.

SANCHO

Señor...

REY

    Habla, sosiega.

SANCHO

          Que el gobierno
1335   de España agora tienes [54]...

REY

Dime quién eres y de dónde vienes.

SANCHO

Dame a besar tu mano,
porque ennoblezca mi grosera boca,

1338   en nobleza *Parte*.

---

[53] *arrimar* es 'llegar una cosa a otra' (Covarrubias), 'acercarla'.
[54] Tras la muerte de la reina Urraca, ocurrida en 1126, Alfonso VII empezó a reinar Castilla y León; y, posteriormente, en 1135, muerto *el Batallador*, fue coronado "Emperador de España" (*Imperator Hispaniae*).

1340
  príncipe soberano;
  que, si mis labios, aunque indignos, toca,
  yo quedaré discreto.

REY

  ¿Con lágrimas las bañas? ¿A qué efeto?

SANCHO

  Mal hicieron mis ojos,
  pues propuso la boca su querella,
1345
  y quieren darla enojos,
  para que, puesta vuestra mano en ella,
  diera justo castigo
  a un hombre poderoso, mi enemigo.

REY

  Esfuérzate [55] y no llores,
1350
  que aunque en mí la piedad es muy propicia,
  para que no lo ignores,
  también doy atributo [56] a la justicia.
  Di quién te hizo agravio:
  que quien al pobre ofende nunca es sabio [57].

SANCHO

1355
  Son niños los agravios,
  y son padres los reyes: no te espantes

  1344 propuso a la boca su querella *Parte* y *Suelta*. [Es necesario corregir el verso según lo hace Hartzenbusch.

---

[55] *esforzarse:* "animarse y sacar, como dicen, fuerzas de flaqueza" (Covarrubias).
[56] "*atribuir:* 'dar o aplicar alguna cosa a quien le compete'; y esa se llama *atributo*" (Covarrubias).
[57] Suena a sentencia o refrán, probablemente inspirado en alguno de los muchos pasajes bíblicos que alaban la pobreza.

que hagan con los labios,
en viéndolos, pucheros [58] semejantes.

REY

Discreto me parece:
1360   primero que [59] se queja me enternece.

SANCHO

Señor, yo soy hidalgo,
si bien pobre en mudanzas de fortuna,
porque con ellas salgo
desde el calor de mi primera cuna.
1365   Con este pensamiento,
quise mi igual en justo casamiento.
Mas como siempre yerra
quien de su justa obligación se olvida,
al señor desta tierra,
1370   que don Tello de Neira se apellida,
con más llaneza que arte,
pidiéndole licencia, le di parte.
Liberal la concede,
y en las bodas me sirve de padrino;
1375   mas el amor, que puede
obligar al más cuerdo a un desatino,
le ciega y enamora,
señor, de mi querida labradora.
No deja desposarme,
1380   y aquella noche, con armada gente,
la roba, sin dejarme
vida que viva, protección que intente,

1381   robó *Suelta*.

----

[58] *hacer pucheros*: "también el hombre, en naciendo, hace pucheros y
bebe sus lágrimas... Fórmanse con la boca y, corriendo desde los ojos,
las lágrimas se entran por ella..." (Covarrubias).
[59] *primero que*: antes que, mejor que.

          fuera de vos y el cielo,
          a cuyo tribunal apelo.
1385   Que habiéndola pedido
          con lágrimas su padre y yo, tan fiero,
          señor, ha respondido,
          que vieron nuestros pechos el acero;
          y, siendo hidalgos nobles,
1390   las ramas, las entrañas de los robles [60].

                              REY

          Conde.

                             CONDE

          Señor.

                              REY

                    Al punto
          tinta y papel. Llegadme aquí una silla.

1384   tribunal sagrado *Parte.*
1390*   los troncos se enternecen de los robles *Suelta:* nuestros hombros, las ramas de los robles *Hartzenbusch* [Los editores modernos trivializan un pasaje que no entienden; véase II, n. 60.
1392-3   *ac.* Sacan un bufete y silla y pónese el rey a escribir *Suelta.*

----

[60] Es decir: 'y, aun siendo hidalgos nobles, [nuestros pechos vieron] las ramas, las entrañas de los robles'. Pero el pasaje no acaba de entenderse y su explicación pasa por encontrar el exacto sentido de *las entrañas de los robles.* Podría tratarse, como parecen sugerir algunos editores, basándose en una cita poco clara de Covarrubias ("de algunos árboles decimos que tienen mucho o *poco corazón,* como el pino y los demás..."), de 'los corazones excesivamente duros de los nobles' (comp. abajo, vv. 1397-8): de hecho, el *roble* ha constituido, desde antiguo, símbolo de fortaleza y nobleza. No obstante, también podría pensarse, en relación con *las ramas,* que *las entrañas de los robles* aluden a cuanto la gente de los pueblos solía guardar en el interior de los árboles (entre palos y piedras) para defenderse de los lobos y otros animales.

Sacan un bufete y recado ⁶¹ *de escribir, y siéntase el* REY
a escribir.

CONDE

Aquí está todo junto.

SANCHO

Su gran valor espanta y maravilla.
1395   Al rey hablé, Pelayo.

PELAYO

Él es hombre de bien, ¡voto a mi sayo!

SANCHO

        ¿Qué entrañas hay crueles
para el pobre?

PELAYO

                    Los reyes castellanos
deben de ser ángeles.

SANCHO

1400   ¿Vestidos no los ves como hombres llanos ⁶²?

PELAYO

De otra manera había
un rey que Tello en un tapiz tenía:

1400-1401   La *Suelta* no trae los nombres de Sancho y Pelayo en las
acotaciones.

---

⁶¹   *recado:* "se toma... por todo lo que se necesita y sirve para formar
o ejecutar alguna cosa, como *recado de escribir*..." *(Dicc. de Autoridades).*
⁶²   "*hombre llano:* 'el que no tiene altiveces y cautelas'" (Covarrubias).

      la cara abigarrada,
      y la calza caída en media pierna [63],
1405   y en la mano una vara,
      y un tocado a manera de linterna [64],
      con su corona de oro,
      y un barboquejo [65], como turco o moro.
      Yo preguntéle a un paje [66]
1410   quién era aquel señor de tanta fama,
      que me admiraba el traje;
      y respondióme: «El rey Baúl se llama.»

SANCHO

¡Necio! ¡Saúl diría!

PELAYO

Baúl cuando al Badil matar quería.

1403 La corrección de J. G. Ocerín y R. M. Tenreiro *(abigarrada)* es excelente, porque remedia el error de rima y concuera con el «lenguaje que Lope pone en labios de Pelayo»; pero podría también enmendarse en *abigarrada cara;* y, en última instancia, no hay que descartar un descuido de Lope.
1408 y los vigotes como turco o moro *Suelta.*
1414 Saúl cuando a David *Parte.*

---

[63] *"pierna* parecía palabra baja e indecente" (F. Rico, con ejemplos), pues en su origen designaba la pierna del cerdo.

[64] *tocado:* "adorno, compostura y modo especial de peinarse el cabello las mujeres" o "también un juego de cintas de un color, de que se hacen lazos para tocarse una mujer"; *linterna:* "se llama en la architectura una fábrica de madera u otro material en figura de seis u ocho lados con otras tantas ventanas o aberturas para que entre la luz; la cual se pone para este efecto en lo alto de los edificios y muy comúnmente sobre las medias naranjas de las iglesias" *(Dicc. de Autoridades).*

[65] *barboquejo* es, propiamente, la "porción de cordel o soga que se pone a los caballos, mulas y otros animales en la boca; y ciñe la barba, para sujetarlos y guiarlos en lugar de freno" *(Dicc. de Autoridades):* aquí, irónicamente, Pelayo se refiere a la cinta usada para sujetar la *corona de oro.*

[66] *paje:* "criado cuyo ejercicio es acompañar a sus amos, asistir en las antesalas, servir a la mesa y otros ministerios decentes y domésticos. Por lo común son muchachos y de calidad" *(Dicc. de Autoridades).* Comp. Diego de Hermosilla, *Diálogo de la vida de los pajes de palacio* (h. 1543).

SANCHO

1415   ¡David! ¡su yerno era!

PELAYO

Sí; que en la igreja predicaba el cura
que le dio en la mollera
con una de Moisén lágrima [67] dura
a un gigante que olía.

SANCHO

¡Golías, bestia!

PELAYO

1420   El cura lo decía.

Acaba el REY *de escribir.*

REY

Conde, esa carta cerrad.
¿Cómo es tu nombre, buen hombre?

1420   Goliat *Suelta.*
1420-1   *ac.* Acaba de escribir el rey *Suelta.*

---

[67] *lágrimas de Moisén:* "los guijarros y piedras con que se pueden
descalabrar", llamados así porque, "como... hubiesse de pronunciar...
sentencias, antes de darlas, movido a compasión, [Moisén] lloraba..."; y
"las lágrimas se convertían en piedras, mandando ejecutar la sentencia"
(Covarrubias).

Los hechos bíblicos a que parece aludir el cura en sus predicaciones y
que ahora recuerda Pelayo corresponden a I Samuel, 18, 10-11 y 17-30;
19, 1-17; y 17, 49-50.

SANCHO

Sancho, señor, es mi nombre,
que a los pies de tu piedad
pido justicia de quien,
en su poder confiado,
a mi mujer me ha quitado,
y me quitara también
la vida, si no me huyera [68].

REY

¿Qué es hombre tan poderoso
en Galicia?

SANCHO

Es tan famoso,
que desde aquella ribera
hasta la romana torre [69]
de Hércules es respetado;
si está con un hombre airado,
sólo el cielo le socorre.
El pone y él quita leyes:
que estas son las condiciones
de soberbios infanzones [70]
que están lejos de los reyes.

CONDE

La carta está ya cerrada.

1429   le huyera *Suelta*.

---

[68]   Nótese la construcción pronominal, como en el moderno *irme*, *marcharme*.

[69]   *romana torre:* "La Torre que llaman ahora del faro, sobre la Coruña de Galicia, fue también obra romana" (*Crónica general,* ed. Florián Docampo, cap. 17).

[70]   Los *infanzones* fueron en la Edad Media los nobles de linaje, que podían tener tierras del señor en préstamo, o bien otras, como don Tello, en plena propiedad *(hereditatelias).*

REY

Sobreescribidla a don Tello
de Neira [71].

SANCHO

Del mismo cuello
me quitas, señor, la espada.

REY

1445   Esa carta le darás,
con que te dará tu esposa.

SANCHO

De tu mano generosa,
¿hay favor que llegue a más?

REY

¿Veniste a pie?

SANCHO

No, señor;
1450   que en dos rocines venimos
Pelayo y yo.

PELAYO

Y los cortimos [72]
como el viento, y aun mijor.

1451   corrimos *Suelta* [La forma que trae la *Parte* parece una más de
las deformaciones lingüísticas de Pelayo (¿podría tratarse de un cruce con
curtimos?); pero, con todo, no cabe descartar una posible errata de la
Parte, dada la facilidad con que se confundían en la época la *t* y la *r*.
1452   mejor *Suelta*.

---

[71]   En lo antiguo, solía ponerse el sobreescrito al final de la carta.
[72]   *cortimos*: seguramente por 'corrimos', según enmienda la *Suelta*.

Verdad es que tiene el mío
unas mañas no muy buenas:
1455   déjase subir apenas,
échase en arena o río,
corre como un maldiciente,
come más que un estudiante,
y, en viendo un mesón delante,
1460   o se entra o se para enfrente [73].

REY

Buen hombre sois.

PELAYO

                    Soy, en fin,
quien por vos su patria deja.

REY

¿Tenéis vos alguna queja?

PELAYO

Sí, señor, deste rocín.

REY

1465   Digo que os cause cuidado.

PELAYO

Hambre tengo: si hay cocina
por acá...

---

[73]   El motivo por el cual se menciona aquí el *maldiciente* no parece
corresponder a ninguno de los rasgos que tradicionalmente se le han
señalado: Pelayo seguramente está pensando en las idas y venidas de
dicha figura, murmurando y maldiciendo de unos y de otros; el hambre
de los estudiantes, en cambio, sí fue proverbial: "El buen estudiante,
falto de sueño y muerto de hambre", "Hambre estudiantina, peor que la
canina" (L. Martínez Kleiser, *Refranero general*, núms. 23.243 y 23.244).

REY

            ¿Nada os inclina
de cuanto aquí veis colgado,
que a vuestra casa llevéis?

PELAYO

1470   No hay allá donde ponello:
enviádselo a don Tello,
que tien desto cuatro o seis.

REY

            ¡Qué gracioso labrador!
¿Qué sois allá en vuestra tierra?

PELAYO

1475   Señor, ando por la sierra,
cochero [74] soy del señor.

REY

            ¿Coches hay allá?

PELAYO

                        Que no;
soy que guardo los cochinos.

1472   tiene *Suelta*.
1478   quien guarda *Suelta*.

---

[74] El *cochero* es, como interpreta el propio rey, 'quien conduce un carruaje'; pero, en la lengua suelta y libre de Pelayo, vale por 'quien lleva o conduce los cochinos *por la sierra*'. Véase arriba, I, n. 39.

REY

¡Qué dos hombres peregrinos
1480   aquella tierra juntó!
      Aquél con tal condición [75],
y éste con tanta ignorancia.
Tomad vos.

Danle un bolsillo [76].

PELAYO

No es de importancia.

REY

Tomadlos, doblones [77] son.
1485   Y vos la carta tomad,
y id en buen hora.

SANCHO

                        Los cielos
te guarden.

1481   discreción *Suelta.*
1484   *ac.* Saca el rey un bolsillo y se lo da a Pelayo *Suelta.*

---

[75]   *condición:* "condición natural..., *ingenium*" (Covarrubias).
[76]   *bolsillo:* "cierto caudal que el rey tiene destinado para limosnas y
ayuda de costa" *(Dicc. de Autoridades).*
[77]   *doblón:* "dos escudos de oro en Castilla, o *doppia di Spagna,* con
valor de 300 reales de vellón. Los hubo dobles, y el de las dos caras de
los Reyes Católicos y de Juana y Carlos" (A. Beltrán).
Por otra parte, *dinero,* mencionado un poco más abajo, no tiene en
tiempos de Lope el significado específico de 'moneda de plata', sino, por
su uso durante la Edad Media como unidad del sistema monetario europeo, el colectivo de 'bienes o caudal en metálico', "todo lo que es
moneda acuñada" (Covarrubias); la forma plural *(dineros)* fue normal en
el siglo XVII y aún pervive en el habla popular (comp. también el catalán
diners).

Vase el REY *y los caballeros.*

PELAYO

¡Hola!, tomélos.

SANCHO

¿Dineros?

PELAYO

Y en cantidad.

SANCHO

¡Ay mi Elvira!, mi ventura
se cifra en este papel,
que pienso que llevo en él
libranza [78]de tu hermosura.

Vanse, y sale DON TELLO *y* CELIO.

CELIO

Como me mandaste, fui
a saber de aquel villano,

___

1487   *ac.* Dale el rey la carta a Sancho y vase con los caballeros
Suelta.

___

[78]   *libranza:* "escritura o cédula... por que, al que va enderezada, cumpliéndola, le da por libre el que la remite" (Covarrubias); o también "la orden que se da por escrito, para que el tesorero, administrador o mayordoma pague alguna cantidad cierta de dinero u otra cosa" *(Dicc. de Autoridades).*

1495 y aunque lo negaba Nuño,
me lo dijo amenazado [79]:
no está en el valle, que ha días
que anda ausente.

DON TELLO

¡Estraño caso!

CELIO

Dice que es ido a León.

DON TELLO

¿A León?

CELIO

1500   Y que Pelayo
le acompañaba.

DON TELLO

¿A qué efeto?

CELIO

A hablar al Rey.

DON TELLO

¿En qué caso?
Él no es de Elvira marido;
¿yo por qué le hago agravio?

1504   para que yo le haga agravio *Suelta*.

---

[79] "el *amenazado* se guarda, recata y previene" (Covarrubias).

1505   Cuando [80] se quejara Nuño,
estuviera disculpado;
pero ¡Sancho!

CELIO

          Esto me han dicho
pastores de tus ganados;
y, como el mozo es discreto
1510   y tiene amor, no me espanto,
señor, que se haya atrevido.
¿Y no habrá más de en llegando
hablar a un rey de Castilla?

CELIO

Como Alfonso se ha criado
1515   en Galicia con el conde
don Pedro de Andrada y Castro [81],
no le negará la puerta,
por más que sea hombre bajo,
a ningún gallego.

Llaman.

DON TELLO

          Celio,
1520   mira quién está llamando.
¿No hay pajes en esta sala?

1519   *ac.* La *Suelta* añade *Dentro.*

---

[80]   *cuando* con subjuntivo adoptaba normalmente el valor de una conjunción condicional: 'si'.

[81]   Alfonso VII se educó y crió en casa del magnate gallego Pedro Fróilaz, conde de Traba; e incluso, con el apoyo de éste y de toda la clerecía afrancesada, fue coronado rey de Galicia en 1111. Sin embargo, Lope cambia el nombre del conde, o bien pensando en su antiguo amo y también protector de Cervantes, el conde de Lemos don Pedro de Castro y Andrade; o, más probablemente, recordando a don Gutiérrez Fernández de Castro, partidario de Alfonso VII durante su minoría de edad (J. Gómez Ocerín y R. M. Tenreiro).

CELIO

¡Vive Dios, señor, que es Sancho!
Este mismo labrador
de quien estamos hablando.

DON TELLO

1525 ¿Hay mayor atrevimiento?

CELIO

Así vivas muchos años,
que veas lo que te quiere [82].

DON TELLO

Di que entre, que aquí le aguardo.

Entran [SANCHO y PELAYO].

SANCHO

Dame, gran señor, los pies.

DON TELLO

1530 ¿Adónde, Sancho, has estado,
que ha días que no te he visto?

SANCHO

A mí me parecen años.
Señor, viendo que tenías,

1528-9 *ac.* sale Sancho *Suelta.*

---

[82] *te quiere:* 'quiere de ti'; es supervivencia del dativo latino de separación. Comp. *La quinta de Florencia:* "¿Qué te quieren, señor, estos villanos?"

sea porfía en que has dado,
1535   o sea amor, a mi Elvira,
fui hâblar al rey castellano,
como supremo juez
para deshacer agravios.

DON TELLO

Pues ¿qué dijiste de mí?

SANCHO

1540   Que, habiéndome yo casado,
me quitaste mi mujer.

DON TELLO

¿Tu mujer? ¡Mientes, villano!
¿Entró el cura aquella noche?

SANCHO

No, señor; pero de entrambos
1545   sabía las voluntades.

DON TELLO

Si nunca os tomó las manos,
¿cómo puede ser que sea
matrimonio?

SANCHO

Yo no trato
de si es matrimonio o no.
1550   Aquesta carta me ha dado,
toda escrita de su letra.

DON TELLO

De cólera estoy temblando.

1551   escritura *Parte*.

Lee.

«En recibiendo ésta, daréis a ese pobre labrador la mujer que le habéis quitado, sin réplica ninguna; y advertid que los buenos vasallos se conocen lejos de los reyes, y que los reyes nunca están lejos para castigar los malos.—*El Rey.*"

Hombre, ¿qué has traído aquí?

SANCHO

Señor, esa carta traigo
que me dio el rey.

DON TELLO

1555   ¡Vive Dios,
que de mi piedad me espanto!
¿Piensas, villano, que temo
tu atrevimiento en mi daño?
¿Sabes quién soy?

SANCHO

                               Sí, señor;
1560   y en tu valor confiado
traigo esta carta, que fue,
no, cual piensas, en tu agravio,
sino carta de favor
del señor rey castellano,
1565   para que me des mi esposa.

DON TELLO

Advierte que, respetando
la carta, a ti y al que viene
contigo...

---

pr.   has *Suelta.*

PELAYO

¡San Blas! ¡San Pablo [83]!

DON TELLO

No os cuelgo de dos almenas.

PELAYO

1570   Sin ser día de mi santo,
es muy bellaca señal.

DON TELLO

Salid luego de palacio,
y no paréis en mi tierra;
que os haré matar a palos.
1575   Pícaros, villanos, gente
de solar [84] humilde y bajo,
¡conmigo!...

PELAYO

Tiene razón;
que es mal hecho haberle dado
ahora esa pesadumbre.

DON TELLO

1580   Villanos, si os he quitado
esa mujer, soy quien soy [85],

---

[83] "Las reiteradas invocaciones a los santos correspondía a una vieja
tradición del teatro de ambiente rústico-cómico" (N. Salomon); Pelayo
llama en su auxilio a santos bastante familiares en el calendario aldeano:
San Blas solía invocarse "contra el mal de garganta" (Peribáñez, 2060-
2061) y San Pablo para otro tanto ("Sant Pau gloriós, que ens treu la
tos"); aquí están traídos irónicamente, en previsión del castigo que puede
imponer don Tello (v. 1569).
[84] solar: "el suelo donde se edifica la casa o habitación u donde ha
estado edificada" (Dicc. de Autoridades).
[85] Yo soy quien soy: son las palabras con que Dios quiso darse a
conocer ("Ego sum qui sum"; Éxodo, 3, 14) y que los nobles usaron a
menudo para aludir a su alta jerarquía social.

y aquí reino en lo que mando,
como el Rey en su Castilla:
que no deben mis pasados,
1585   a los suyos esta tierra,
que a los moros la ganaron.

PELAYO

Ganáronsela a los moros,
y también a los cristianos,
y no debe nada al Rey.

DON TELLO

Yo soy quien soy...

PELAYO

1590   ¡San Macario!,
¡qué es aquesto!

DON TELLO

Si no tomo
venganza con propias manos...
¡Dar a Elvira! ¡Qué es a Elvira!
¡Matadlos!... Pero dejadlos;
1595   que en villanos es afrenta
manchar el acero hidalgo.
Vase.

PELAYO

No le manche, por su vida.

SANCHO

¿Qué te parece?

_____

1591   si no tomo yo venganza Suelta.

PELAYO

Que estamos
desterrados de Galicia.

SANCHO

1600 Pierdo el seso, imaginando
que éste no obedezca el Rey
por tener cuatro vasallos.
Pues ¡vive Dios!...

PELAYO

Sancho, tente;
que siempre es consejo sabio,
1605 ni pleitos con poderosos,
ni amistades con criados [86].

SANCHO

Volvámonos a León.

PELAYO

Aquí los doblones traigo
que me dio el Rey: vamos luego.

SANCHO

1610 Diréle lo que ha pasado.
¡Ay mi Elvira, quién te viera!
Salid, suspiros, y en tanto
que vuelvo, decid que muero
de amores.

---

[86]   En deuda con una idea ya clásica ("Inter dominum et servum nulla amicitiae est"; Quinto Curcio), las letras del siglo XVII censuraron la amistad y confianza que tenían algunos amos con sus criados: "Defecto es que he visto en muchos, y algunos son tan llegados al extremo en este modo de sujeción y esclavitud al criado de quien hacen confianza, que no se visten..., sin darle parte" (Salas Barbadillo, *El sagaz Estacio*).

PELAYO

Camina, Sancho;
que éste no ha gozado a Elvira.

1615

SANCHO

¿De qué lo sabes, Pelayo?

PELAYO

De que nos la hubiera vuelto,
cuando la hubiera gozado.
Vanse.

1618 *ac.* La *Suelta* suprime la primera *y.*

ACTO TERCERO

Salen el REY, *y el* CONDE *y* DON ENRIQUE.

REY

El cielo sabe, Conde, cuánto estimo
las amistades [1] de mi madre.

1619-1620 El cielo sabe cuánto estimo / la amistad de mi madre. /
Conde Yo agradezco *Suelta.*

---

[1] *amistades:* 'paces'; *hacer las amistades* y *hacer las paces* eran cons-
trucciones concurrentes en el siglo XVII: "Hechas las paces dél y Absalón
dejo... / Las amistades que ha hecho / mi padre con Absalón" (Calderón,
Los cabellos de Absalón). Pero no se descuide que *amistad* (según trae la
Suelta) era en la antigüedad el convenio a que llegaban dos pueblos enemigos, en que se establecía una relación de igualdad entre ellos *(aequum)*
o bien se reconocía la soberanía de uno sobre el otro *(iniquum)*; y, por
ahí, también designó "el pacto tácito o expreso de paz y concordia"
existente entre nobles (R. Menéndez Pidal).
Seguramente se alude aquí al último de los acuerdos habidos entre
madre e hijo poco antes de la muerte de aquélla y de la coronación
oficial de éste como rey de Castilla y León (1126); pero recuérdese que
en mayo de 1117 ambos firmaron, por mediación del obispo Gelmírez,
el pacto de Tambre, en que se señalaban los estados que cada uno debía
gobernar; y que, posteriormente, en 1120, cuando había vencido el pacto,
después de enemistarse los partidarios de ambos, llegaron a un nuevo
acuerdo, que atribuía al obispo mencionado el gobierno y señorío de
Galicia.

CONDE

1620   Estimo
esas razones, gran señor; que en todo
muestras valor divino y soberano.

REY

Mi madre gravemente me ha ofendido,
mas considero que mi madre ha sido.

Salen SANCHO *y* PELAYO

PELAYO

1625   Digo que puedes llegar [2].

SANCHO

Ya, Pelayo, viendo estoy
a quien todo el alma doy,
que no tengo más que dar:
aquel castellano sol [3],

1629 soy *Suelta.*

Comp. *Crónica de España* de Florián de Ocampo: "E touieron por
bien que alçassen rey a don Alfono fijo desta reyna doña Urraca e del
conde don Remón de Tolosa que criaran en Galicia. E, teniéndol todos
por bien, alçaron rey al sobredicho niño don Alfonso, mas contrallavalo
la reyna su madre...; e, ayudándol muy bien sus vasallos..., encerró a su
madre la reyna en las torres de León. Mas ovo empos esta avenencia
entre la madre e el fijo; e la avenencia fue tal, que tomasse ella lo que
quisiesse para sí e lo ál que lo oviesse el fijo. En pues que tal avenencia
e tal paz andudo entre madre e fijo..."; y fray Prudencio Sandoval, *Historia de los Reyes de Castilla y León*: "A veinte y cuatro de Hebrero
desta era 1161 [1123] estaban los reyes madre e hijo conformes: ella se
intitulaba reynar en León y su hijo en Toledo."

   [2] *llegar:* "ajuntar una cosa a otra" (Covarrubias), 'acercarla'.
   [3] El *sol* también se interpretó a menudo como símbolo de la nobleza
y, más específicamente, de la monarquía; comp., p. ej., *Valor, fortuna y
lealtad:* "Si el rey es sol, y en su virtud no hay falta..."; o *El rey don
Pedro en Madrid:* "en los reinos del día / solo gobierna un sol, la monarquía...".

1630   aquel piadoso Trajano,
aquel Alcides cristiano
y aquel César español.

PELAYO

Yo, que no entiendo de historias
de Kyries [4], son de marranos,
1635   estó mirando en sus manos
más que tien rayas, vitorias.   Llega, y a sus pies
te humilla;
besa aquella huerte mano.

SANCHO

Emperador soberano,
1640   invicto Rey de Castilla,
déjame besar el suelo
de tus pies, que por almohada
han de tener a Granada
presto, con favor del cielo,
1645   y por alfombra a Sevilla,
sirviéndoles de colores
las naves y varias flores
de su siempre hermosa orilla.
¿Conócesme?

REY

Pienso que eres
1650   un gallego labrador
que aquí me pidió favor.

1633 historia *Parte.*

---

⁴ *kyries:* propiamente, "aquella parte de la misa que se repite varias
veces la voz *Kyries eleyson*"; "por alusión significa repetición, continuación o abundancia de alguna cosa" *(Dicc. de Autoridades).*

SANCHO

Yo soy, señor.

REY

No te alteres.

SANCHO

　　Señor, mucho me ha pesado
de volver tan atrevido
a darte enojos; no ha sido
posible haberlo escusado.
　　Pero si yo soy villano
en la porfía, señor,
tú serás emperador,
tú serás César romano,
　　para perdonar a quien
pide a tu clemencia real
justicia.

REY

　　　　　　Dime tu mal,
y advierte que te oigo bien;
　　porque el pobre para mí
tiene cartas de favor.

SANCHO

　　La tuya, invicto señor,
a Tello en Galicia di,
　　para que, como era justo,
me diese mi prenda amada.
Leída y no respetada,
causóle mortal disgusto;
　　y no sólo no volvió,
señor, la prenda que digo,

1675   pero [5] con nuevo castigo
el porte [6] della me dio;
  que a mí y a este labrador
nos trataron de tal suerte,
que fue escapar de la muerte
1680   dicha y milagro, señor.
  Hice algunas diligencias
por no volver a cansarte,
pero ninguna fue parte [7]
a mover sus resistencias.
1685   Hablóle el cura, que allí
tiene mucha autoridad,
y un santo y bendito abad,
que tuvo piedad de mí,
  y en San Pelayo de Samos [8]
reside; pero mover
su pecho no pudo ser,
ni todos juntos bastamos.
  No me dejó que la viera,
que aun eso me consolara;
1695   y, así, vine a ver tu cara,
y a que justicia me hiciera
  la imagen de Dios, que en ella
resplandece, pues la imita.

REY

Carta de mi mano escrita...
1700   ¿Mas que [9] debió de rompella?

---

    [5] *pero:* sino que.
    [6] El *porte* ("lo que se da por llevar alguna cosa de un lugar a otro"; Covarrubias) lo pagaban los destinatarios.
    [7] *ser (o tener) parte:* "frase que vale tener acción en alguna cosa, autoridad o poder para ejecutarla" *(Dicc. de Autoridades)*.
    [8] El monasterio de San Julián de Samos fue residencia habitual de doña Urraca y Alfonso VII.
    [9] "*Mas* con la partícula *que* se usa como interjección adversativa de enfado o poco aprecio" *(Dicc. de Autoridades);* pero recuérdese que en lo antiguo "algunos adverbios van muchas veces seguidos de la conjunción *que,* sin que esto altere en nada su naturaleza adverbial" (Saco Arce, en K. Pietsch).

SANCHO

Aunque por moverte a ira
dijera de sí algún sabio [10],
no quiera Dios que mi agravio
te indigne con la mentira.

1705 Leyóla, y no la rompió;
mas miento, que fue rompella
leella y no hacer por ella
lo que su Rey le mandó.

En una tabla su ley
1710 escribió Dios: ¿no es quebrar [11]
la tabla el no la guardar?
Así el mandato del rey.

Porque, para que se crea
que es infiel, se entiende así,
1715 que lo que se rompe allí
basta que el respeto sea.

REY

No es posible que no tengas
buena sangre [12], aunque te afligen

1702   otro labio *Suelta* [Tiene todo el aspecto de una mala lectura de
las grafías: *algūsabio* (con la *s* alta).

---

[10]   *algún sabio* podría aludir aquí a una figura de palacio tradicional
en la literatura y vida medievales, la del *mezclador* o *mesturero*, llamada
así porque se dedicaba, mediante calumnias e injurias, a estimular la *ira*
del rey contra sus vasallos más poderosos. De hecho, Sancho no pretende
indisponer a don Tello con el monarca, sino únicamente recuperar a Elvira.

Parece improbable, por otra parte, que en el pasaje haya una referencia
a la violación de Elvira, como ocurre en *Los cabellos de Absalón* y *La
venganza de Tamar* de Calderón: "Carta Tamar viene a ser: / leyóla y
quiere rompella."

[11]   *quebrar*: "saltar, delinquir o pecar contra algún precepto u otra
obligación, ley o estatuto, violarle y no observarle"; *tabla*: "las piedras
en que se escribió la ley del Decálogo que entregó Dios a Moisés en el
Monte Sinaí" *(Dicc. de Autoridades)*.

[12]   *buena sangre*: buen linaje.

trabajos [13], y de que origen
de nobles personas vengas,
como muestra tu buen modo
de hablar y de proceder [14].
Ahora bien, yo he de poner
de una vez remedio en todo.
Conde.

CONDE

Gran señor.

REY

Enrique.

CONDE

Señor...

REY

Yo he de ir a Galicia,
que me importa hacer justicia,
y aquesto [15] no se publique.

CONDE

Señor...

---

[13]   *trabajo:* "cualquiera cosa que trae consigo dificultad o necesidad y aflicción de cuerpo o alma" (Covarrubias).

[14]   *proceder:* propiamente, "el modo, forma y orden de portarse y gobernar uno sus acciones"; pero no se olvide que, "en término forense, *proceder* contra uno y hacerle proceso es averiguar su culpa" (Covarrubias).

[15]   *aquesto:* "pronombre demostrativo de la persona o cosa que está presente, y la señala específicamente. Son términos usados [*aqueste, aquesta*] de los poetas por la necesidad de llenar la medida del verso; y, aunque se hallan algunas veces usados en prosa, no se debe imitar por ser bajos, sino, en su lugar, *este, esta, esto*" (*Dicc. de Autoridades*).

REY

¿Qué me replicáis?
1730   Poned del parque a las puertas
las postas.

CONDE

Pienso que abiertas
al vulgo se las dejáis.

REY

Pues ¿cómo lo han de saber,
si enfermo dicen que estoy
los de mi cámara [16]?

DON ENRIQUE

1735   Soy
de contrario parecer.

REY

Ésta es ya resolución:
no me repliquéis.

CONDE

Pues sea
de aquí a dos días, y vea
1740   Castilla la prevención
de vuestra melancolía [17].

---

[16] Se refiere a quienes integraban la corte real o palacio (*Palatium regis*) y solían acompañar al rey en sus frecuentes desplazamientos de un lugar a otro; esta corte constaba de consejeros, soldados y un cierto número de oficiales, encargados de funciones tanto administrativas como domésticas.

[17] *melancolía:* "enfermedad conocida [en especial entre nobles: pág. 14] y pasión muy ordinaria, donde hay poco contento y gusto" (Covarrubias).

En la *Corónica de España*, el propio rey finge estar aquejado de un "mal doliente" para poder ocultar su viaje a Galicia.

Rey

Labradores.

Sancho

Gran señor.

Rey

Ofendido del rigor,
de la violencia y porfía
de don Tello, yo en persona
le tengo de castigar.

1745

Sancho

¡Vos señor! Sería humillar
al suelo vuestra corona.

Rey

Id delante, y prevenid
de vuestro suegro la casa,
sin decirle lo que pasa,
ni a hombre humano [18], y advertid
que esto es pena de la vida.

1750

Sancho

Pues ¿quién ha de hablar, señor?

Rey

Escuchad vos, labrador:
aunque todo el mundo os pida
que digáis quién soy, decid

1755

---

[18] Hoy diríamos *ser humano.*

que un hidalgo castellano,
puesta en la boca la mano
desta manera: advertid,
    porque no habéis de quitar
de los labios los dos dedos.

PELAYO

Señor, los tendré tan quedos,
que no osaré bostezar.
    Pero su merced, mirando
con piedad mi suficiencia [19],
me ha de dar una licencia
de comer de cuando en cuando.

REY

No se entiende que has de estar
siempre la mano en la boca.

SANCHO

Señor, mirad que n'os toca
tanto mi bajeza honrar.
    Enviad, que es justa ley,
para que haga justicia,
algún alcalde [20] a Galicia.

REY

El mejor alcalde, el Rey.

Vanse todos y sale NUÑO *y* CELIO.

1769 y 1771   La *Parte* intercambia los nombres del Rey y Sancho en
la indicación de estas dos intervenciones.

---

[19]   *suficiencia* está usado en el sentido lato de 'capacidad, aptitud'.
[20]   *alcalde:* se trata de uno de los *iudices curiae* o *alcaldes de corte*,
que, según el Ordenamiento de Zamora de 1274, juzgaban, entre otros,
los casos de "mujer forzada"; pero también podría aludir más específicamente a la figura del *alcalde de los hijosdalgo,* que se ocupaban exclusivamente de las causas y litigios de los nobles.

NUÑO

En fin, ¿que²¹ podré verla?

CELIO

                              Podréis verla:
don Tello, mi señor, licencia ha dado.

NUÑO

¿Qué importa, cuando soy tan desdichado?

CELIO

1780   No tenéis qué temer, que ella resiste
con gallardo valor y valentía
de mujer, que es mayor cuando porfía.

NUÑO

¿Y podré yo creer que honor mantine
mujer que en su poder un hombre tiene?

CELIO

1785   Pues es tanta verdad, que si quisiera
Elvira que su esposo Celio fuera
tan seguro con ella me casara,
como si en vuestra casa la tuviera.

NUÑO

¿Cuál decís que es la reja?

---

²¹ *que* en el inicio de una interrogativa "implica normalmente que la pregunta se deduce de una observación anterior" (H. Keniston).

CELIO

Hacia esta parte
1790 de la torre se mira una ventana,
donde se ha de poner, como me ha dicho.

NUÑO

Parece que allí veo un blanco bulto [22],
si bien ya con la edad lo dificulto [23].

CELIO

Llegad, que yo me voy, porque si os viere,
1795 no me vean a mí, que lo he trazado,
de vuestro injusto amor [24] importunado.

Vase CELIO *y sale* ELVIRA

NUÑO

¿Eres tú, mi desdichada
hija?

ELVIRA

¿Quién, sino yo, fuera?

1792   pare *Suelta.*
1796   justo *Suelta* [Es una *lectio facilior.*
1796-7 *ac.* Sale Elvira a una rexa *Suelta.*

---

[22] *bulto* (< *vultus* 'rostro') "se aplicó primeramente a las imágenes
que representaban la cabeza de los santos, luego a las estatuas que figu-
raban de relieve el cuerpo de una persona..." y "de aquí pasó a designar
la masa del cuerpo de una persona y finalmente de cualquier objeto vo-
luminoso" (J. Corominas-J. A. Pascual).

[23] *lo dificulto:* lo veo con dificultad (J. M. Díez Borque).

[24] *injusto amor:* Por desmesurado o, más probablemente, por considerar infundados e injustos los temores de Nuño sobre si Elvira ha sabido o no ha sabido defender su honra.

NUÑO

Ya no pensé que te viera,
1800   no por presa y encerrada,
         sino porque deshonrada
         te juzgué siempre en mi idea [25];
         y es cosa tan torpe y fea
         la deshonra en el honrado,
1805   que aun a mí, que el ser te he dado,
         me obliga a que no te vea.
         ¡Bien el honor heredado
         de tus pasados guardaste,
         pues que tan presto quebraste
         su cristal tan estimado [26]!
         Quien tan mala cuenta ha dado
         de sí padre no me llame;
         porque hija tan infame,
         y no es mucho que esto diga,
1815   solamente a un padre obliga
         a que su sangre derrame.

ELVIRA

Padre, si en desdichas tales
         y en tan continuos desvelos,
         los que han de dar los consuelos
1820   vienen a aumentar los males,
         los míos serán iguales

---

[25] "También llamamos *idea* la imaginación que trazamos en nuestro entendimiento" (Covarrubias).

[26] La consideración de la honra de la mujer como extremadamente frágil y trascendente (de suerte que perderla equivalía a perder la vida) viene siendo proverbial desde la cultura griega y constituyó objeto de constante reflexión en los tratados humanísticos sobre la mujer cristiana (comp., vgr., Luis Vives, etc); la equiparación, en concreto, con el *vidrio*, que se documenta en el refranero ("la honra y el vidrio no tiene más de un golpecillo", "la honra y la mujer son como el vidrio, que al primer golpe se quiebra"; Correas), fue especialmente aprovechada por Lope en su teatro; comp., p. ej., *La corona merecida*: "Mas si es de una mujer bella / vidrio el honor, qué trabaja / quien pone el vidrio en la caja / si después se quiebra en ella?"

a la desdicha en que estoy;
porque si tu hija soy,
y el ser que tengo me has dado,
1825 es fuerza haber heredado
la nobleza que te doy.
    Verdad es que este tirano
ha procurado vencerme:
yo he sabido defenderme
1830 con un valor más que humano;
y puedes estar ufano
de que he de perder la vida
primero que este homicida
llegue a triunfar de mi honor,
1835 aunque con tanto rigor
aquí me tiene escondida.

NUÑO

Ya del estrecho celoso [27],
hija, el corazón ensancho.

ELVIRA

¿Qué se ha hecho el pobre Sancho
1840 que solía [28] ser mi esposo?

NUÑO

Volvió a ver aquel famoso
Alfonso, rey de Castilla.

ELVIRA

Luego ¿no ha estado en la villa?

---

[27] *del estrecho celoso*: temeroso del peligro; "*estar puesto en estrecho*:
'estar en necesidad y en peligro'" (Covarrubias).
[28] "*soler*, auxiliar de modo con infinitivo" (J. Gómez Ocerín y R. M.
Tenreiro).

NUÑO

Hoy esperándole estoy.

ELVIRA

1845   Y yo que le maten hoy.

NUÑO

Tal crueldad me maravilla.

ELVIRA

Jura de hacerle pedazos.

NUÑO

Sancho se sabrá guardar.

ELVIRA

¡Oh, quién se pudiera echar
1850   de aquesta torre a tus brazos!

NUÑO

Desde aquí, con mil abrazos
te quisiera recibir.

ELVIRA

Padre, yo me quiero ir [29],
que me buscan; padre, adiós.

NUÑO

1855   No nos veremos los dos,
que yo me voy a morir.

---

[29]   *me quiero ir:* 'me voy', empleando *querer* como auxiliar, con valor
incoativo.

Vase ELVIRA *y sale* TELLO

DON TELLO
¿Qué es esto? ¿Con quién habláis?

NUÑO
Señor, a estas piedras digo
mi dolor, y ellas conmigo
sienten cuán mal me tratáis;
que, aunque vos las imitáis
en dureza, mi desvelo
huye siempre del consuelo
que anda a buscar mi tristeza;
y, aunque es tanta su dureza,
piedad les ha dado el cielo.

DON TELLO
Aunque más forméis, villanos,
quejas [30], llantos e invenciones,
la causa de mis pasiones
no ha de salir de mis manos.
Vosotros sois los tiranos,
que no la queréis rogar
que dé a mi intento lugar;
que yo, que le adoro y quiero,
¿cómo puede ser, si muero,
que pueda a Elvira matar?
    ¿Qué señora presumís
que es Elvira? ¿Es más agora
de [31] una pobre labradora?

1856-7 *ac.* Quítase Elvira y sale don Tello *Suelta.*
1876 Entregar *Suelta.*

---

[30] *formar queja:* "tomar ocasión de quejarse" (Covarrubias).
[31] *es más de:* H. Keniston no recoge "ningún ejemplo... en la prosa del siglo XVI" del "uso de *de* por *que* cuando se compara un concepto con otro".

1880
    Todos del campo vivís;
mas pienso que bien decís,
mirando la sujeción
del humano corazón,
que no hay mayor señorío

1885
que pocos años y brío,
hermosura y discreción.

NUÑO

Señor, vos decís muy bien.
Que el cielo os guarde.

DON TELLO

                  Sí hará,
y a vosotros os dará

1890
el justo pago también.

NUÑO

¡Que sufra el mundo que estén
sus leyes en tal lugar,
que el pobre al rico ha de dar
su honor, y decir que es justo!

1895
Mas tiene por ley su gusto [31bis]
y poder para matar.
Vase.

DON TELLO

Celio.

Sale CELIO.

CELIO

Señor.

1888   La *Suelta* suprime *Que.*

[31bis] La contraposición entre *justo* y *gusto* es bastante recurrente en el teatro de Lope. Cfr. sólo B. W. Wardropper, «*Fuenteovejuna: el gusto and lo justo*», *Studies in Philology*, LIII (1956), págs. 159-171.

DON TELLO

Lleva luego
donde te he mandado a Elvira.

CELIO

Señor, lo que intentas mira.

DON TELLO

1900 No mira quien está ciego [32].

CELIO

Que repares bien te ruego,
que forzalla es crueldad.

DON TELLO

Tuviera de mí piedad,
Celio, y yo no la forzara.

CELIO

1905 Estimo por cosa rara
su defensa y castidad.

DON TELLO

No repliques a mi gusto,
¡pesar de mi sufrimiento!,
que ya es bajo pensamiento
1910 el sufrir tanto disgusto.
Tarquino tuvo por gusto

1902 violentarla *Suelta*.
1904 violentara *Suelta*.

---

[32] *mirar* se usa primero con el sentido de 'advertir, considerar' y posteriormente con el de 'ver'.

no esperar tan sola un hora,
y cuando vino el aurora
ya cesaban sus porfías [33];
1915 pues ¿es bien que tantos días
espere a una labradora?

CELIO

¿Y esperarás tú también
que te den castigo igual?
Tomar ejemplo del mal
1920 no es justo, sino del bien.

DON TELLO

Mal o bien, hoy su desdén,
Celio, ha de quedar vencido.
Ya es tema [34], si amor ha sido:
que aunque Elvira no es Tamar,
1925 a ella le ha de pesar,
y a mí vengarme su olvido [35].

---

[33] De hecho, Sexto Tarquino, rey de los romanos, también hubo de esperar unos días para poder forzar a Lucrecia; pero, una vez consiguió entrar en su habitación por la noche, tardó muy poco en violarla y aún menos en alejarse de ella (según lo cuenta Tito Livio, *Historia romana*, I, 1). El castigo de Tarquino a que se refiere a continuación Celio es el de la pérdida del trono de Roma, el destierro y la muerte en Gabinia, asesinado por quienes había extorsionado durante su reinado. Comp. n. 35.

[34] *tema*: 'manía, obsesión delirante'. Comp. Calderón, *El alcalde de Zalamea*, II, 41-43: "Este fuego, esta pasión / no es amor sólo, que es tema, / es ira, es rabia, es furor."

[35] Entiéndase: 'mi venganza consistirá en olvidarme de ella'; Amnón, tras deshonrar a su hermana Tamar, le tomó tan gran aversión, que la mandó echar inmediatamente de su casa; y, debido al primero de los oprobios que cometió, fue asesinado por su hermano Absalón (II Samuel, XIII). Comp. *La quinta de Florencia*: "Acaso / estará dél olvidada, / porque es el segundo paso / de toda mujer gozada. / En la iglesia dijo el cura, / Doristo, que, cuando Amón / gozó con fuerza perjura / de su hermana, y de Absalón / que fue Tamar la hermosura, / de suerte la aborreció, / que ella mucho más sintió / que la echase aborrecida / que la honestidad perdida... / Y así pienso que estará / Laura aborrecida ya / dese Florentín Tarquino."

Vanse, y salen SANCHO, PELAYO *y* JUANA.

JUANA

Los dos seáis bien venidos.

SANCHO

No sé cómo lo seremos;
pero bien sucederá,
1930   Juana, si lo quiere el cielo.

PELAYO

Si lo quiere el cielo, Juana,
sucederá por lo menos...
que habemos llegado a casa,
y, pues que tienen sus piensos
1935   los rocines, no es razón
que envidia tengamos dellos.

JUANA

¿Ya nos vienes a matar?

SANCHO

¿Dónde está señor [36]?

JUANA

Yo creo
que es ido a hablar con Elvira.

1933   avremos *Suelta.*

---

[36] Nótese la sintaxis latinizante, con el sustantivo *señor* sin artículo o pronombre posesivo: 'donde está *el* o *mi* señor'.

SANCHO

1940   ¿Pues déjala hablar don Tello?

JUANA

Allá por una ventana
de una torre, dijo Celio.

PELAYO

¿En torre está todavía?
No importa, que vendrá presto
quien le haga...

SANCHO

            Advierte, Pelayo...

1945

PELAYO

Olvidéme de los dedos.

JUANA

Nuño viene.

Sale NUÑO.

SANCHO

¡Señor mío!

NUÑO

Hijo, ¿cómo vienes?

SANCHO

            Vengo
más contento, a tu servicio.

Nuño

1950   ¿De qué vienes más contento?

Sancho

Traigo un gran pesquisidor [37].

Pelayo

Un pesquisidor traemos
que tiene...

Sancho

Advierte, Pelayo...

Pelayo

Olvidéme de los dedos.

Nuño

1955   ¿Viene gran gente con él?

Sancho

Dos hombres.

Nuño

Pues yo te ruego,
hijo, que no intentes nada,
que será vano tu intento;
que un poderoso en su tierra,

---

[37] Los *pesquisidores* eran los jueces que los reyes de Castilla y León
enviaban a las poblaciones y comarcas de su dominio, para informarse
de la conducta de los oficiales públicos que regían los distritos adminis-
trativos.

1960
con armas, gente y dinero,
o ha de torcer la justicia,
o alguna noche, durmiendo,
matarnos en nuestra casa.

PELAYO

¿Matar? ¡Oh, qué bueno es eso!
1965
¿Nunca habéis jugado al triunfo?
Haced cuenta que don Tello
ha metido la malilla;
pues la espadilla traemos [38].

SANCHO

Pelayo, ¿tenéis juicio?

PELAYO

1970
Olvidéme de los dedos.

SANCHO

Lo que habéis de hacer, señor,
es prevenir aposento,
porque es hombre muy honrado.

1963   nos matará *Suelta.*

---

[38]   *triunfo:* juego de naipes también conocido como el *burro;* en él se
"dan tres cartas a cada jugador y se descubre la que queda encima de las
que sobran, para señalar el triunfo ['la carta del palo que ha salido o se
ha elegido para jugar dél, la cual es priveligiada y vence cualquiera de
los otros palos'] de que ha de jugarse cada mano... Gana el juego quien
más bazas ['las cartas que se van recogiendo'] hace..." *(Dicc. de Autori-*
dades).
   Entre las "señales de que hay fiesta" en la corte, Antonio de Guevara
incluye "jugar el triunfo después de comer" *(Menosprecio de corte y ala-*
banza de aldea).
   La *malilla* es la segunda carta entre las de más valor, "superior a todas
las demás menos a la *espadilla* ['el as de espadas']..." *(Dicc. de Autori-*
dades).

Pelayo

Y tan honrado que puedo
decir...

Sancho

1975   ¡Vive Dios, villano!

Pelayo

Olvidéme de los dedos,
que no habraré más palabra.

Nuño

Hijo, descansa: que pienso
que te ha de costar la vida
1980   tu amoroso pensamiento.

Sancho

Antes voy a ver la torre
donde mi Elvira se ha puesto;
que, como el sol deja sombra,
podrá ser que de su cuerpo
1985   haya quedado en la reja [39];
y si, como el sol traspuesto,
no la ha dejado, yo sé
que podrá formarla luego
mi propia imaginación [40].
Vase.

---

[39] Entiéndase: la sombra de ella.
[40] "las imágenes de los que aman... dejan impresas en la memoria
formas que se mueven y viven y hablan y permanecen en otro tiempo.
Porque, siendo representada a nuestros ojos alguna imagen bella y agra-
dable, pasa la efigie de ella por medio de los sentidos exteriores en el
sentido común, del sentido común va a la parte imaginativa y de ella
entra en la memoria: pensando y imaginando se para y afirma la memoria" (Fernando de Herrera).

NUÑO

¡Qué estraño amor!

JUANA

Yo no creo
que se haya visto en el mundo.

NUÑO

Ven acá, Pelayo.

PELAYO

Tengo
que decir a la cocina.

NUÑO

Ven acá, pues.

PELAYO

Luego vuelvo.

NUÑO

Ven acá.

PELAYO

¿Qué es lo que quiere?

NUÑO

¿Quién es este caballero
pesquisidor que trae Sancho?

PELAYO

El pecador que traemos
es un... ¡Dios me tenga en buenas!

2000
    Es un hombre de buen seso,
    descolorido [41], encendido;
    alto, pequeño de cuerpo;
    la boca, por donde come;
    barbirrubio y barbinegro;
2005
    y, si no lo miré mal,
    es médico o quiere serlo,
    porque, en mandando que sangren,
    aunque sea del pescuezo [42]...

NUÑO

¿Hay bestia como éste, Juana?

Sale BRITO.

BRITO

2010
    Señor Nuño, corre presto,
    porque a la puerta de casa
    se apean tres caballeros
    de tres hermosos caballos,
    con lindos [43] vestidos nuevos,

2007   porque, en mandándolo, sangran *Suelta*.
2010   corra *Suelta*.
2013-2015   y el uno de ellos trae plumas *Suelta*.

---

[41] *descolorido:* "llaman al que tiene el color natural del rostro muy apagado, pálido y macilento" *(Dicc. de Autoridades)*.

[42] Pelayo comenta las decapitaciones con que el rey castiga a los reos como si se trataran de las sangrías con que el médico ordena que se curen a los enfermos: de alguna manera, está insinuando aquí el desenlace de la obra.

[43] *lindo* (<*legitimus*) "desde el siglo de oro... había tomado un sentido vago de elogio en términos geneales, tan vasto y comprensivo como el de la palabra *bueno*" (J. Corominas-J. A. Pascual); pero aquí puede conservar aún el sentido antiguo de 'noble, gentil'.

A finales del siglo XVI, *lindo* fue una voz bastante discutida, quizá por arcaica; pero Lope reivindica su uso, apoyándose en Fernando de Herre-

2015   botas, espuelas y plumas [44].

NUÑO

¡Válgame Dios, si son ellos!
Mas ¡pesquisidor con plumas!

PELAYO

Señor, vendrán más ligeros;
porque la recta justicia,
2020   cuando no atiende a cohechos,
tan presto al concejo vuelve,
como sale del concejo [45].

---

ra: "Muchos se han de oponer a tan linda cátedra —perdonen los críticos
esta voz *linda,* que Fernando de Herrera, honor de la lengua castellana
y su Colón primero, no la despreció jamás ni dejó de alabarla, como se
ve en sus comentos..." (*La viuda valenciana,* pr.).

[44] *plumas:* "las que se ponen en las gorras o sombreros" (Covarrubias).

[45] El *concejo* o *concilium* era, en un principio, la asamblea de vecinos
de una ciudad o aldea que delegaba su representación en unos jueces
elegidos por ellos y llamados indistintamente *alcaldes, justicias, fieles,* etcétera; pero, a partir del siglo XII, comprendía mayormente a los habitantes de las ciudades y tenía jurisdicción sobre toda una comarca. Posteriormente, en el otoño de la Edad Media, con el aumento de la pobla-
ción ciudadana, el *consejo* o *cabildo* hubo de asumir sus funciones.

La *recta justicia* que *vuelve* o *sale del concejo* debe de ser el 'insobor-
nable alguacil', uno de los oficiales ejecutivos del *concejo* (véase abajo,
n. 61): las *Siete Partidas* lo llama *justicia* por considerarlo "nome que
conviene asaz al que tal oficio tiene, porque debe ser muy derechero en
la cumplir".

El *cohecho* o soborno a los oficiales del *concejo* fue también un lugar
común en las diatribas contra la corte: "el consejo se descuida, los privados triunfan, los oficiales roban, los alguaciles cohechan..." (Antonio
de Guevara, *Menosprecio de corte y alabanza de aldea*). Pero, desde luego, tenía un fundamento social; comp. *Cuadernos de las cortes que en
Valladolid tuvo su magestad del Emperador...* (Burgos, 1535): "Otrosí
sabrá vuestra alteza que sobre el traer de las armas y quitallas hay muy
grandes debates y revueltas en las ciudades con los alguaciles y iusticias,
y porque a unos la quitan, que no sería razón, y a otras las dejan traer
por dineros y otros cohechos que dan a los alguaziles..."

NUÑO

¿Quién le ha enseñado a la bestia
esas malicias?

PELAYO

¿No vengo
2025   de la corte? ¿Qué se espanta?

Vanse BRITO *y* JUANA, *y salen el* REY *y los caballeros,
de camino, y* SANCHO.

SANCHO

Puesto que os vi desde lejos,
os conocí.

REY

Cuenta, Sancho,
que aquí no han de conocernos.

NUÑO

Seáis, señor, bien venido.

REY

¿Quién sois?

SANCHO

2030   Es Nuño, mi suegro.

REY

Estéis en buena hora, Nuño.

NUÑO

Mil veces los pies os beso.

2025-6 *ac.* con botas *Suelta.*
2026 Luego que *Suelta.*

REY

Avisad los labradores
que no digan a don Tello
que viene pesquisidor.

NUÑO

Cerrados pienso tenerlos
para que ninguno salga.
Pero, señor, tengo miedo
que traigáis dos hombres solos;
que no hay en todo este reino
más poderoso señor,
más rico ni más soberbio.

REY

Nuño, la vara [46] del rey
hace el oficio del trueno,
que avisa que viene el rayo;
sólo, como veis, pretendo
hacer por el rey justicia.

NUÑO

En vuestra presencia veo
tan magnánimo valor,
que, siendo agraviado, tiemblo.

REY

La información [47] quiero hacer.

---

[46] *vara:* "en las sagradas letras se toma por el cetro e insignia real"; y, por extensión, "algunas veces se toma por el castigo" (Covarrubias). Nótese que en seguida se alude a una frase proverbial: "porque así con el súbito desmayo, / sin avisar el trueno venga el rayo" (Calderón, *Los cabellos de Absalón*).

[47] *información:* "vulgarmente se toma por la relación que se hace al juez o a otra persona del hecho de la verdad y de la justicia en algún negocio y caso; y de allí se dice *informante* el letrado de la parte que informa al juez o al consejero y el memorial que da *información*. También lo es la que se hace de palabra y la que el juez hace tomando testigos y haciendo otras averiguaciones en una causa" (Covarrubias).

NUÑO

Descansad, señor, primero;
que tiempo os sobra de hacella.

REY

Nunca a mí me sobra tiempo.
¿Llegastes [48] bueno, Pelayo?

PELAYO

Sí, señor, llegué muy bueno.
Sepa vuesa señoría...

REY

¿Qué os dije?

PELAYO

Póngome el freno.
¿Viene bueno su merced [49]?

REY

Gracias a Dios, bueno vengo.

2053   hacerla *Suelta.*
2055   Llegaste *Suelta.*

---

[48]   *llegastes:* "la forma en *-es* de la segunda persona del plural del indefinido es la etimológica; la moderna en *-eis,* analógica, no es rara en los siglos XVI y XVII..., pero no se generalizó sino tardíamente" (F. Rico).

[49]   Entre el siglo XV y la primera mitad del XVI, *merced* y *señoría* habían experimentado una evolución paralela; pero, a finales del XVI y principios del XVII, *merced* se generaliza hasta llegar a ser "común a todos", mientras *señoría* se reserva a una categoría muy particular de nobles (y, desde entonces, atribuir el tratamiento de *merced* a quien correspondía el de *señoría* resultaba una grave ofensa).

Pelayo

A fe que he de presentalle [50],
si salimos con el pleito,
un puerco de su tamaño.

Sancho

¡Calla, bestia!

Pelayo

2065

                    Pues ¿qué? ¿Un puerco
como yo, que soy chiquito?

Rey

Llamad esa gente presto.

Sale Brito, Fileno, Juana *y* Leonor.

Brito

¿Qué es, señor, lo que mandáis?

Nuño

2070

Si de los valles y cerros
han de venir los zagales,
esperaréis mucho tiempo.

---

[50] *presentar:* "dar graciosa y voluntariamente a otro alguna cosa"
(Dicc. de Autoridades).

Rey

Estos bastan que hay aquí.
¿Quién soys vos?

Brito

                              Yo, señor bueno,
só [51] Brito, un zagal del campo.

Pelayo

De casado le cogieron
2075   el principio, y ya es cabrito [52].

Rey

¿Qué sabéis vos de don Tello
y del suceso de Elvira?

Brito

La noche del casamiento
la llevaron unos hombres
2080   que aquestas puertas rompieron.

Rey

Y vos, ¿quién sois?

2074-2075   La *Suelta* elimina estos dos versos.

[51]   *só* (< *sum*): 'soy'; es la forma etimológica de la primera persona
del presente del indicativo y, en tiempos de Lope, como arcaísmo, tiene
un uso restringido a la lengua popular.
[52]   El donaire de Pelayo, basado en el sentido figurado de *cabrito* 'cor-
nudo', debió de ser bastante popular; comp. *El duque de Viseo:* "será
entonces vizcornado / y el Brito será cabrito"; y Tirso de Molina, *El
vergonzoso en palacio,* 1235-1236: "[*Bato*] pues en Brito se ha mudado, /
la mitad para casado / tien... [*Melisa*] ¿Qué? [*Bato*] De cabrito el Brito."

JUANA

                    Señor, Juana,
su criada, que sirviendo
estaba a Elvira, a quien ya
sin honra y sin vida veo.

REY

2085   ¿Y quién es aquel buen hombre?

PELAYO

Señor, Fileno el gaitero;
toca de noche a las brujas
que andan por esos barbechos,
y una noche le llevaron,
2090   de donde trujo el asiento
como ruedas de salmón [53].

REY

Diga lo que sabe desto.

FILENO

Señor, yo vine a tañer,
y vi que mandó don Tello

---

[53]   Pelayo presenta jocosamente a Fileno como el gaitero que toca en
los aquelarres; y, por si fuera poco, le hace víctima de algunas de las
visiones que allí se practican y en que, al parecer, fue azotado; las brujas
"ofrecen sus cuerpos y sus almas al demonio...", y éste, causando en
ellas "un profundísimo sueño, les representa en la imaginación ir a partes
ciertas y hacer cosas particulares... Otras veces realmente y con efeto las
lleva a parte donde hacen sus juntas y el demonio se les aparece en
diversas figuras..." (Covarrubias).
    Comp. *Fuenteovejuna*, 1644-1651: "Yo tengo ya mis azotes, / que aún
se ven los cardenales... / Prueben otros a enojarle... / Como ruedas ['ro-
dajas'] de salmón / me puso los atabales."
    En *El labrador venturoso*, un campesino también llamado Fileno suele
recitar antes de dormirse una oración que aprendió de su abuela, para
ahuyentar espíritus y demonios.

2095   que no entrara el señor cura.
El matrimonio deshecho,
se llevó a su casa a Elvira,
donde su padre y sus deudos
la han visto.

REY

¿Y vos, labradora?

PELAYO

2100   Ésta es Antona de Cueto,
hija de Pero Miguel
de Cueto, de quien fue agüelo [54]
Nuño de Cueto, y su tío
Martín Cueto, morganero [55]
2105   del lugar, gente muy nobre;
tuvo dos tías que fueron
brujas, pero ha muchos años,
y tuvo un sobrino tuerto,
el primero que sembró
nabos en Galicia [56].

2099   La *Suelta* suprime la conjunción *Y.*
2102   abuelo *Suelta.*

---

[54]   *agüelo:* abuelo; "Delante de *ue* competían en varias regiones la *h,*
b, g [güevo por *huevo; güeno* por *bueno...]* en diversas palabras"
(J. Lihani).

[55]   *morganero:* organero, "el que fabrica y compone órganos" *(Diccionario de Autoridades);* Covarrubias no recoge esta palabra y, *s. v.*
órgano, se refiere al *maestro de hacer órganos.*

En cuanto a la forma, «Existió una variante con evolución fonética
popular... *uérgano";* posteriormente, "una pronunciación vulgar **buérgano* sufriría dilación de la nasalidad dando *muérgano,* que fue de uso
vulgar en España desde el Siglo de Oro hasta el XVIII" (J. Corominas y
J. A. Pascual).

[56]   La huerta gallega era célebre por sus nabos. Comp., p. ej., *Al pasar*
del arroyo: "Y entre melones y habas / se venden nabos gallegos"; y
Tirso de Molina, *La gallega Mari-Hernández:* "Compraremos vacoriños
['cerdos'] / (que los gallegos son bravos), / un prado en que sembrar
nabos..."

REY

2110   Bueno
está aquesto por ahora.
Caballeros, descansemos,
para que a la tarde vamos [57]
a visitar a don Tello.

CONDE

2115   Con menos información
pudieras tener por cierto
que no te ha engañado Sancho,
porque la inocencia déstos
es la prueba más bastante [58].

REY

2120   Haced traer de secreto [59]
un clérigo y un verdugo.

Vase el REY *y los caballeros.*

NUÑO

Sancho.

SANCHO

Señor.

_____

2111   esto *Suelta.*
2121-2 *ac.* Vanse *Suelta.*

_____

[57]   *vamos:* 'vayamos'; forma etimológica del subjuntivo *(vamus).*
[58]   *más bastante:* no era irregular el uso intensificativo y redundante
de *más* con adjetivos y adverbios.
[59]   *de secreto:* "modo adverbial que explica la forma de hacer una cosa
de suerte que no se sepa públicamente o por los que pudieran tener
noticia de ello"; pero también vale "sin formalidad o ceremonia pública"
(Dicc. de Autoridades).

NUÑO

Yo no entiendo
este modo de juez:
sin cabeza de proceso [60]
2125   pide clérigo y verdugo.

SANCHO

Nuño, yo no sé su intento.

NUÑO

Con un escuadrón armado
aun no pudiera prenderlo,
cuanto más con dos personas.

SANCHO

2130   Démosle a comer, que luego
se sabrá si puede o no.

NUÑO

¿Comerán juntos?

SANCHO

Yo creo
que el juez comerá solo,
y después comerán ellos.

2129   quando *Suelta*.

[60]   *cabeza de proceso:* "el auto de oficio que provee el juez, mandando
averiguar el delito en las causas criminales de delitos públicos" *(Dicc. de
Autoridades).*

NUÑO

2135   Escribano y alguacil
        deben de ser [61].

SANCHO

                Eso pienso.
        Vase.

NUÑO

        Juana.

JUANA

        Señor.

NUÑO

                Adereza
        ropa limpia, y al momento
        matarás cuatro gallinas,
2140   y asarás un buen torrezno.
        Y pues estaba pelado,
        pon aquel pavillo nuevo [62]
        a que se ase también,
        mientras que baja Fileno
2145   a la bodega por vino.

---

[61]   El *alguacil* era el oficial del *concejo* que ejecutaba los fallos y de-
cisiones de los alcaldes, y su labor consistía principalmente en prender a
los delincuentes y llevarlos a la cárcel, realizar embargos, citar a juicio,
etcétera; siempre le acompañaba un *escribano*, también oficial del *concejo*,
que consignaba por escrito la relación de los delitos cometidos y el testimonio de los acusados.

[62]   *nuevo* por 'joven' se documenta en gallego y en portugués ("o irmao
mais *novo*"; "ainda son *nova* para casar"), pero es "ajeno al romance general y que nos recuerda el hecho tan divulgado en el gr. *neós* y en otras
familias indoeuropeas" (J. Corominas-J. A. Pascual). Comp. fray Antonio
de Guevara, *Menosprecio de corte y alabanza de aldea:* "Oh vida bienaven-
turada la del aldea, a do se comen las aves que... son nuevas, son tiernas."

PELAYO

¡Voto al sol, Nuño, que tengo
de comer hoy con el juez!

NUÑO

Éste ya no tiene seso.
Vase.

PELAYO

Sólo es desdicha en los reyes
comer solos, y por eso
tienen siempre alrededor
los bufones y los perros.
Vase.

Sale ELVIRA, *huyendo de* DON TELLO, *y* FELICIANA,
deteniéndole. Sale por una parte y entra por otra.

ELVIRA

¡Favor, cielo soberano,
pues en la tierra no espero
remedio!
Vase.

DON TELLO

¡Matarla quiero!

2150

2155

2153-4   *ac.* Sale Elvira, huyendo por una puerta y se entra por otra,
y Feliciana, deteniendo a don Tello *Suelta.*

FELICIANA

¡Detén la furiosa mano!

DON TELLO

¡Mira que te he de perder
el respeto, Feliciana!

FELICIANA

Merezca, por ser tu hermana,
2160   lo que no por ser mujer.

DON TELLO

¡Pese a la loca villana!
¡Que por un villano amor
no respete a su señor,
de puro soberbia y vana!
2165   Pues no se canse en pensar
que se podrá resistir;
que la tengo de rendir
o la tengo de matar.

Vase y sale CELIO.

CELIO

No sé si es vano temor,
2170   señora, el que me ha engañado;
a Nuño he visto en cuidado
de huéspedes de valor.
Sancho ha venido a la villa,
todos andan con recato;
2175   con algún fingido trato [63]
le han despachado en Castilla.

2168-9   *ac.* Sale Celio *Suelta.*

----

[63] *fingido trato* posiblemente equivale a *trato doble*, "juego doble de
una misma persona que, por una parte, finge llevar o creer una cosa o
asunto para confiar al contrario y sorprenderle con más facilidad y en
consecuencia mayor provecho" (J. L. Alonso Hernández).

No los he visto jamás
andar con tanto secreto.

FELICIANA

No fuiste, Celio, discreto,
si en esa sospecha estás:
   que ocasión no te faltara
para entrar y ver lo que es.

CELIO

Temí que Nuño después
de verme entrar se enojara,
   que a todos nos quiere mal.

FELICIANA

Quiero avisar a mi hermano,
porque tiene este villano
bravo [64] ingenio y natural.
   Tú, Celio, quédate aquí,
para ver si alguno viene.

[Vase FELICIANA].

CELIO

Siempre la conciencia tiene
este temor contra sí;
   demás que tanta crueldad
al cielo pide castigo.

2188   raro ingenio *Suelta* [Puede tratarse de un simple error, sobre *bravo*, o bien de un cambio semántico.

---

[64]   *bravo:* "equivale también a 'raro, peregrino, copioso, abundante y singular'" *(Dicc. de Autoridades).*

Salen el REY, *caballeros y* SANCHO.

REY

2195   Entrad y haced lo que digo.

CELIO

¿Qué gente es ésta?

REY

Llamad.

SANCHO

Éste, señor, es criado
de don Tello.

REY

¡Ah hidalgo! Oíd.

CELIO

¿Qué me queréis?

REY

Advertid
2200   a don Tello que he llegado
de Castilla, y quiero hablalle.

CELIO

¿Y quién diré que sois?

REY

Yo.

_____

2194-5 *ac.* los caballeros *Suelta.*
2195 os digo *Suelta.*

CELIO

¿No tenéis más nombre?

REY

No.

CELIO

¿Yo no más ⁶⁵, y con buen talle?
Puesto me habéis en cuidado.
Yo voy a decir que Yo
está a la puerta.
Vase.

DON ENRIQUE

Ya entró.

CONDE

Temo que responda airado,
y era mejor declararte.

REY

No era, porque su miedo
le dirá que solo puedo
llamarme Yo en esta parte.

Sale CELIO

2205

2210

2207 La *Suelta* omite este verso.
2210 No lo hará *Suelta.*

---

⁶⁵ *no más:* sólo.

CELIO

A don Tello, mi señor,
dije cómo Yo os llamáis,
2215   y me dice que os volváis,
que él solo es Yo por rigor.
Que quien dijo Yo por ley
justa del cielo y del suelo,
es sólo Dios en el cielo,
2220   y en el suelo sólo el Rey.

REY

Pues un alcalde decid
de su casa y corte.

CELIO. *Túrbase.*

              Iré,
y ese nombre le diré.

REY

En lo que os digo advertid.

Vase [CELIO]

CONDE

2225   Parece que el escudero
se ha turbado.

DON ENRIQUE

             El nombre ha sido
la causa.

2222 y 2224-5 *ac.* La *Suelta* elimina estas acotaciones.

SANCHO

Nuño ha venido;
licencia, señor, espero
para que llegue, si es gusto
vuestro.

REY

2230   Llegue, porque sea
en todo lo que desea
parte, de lo que es tan justo,
como del pesar lo ha sido.

SANCHO

Llegad, Nuño, y desde afuera
mirad.

Sale NUÑO *y todos los villanos.*

NUÑO

2235   Sólo ver me altera
la casa deste atrevido.
Estad todos con silencio.

JUANA

Habla Pelayo, que es loco.

PELAYO

Vosotros veréis cuán poco
2240   de un mármol me diferencio.

NUÑO

¡Que con dos hombres no más
viniese! ¡Estraño valor!

2230   en todo lo que aquí vea *Suelta.*
2234   *ac.* Al paño Nuño y los villanos *Suelta.*

Sale FELICIANA, *deteniendo a* DON TELLO, *y los criados.*

FELICIANA

Mira lo que haces, señor.
Tente, hermano, ¿dónde vas?

DON TELLO

2245   ¿Sois por dicha, hidalgo, vos
el alcalde de Castilla
que me busca?

REY

     ¿Es maravilla [66]?

DON TELLO

Y no pequeña, ¡por Dios!,
si sabéis quién soy aquí.

REY

2250   ¿Pues qué diferencia tiene
del Rey, quien en nombre viene
suyo?

DON TELLO

   Mucha contra mí.
Y vos, ¿adónde traéis?
la vara?

2242-3 *ac.* La *Suelta* incluye aquí *Dent.* y, más abajo, después del
v. 2244, *Salen don Tello y Feliciana.*

---

[66] *maravilla:* "suceso extraordinario que causa admiración y pasmo"
(*Dicc. de Autoridades*).

Rey

En la vaina está,
de donde presto saldrá,
y lo que pasa veréis.

Don Tello

¿Vara en la vaina? ¡Oh, qué bien!
No debéis de conocerme.
Si el Rey no viene a prenderme,
no hay en todo el mundo quién.

Rey

¡Pues yo soy el Rey, villano!

Pelayo

¡Santo Domingo de Silos!

Don Tello

Pues, señor, ¿tales estilos [67]
tiene el poder castellano?
¿Vos mismo? ¿Vos en persona?
Que me perdonéis os ruego.

Rey

Quitadle las armas luego.
¡Villano! ¡Por mi corona,
que os he de hacer respetar
las cartas del Rey!

---

[67] *estilo:* "en lo legal, es la fórmula de proceder jurídicamente y el orden y método de actuar" *(Dicc. de Autoridades).*

FELICIANA

2270
　　　　　　Señor,
que cese tanto rigor
os ruego.

REY

　　　No hay que rogar.
Venga luego la mujer
deste pobre labrador.

DON TELLO

2275
No fue su mujer, señor.

REY

Basta que lo quiso ser.
　¿Y no está su padre aquí
que ante mí se ha querellado [68]?

DON TELLO

Mi justa muerte ha llegado.
2280
A Dios y al Rey ofendí.

Sale ELVIRA, *sueltos los cabellos.*

ELVIRA

　Luego que tu nombre
oyeron mis quejas,
castellano Alfonso,
que a España gobiernas,

2277　Y que está su padre aquí *Suelta.*
2280-1　*ac.* La *Suelta* suprime *sueltos los cabellos.*

---

[68]　"*querella:* lo que llamamos 'queja'; *querellarse de uno:* 'agraviarse jurídicamente dél'" *(Covarrubias).*

2285
    salí de la cárcel
donde estaba presa,
a pedir justicia
a tu Real clemencia.
Hija soy de Nuño

2290
de Aibar, cuyas prendas
son bien conocidas
por toda esta tierra.
Amor me tenía
Sancho de Roelas;

2295
súpolo mi padre,
casarnos intenta.
Sancho, que sevía
a Tello de Neira,
para hacer la boda

2300
le pidió licencia;
vino con su hermana,
los padrinos eran;
viome y codiciome,
la traición concierta.

2305
Difiere la boda,
y vino a mi puerta
con hombres armados
y máscaras negras.
Llevóme a su casa,

2310
donde con promesas
derribar pretende
mi casta firmeza;
y desde su casa
a un bosque me lleva,

2315
cerca de una quinta. [69],
un cuarto de legua;

2305   Detiene *Suelta*.
2306   J. Gómez Ocerín y R. M. Tenreiro editan *vienen*.
2310-2332   donde con violencia / derribó, tyrano, / las defensas que
hice / contra sus ofensas. / Mios ojos lo digan, / que en lágrimas tiernas
Suelta.

---

[69]   *quinta*: "casería o sitio de recreo en el campo, donde se retiran sus

allí, donde sólo
la arboleda espesa,
que al sol no dejaba
2320   que testigo fuera,
escuchar podía
mis tristes endechas [70].
Digan mis cabellos,
pues saben las yerbas
2324   que dejé en sus hojas
infinitas hebras,
qué defensas hice
contra sus ofensas.
Y mis ojos digan
2330   qué lágrimas tiernas,
que a un duro peñasco
ablandar pudieran:
viviré llorando,
pues no es bien que tenga
2335   contento ni gusto
quien sin honra queda.
Sólo soy dichosa
en que pedir pueda
al mejor alcalde
2340   que gobierna y reina,
justicia y piedad
de maldad tan fiera.
Ésta pido, Alfonso,
a tus pies, que besan
2345   mis humildes labios,
ansí libres vean
descendientes tuyos
las partes sujetas

---

dueños a divertirse algún tiempo del año. Llámase así porque los que las cuidan, labran, cultivan o arriendan, solían contribuir con la quinta parte de los frutos a sus dueños" (*Dicc. de Autoridades*). Comp. *La quinta de Florencia*.

[70] *tristes endechas:* "género de metro que regularmente se usa en asuntos funerarios", compuesto por "coplas de cuatro versos en asonantes" y que "tienen seis sílabas o siete" (*Dicc. de Autoridades*).

                    de los fieros moros
2350   con felice guerra:
                    que si no te alaba
                    mi turbada lengua,
                    famas hay y historias
                    que la harán eterna.

                            REY

2355   Pésame de llegar tarde:
                    llegar a tiempo quisiera
                    que pudiera remediar
                    de Sancho y Nuño las quejas
                    pero puedo hacer justicia
2360   cortándole la cabeza
                    a Tello. Venga el verdugo.

                        FELICIANA

                    Señor, tu Real clemencia
                    tenga piedad de mi hermano.

                            REY

                    Cuando esta causa [71] no hubiera,
2365   el desprecio de mi carta,
                    mi firma, mi propia letra,
                    ¿no era bastante delito?
                    Hoy veré yo tu soberbia,
                    don Tello, puesta a mis pies...

                        DON TELLO

2370   Cuando hubiera mayor pena,
                    invictísimo señor,
                    que la muerte que me espera,

---

[71] "*Causas:* cerca de juristas, son los negocios, los pleitos que se tratan en los tribunales y la razón que fuerza a moverlos" (Covarrubias); aquí la *causa* es, lógicamente, la violación de Elvira.

confieso que la merezco.

[DON ENRIQUE]

Si puedo en presencia vuestra...

CONDE

2375   Señor, muévaos a piedad
que os crié en aquesta tierra.

FELICIANA

Señor, el conde don Pedro
de vos por merced merezca
la vida de Tello.

REY

El conde
2380   merece que yo le tenga
por padre; pero también
es justo que el conde advierta
que ha de estar a mi justicia
obligado de manera,
2385   que no me ha de replicar.

CONDE

Pues la piedad ¿es bajeza?

REY

Cuando pierde de su punto
la justicia, no se acierta

2374   La *Parte* y la *Suelta* ponen este verso encabezado por don
Tello.

en admitir la piedad:
2390   divinas y humanas letras
dan ejemplos [72]. Es traidor
todo hombre que no respeta
a su rey, y que habla mal
de su persona en ausencia.
2395   Da, Tello, a Elvira la mano,
para que pagues la ofensa
con ser su esposo; y, después
que te corten la cabeza,
podrá casarse con Sancho,
2400   con la mitad de tu hacienda
en dote. Y vos, Feliciana,
seréis dama de la Reina,
en tanto que os doy marido
conforme a vuestra nobleza.

NUÑO

Temblando estoy.

---

[72]   Para los clásicos y los primeros padres de la Iglesia, la *piedad* es el
'amor filial y patriótico' y debe incluirse entre las virtudes que comprende la *justicia;* pero, en boca de Alfonso VII, tiene el sentido cristiano de 'compasión' y equivale a *clemencia.*

En el pasaje, parece insinuarse la idea, también antigua, de que los reyes deben inspirar respeto y temor antes que amor (cfr., vgr., Suetonio, *Vida de los Césares,* LIX, iv); y de que la *clemencia* en ellos constituye un adorno (Séneca, *De clementia,* XI).

Por otra parte, los relatos italianos cuyo desenlace es afín al de nuestra obra califican la decisión real como justa (y, de hecho, uno de ellos, el de Giovanni Sercambi, lleva el título *De summa justitia).*

Los *ejemplos* que *dan divinas y humanas letras* sobre casos en que bajo ningún concepto podía admitirse la *piedad* se encontraban en las polianteas más al uso: así, vgr., en la *Officina* de Ioannes Ravisius Textor, cap. XXXIV ("De severitate"), o bien en el *Valerio de las historias escolásticas y de España* de Diego Rodríguez de Almela, lib. VI, tít. III ("De rigurosa justicia"), en cuyo capítulo III se aduce precisamente el pasaje de la *Crónica de España* a que se refiere en seguida.

PELAYO

2405   ¡Bravo rey!

SANCHO

Y aquí acaba la comedia
del mejor alcalde, historia
que afirma por verdadera
la *Corónica* [73] *de España:*
2410   la cuarta parte la cuenta.

FIN DE LA FAMOSA COMEDIA
"EL MEJOR ALCALDE, EL REY"

2408-2410   Perdonad las faltas nuestras *Suelta.*
La forma *corónica* por 'crónica', aún corriente en el siglo XVII (la recoge Covarrubias), podría tener origen en una etimología popular (pues
las crónicas narran los hechos de los reyes, esto es, de personajes con
corona) o, más probablemente, "en el dialecto mozárabe, donde la anap-
tixis en esta posición era de ley" (J. Corominas-J. A. Pascual).

---

[73]   Según la ley, el acusado de traición sólo perdía las propiedades y
debía marchar al destierro sin la compañía de sus vasallos; pero no era
condenado a muerte (R. Carter [1980], pág. 198).

APÉNDICE DE FUENTES LITERARIAS

la ditta Cateruzza. Et mentre tali bandi funno osservati (chè più di venti giorni passarono e sempre messer Bernabò mandò bandi) divenne che, essendo messer Maffiolo sazio della Cateruzza, chè moltissime volte avea provato cavalleria con lei, parendogli tempo di rimandarla, sperando dappoi a ogni sua volontà poterla avere, e' chiamò a sè Cateruzza dicendo: Io voglio che ti torni con tua madre, et acciò che meglio possiate vivere, [et] se caso venisse che ti volessi maritare possi, ti dono questi cento fiorini, ma a persona del mondo non manifestare là u' se'stata. Et questo ditto, subito la prese basciandola e una volta la danza amorosa gli fece, et con cento fiorini ne la mandò promettendogli gran fatti. Tornata Cateruzza a casa, la madre, vedendola, cominciò a gridare: Ohimè, Cateruzza dolce figliuola, dove se' stata? Et questo dicea sì alto che tutta la vicinanza sentia il gridare della madre. Cateruzza, che già sentito avea la dolcezza dell'omo, disse: Madre mia, state cheta, chè colui che mi prese m'ha dato fiorini cento, li quali con questi mi potete maritare. La madre, non curando tali parole, ma di continuo gridando, tanto che all' orecchie di messer Bernabò et di madonna [la] reina fu venuto, et subito la donna richiesta a madonna [la] reina venisse con Cateruzza, lei si mosse e alla corte n'andò, là u' messer Bernabò con madonna la reina era. Venuta la madre con la figliuola, messer Bernabò volse sapere chi l'avea rapita. Fu ditto che messer Maffiolo suo cortigiano l'avea rapita et per forcia di casa cavata et seco tenuta più di vinti die di lei avere preso suo contentamento. Messer Bernabò, ciò sentendo, subito fe' richiedere messer Maffiolo, il quale andò dinanti a messer Bernabò sperando che altro volesse, e quine veduta Cateruzza e la madre et madonna la reina con altre donne, dubitò forte et pensò potersi scusare. A cui messer Bernabò disse: Messer Maffiolo, come avete voi disservito Cateruzza? Rispuose messer Maffiolo: Io l'ho ben contentata. Messer Bernabò, rivoltosi verso la madre di Cateruzza et alla figliuola, disse: Udite ch'e' dice che v'ha ben contentata? La madre e Cateruzza disseno: Signore, non è la verità; non siamo nè saremo mai contente, se voi non fuste quello che contentare ci facesse. Alle quali parole messer Bernabò, rivoltosi verso messer Maffiolo dicendogli se volea che lui accordasse questi fatti, rispuose messer Maffiolo di sì. Et simile si rivolse a Cateruzza et alla madre e tali parole disse loro: elleno rispuoseno di sì. Allora messer Bernabò stimò che messer Maffiolo avea di valsente fiorini sei mila, et chiamato uno cancelliere fe' fare carta che messer Maffiolo prenda Cateruzza per moglie e che lui la dotava fiorini sei mila, et simile che Cateruzza prenda per marito messer Maffiolo. Et rogato il contratto, rivolsesi a messer Maffiolo dicendo s'è contento. Lui disse sì. Et poi rivoltosi a Cateruzza dicendogli se ella era contenta, avendo Cateruzza assaggiato quello uccello, posto che forzatamente vi fusse condutta, gli piacque [et] disse di sì. Et contente le parti, messer Bernabò [disse]: Ora si ha a contentare me. E voltosi verso Maffiolo dissegli: Come hai avuto tanto ardimento sotto la mia signoria a rapir le pulcelle et donne altrui? Et se' stato sì presuntuoso che a' miei bandi non hai ubbidito. Maffiolo disse: La volontà bestiale m'indusse a fare quello che io feci. Messer Bernabò disse: Come bestiale te ne farò portar la pena. Et subito per lo podestà gli fece tagliare la testa. Et la ditta Cateruzza a uno suo cortigiano gentile e povero la maritò con assegnargli quello ch'era stato di messer Maffiolo. Et per questo modo messer Bernabò usò somma giustizia.

Masuccio Salernitano, *Il novellino*, a cura di A. Mauro,
    Bari, 1940; reimp. de Salvatore S. Nigro, Roma-Bari,
    1975, págs. 369-374.

NOVELLA XLVII

ARGOMENTO

Lo signor re de Sicilia è in casa de uno cavaliero castigliano alloggiato; dui de' suoi più privati cavalieri con violenzia togliono la virginitate a doe figliole de l'oste cavaliero; il signor re, con grandissimo rencrescimento sentito,
le fa loro per muglie sposare, e a l'onore reparato, vuole
a la iusticia satisfare, e a' dui suoi cavalieri fa subito la
testa tagliare, e le donzelle onorevolmente remarita.

A LO ILLUSTRISSIMO SIGNORE DUCA DE URBINO

ESORDIO

Se gli eloquenti e peritissimi oratori soglieno, nel cos-
petto de' grandi principi e signori orando, tale volta ab-
bagliati e impigriti obmutescere, quale maraveglia, illustrissimo mio signore, che Masuccio con la sua impericia volendo scrivere a te, signore, che non solo ne l'arme e
militare disciplina novello Marte, ma in eloquenzia e in
dottrina uno altro Mercurio pòi, e meritamente, essere

chiamato, gli sensi, gli organi, con l'istrumenti insiemi, sí
li confundono e travagliano in manera, che non che de
altri ma de lui stesso né può né vale vero iudicio donare?
Nondimeno, cosí devio e fuori de strada caminando, ho
preso per partito, non manco per volere la mia operetta
del tuo esimio ed eccellente nome favorire, che per osser-
vare la mia promessa, negli partenopei marini liti giá fatta,
de con le mei illicite littere in sí longa assenzia visitare
como caro amico, de uno notevole gesto e iusto, e in parte
rigido e severo, de uno principe aragonese darte noticia, a
ciò che tu, esempio de virtute tra' viventi, possi tale virtute
predicando e narrando commendare. Vale.

Dico adunque che, de po' el ritornarse de la ricca e
potentissima Barsellona a la debita fidelitate de l'inclito
signor re don Ioanni d'Aragona, loro vero e indubitato
signore, lui del tutto se deliberò vindicarse la occupata da'
francesi Perpignano; a la impresa de la quale e suo sussidio
provocò lo illustrissimo principe d'Aragona re de Sicilia,
suo primogenito, quale, per ossequire agli paterni mandati,
lassate l' ispane delicie col piacere de la novella sposa insiemi, con suoi baroni e cavalieri intrò al prepostato camino. E passando più cità e castella de lo castigliano regno, e in ogni luoco lietamente racolto, e quasi como a loro
signore onorato e recevuto, arrivò in Vagliedoli, dove, non
meno per la sua autoritate che per il nuovo parentato, fu
onorevolmente e con gran triunfi recevuto, e alloggiato in
casa d'un notevole cavaliero de' primi nobili de la cità.
Quale, dopo gli suntuosi apparati e senza alcuno sparagno,
per non lassare alcuna parte de l'onore e allegrezze a di-
mostrargli, si como a sí gran principe se rechiedeva, el dí
seguente sí fe' convitare a casa sua la maggior parte de le
donne de la citá a fargli festa, con diverse qualitá de istrumenti e ogni manera de balli; tra le quali, più che altre
ligiadre e oneste, furono doe soe figliole virgine donzelle,
e de tanta suverchia bellezza, che fra lo resto teniano el
principato. Per el che accadde che dui cavalieri aragonesi,
de' primi amati e multo favoriti de l'eccellente signor re,
se innamorarno ardentissimamente ognuno ad una de ditte
belle donzelle, e in manera che in si brevissimo tempo si

retrovorno fuori il pelago de Amore usciti, che niuno altro
in contrario vento li averia a porto de quiete possuti ri-
tornare. E anteposto il solo loro disordinato volere ad
ogni onestissimo debito di ragione, per ultimo partito giá
priseno, prima che da quindi se departessero, si morte se
ne devesse recivere, ottenir la vittoria de tale impresa; e
per el partire del re, loro signore eccellentissimo, che 'l
prossimo di se appressava, proposeno d'un volere d'accor-
do, la seguente notte tale loro iniquo e scelerato desiderio
mandare ad intero effetto. E avuta per strana e cauta via
la prattica d'una fante de casa del cavaliero, la quale si
domandava per nome Agnolina, la quale ne la propria camera de ditte donzelle dormia, e con multi doni e assai
promesse, como de ultramontani è costume, corrottala,
con lei ordinarno quanto per compimento al fatto bisog-
nava; e como la camera e fenestre de ditte donzelle fussero
multo levate de la strada, nondimeno Amore a memoria
loro avea tornato una scala de corda, che in nel loro car-
riaggio teniano, che in altre parte per scalare de monasteri
aveano adoperata, e di quella loro occorse a tale bisogno
se ne servireno, atteso che ogni altro pensiero l'aveano giá
trovato vano. E como notte fu, con li necessarii prepara-
torii a' piedi de la provista fenestra se condussero, e con
el favore de la contaminata fante ebbeno manera de appic-
care la scala a la fenestra de la camera, dove ditte donzelle
securissime [stavano]; e l'uno dopo l'altro saliti, e con piccolo lume intrati, le trovorno in letto ignude e discoperte,
ché forte dormivano, e quiete; de le quali ognuno d'essi
l'amata con grandissimo amore cognoscendo, loro se puo-
sero de lato, e se acconciorno a fornir loro pravo, tristo
e sceleratissimo proponimento. Per la venuta de' quali le
poverette e oneste figliole ancora che del tutto non si sve-
gliasseno, pure una con altra festiggiare, como erano intra
loro giá solite, credendosi, prima che 'l vero del fatto aves-
sero cognosciuto, sentiro la virginitate con grandissima
violenzia e inganno loro essere stata rapita e robata; e do-
lenti de ciò a morte, con altissime voci chiamorno e do-
mandorno soccorso. A lo rumore e questioni grandissime
fatte de le quali il patre prestissimo e rattissimo venuto, e

da le figliole el fatto racontatoli, e trovato quelli cavalieri
fuggiti, e la scala ancora a la fenestra appiccata, gli parve
per subito espediente e con aspri minazzi e tormenti volere da la ditta fante sapere cui fussero li laceratori de la
sua onestá e del suo onore stati; da la quale a lui pienamente declarata e ogni cosa saputa per certo, con quel dolore che ciascuno può pensare [se diede] a confortare le
figliole, che ognuna voluntaria e orrebele morte avea giá
eletta. E como dí fu, ancora che l'angustia de la mente
avesse il core del prudente cavaliero mortificato, pure con
animositate grande, con le figliole per mano, se n'andò in
camera del sicolo re, e gli disse: —Signor mio, ti piazza
di audirme e ascoltarme alquante parole, per discazzare via
lo affanno e fastidio, el quale porria avvenir ne le mente
umane. Io ho qui meco portato li frutti colti da li giardini
da' tuoi intimi creati per ultima ingratitudine e perpetuo
restoro de la mia devuta e amorivole dimostrazione, che,
per onorarte, con loro insiemi ho giá fatto.— E ditto, interamente il fatto gli racontò; il quale, per vedere le figliole quivi amaramente piangere, da pietade e da interno dolore vinto, lui anco fu costritto a fiero lacrimare. Il prudentissimo e sapientissimo signor re, che con dolore e
rencrescimento grandissimo il cavaliero avea ascoltato, fu
da tanto furore e sdegno assalito, che poco se tenne che
in quello punto non facesse li suoi pravissimi cavalieri vi-
tuperosamente morire. Nondimeno, temperatose alquanto,
se reservò ne l'arcano dei suo petto la fiera punizione, la
quale a tanto aspro e strano caso si rechiedeva; e dopo che
'l povero cavaliero con le soe figliole con assai acconce
parole insiemi ebbe raconfortati, deliberò, prima che al
perduto onore de coloro in parte provedere, il conceputo
sdegno alquanto mitigare. Per che, differito el suo partire,
de continente ordinò col potestà, che tutti notevoli omini
e donne de la citá, per una nova festa che de fare inten-
deva, in casa de lo cavaliero se dirizzasseno. Quali prestis-
simi venuti, e in una gran sala condutti, il prudentissimo
re in mezzo de le doe donzelle accompagnato se ne usci
fuora, e da l'altra parte fatto i dui delinquenti suoi cavalieri ivi venire, quasi lacrimando, lo enormissimo caso,

como e quale era successo, pontalmente a tutti fe' palese; per la cui cagione lui volea che, per alcuna emenda de tanto detestando eccesso quivi de presente fatto, ognuno de loro avesse la sua per muglie sposata, e che a ciascuna fussero diece milia fiorini de oro de dote per essi costituiti. E subito ciò mandato ad intiero effetto, l'eccellentissimo e liberalissimo re de' suoi contanti volse quivi de presente le promesse doti a le donzelle interamente pagare; e cosí lo avuto dolore e merore in tanta allegrezza convertito, fu la lieta festa radoppiata, e la contentezza de ognuno fatta maiore. Per che il re, in su la maestra piazza venutone, e fatti tutti, e nobili e populi, a sé chiamare dove i dui novelli sposi bene guardati erano presenti, dopo che dagli araldi al multo e diverso ragionare fu posto silenzio, agli ascoltanti cosí disse: —Signori, parendomi con mia poca contentezza a l'onore de lo bono cavaliero mio oste e di sue figliole de quelli oportuni remedii provedere, che in tale estremitá da li fati mi sono stati conceduti, como ognuno de vui ne può e porrá in futuro rendere testimonio, voglio ormai a la iusticia, a la quale prima e piú che a niun'altra cosa sono obligato, interamente satisfare, a la quale piú presto eleggeria la morte che in alcuno atto mai mancare; e però ciascuno tollere in pacienzia quello che con dolore mai simile gostato, per disobligarme dal iusto ligame, de fare intendo. —E ciò dito, senza altro indicio dare, fatte venire doe nere veste insino a terra e gli dui cavalieri vestitine, comandò che in quello istante in tanto digno spettaculo ambodui fussero decollati; e cosí, non senza generale lacrimare degli circustanti, fu subito mandato ad effetto. I quali per li citadini onorevolmente fatti sepelire, il re volse che tutti i loro beni, ché ne aveano e mobili e immobili, a le vidue donzelle fussero donati; e ciò espedito, prima che la nova cominciata festa dal novo dolore fusse occupata, como il re volse, furono le ricchissime donzelle a dui de' primi nobili citadini per muglie sposate. E cosí la festa, con tanti variati casi e refreddata e riscaldata, finita, il re, con lo essere unico principe de virtute e liberalitate al secolo nostro estimato, se partì; e le maritate donzelle con li loro novelli sposi gaudendo e triunfando rimaste, tutti gli avuti dolori in summa allegrezza furono convertiti.

MASUCCIO

Ancora che multi e diversi dignissimi gesti del memorato principe, in ogni loco per lui adoperati, con veritá grande racontare si possano, pure notevole e grande, le parte de la racontata virtú esaminando, porrá essere iudicata. E certo volendo, como era tenuto, a li regali precetti ottemperare, non averia altramente possuto eseguire; atteso che pare che non per altro gli mondani principi e da Dio e da la natura e da le divine e umane leggi siano in terra a lo reggimento e governo de' populi e ministramento de iusticia stati ordinati e istituiti, che per doverno con eguale bilanza reggere e gubernare, removendo da loro petto ogni amore e passione, odio e rancore. E coloro che de tali laudabili virtú e digne parte sono accompagnati, non per omini mortali ma per eterni iddei deveno, e dignamente, essere celebrati; e li contrarii non de iusti, savii e prudenti re, magnanimi e liberali, ma de iniqui, pravi e viciosissimi tiranni lasseranno dopo loro immortale fama; sí como la memoria de' boni e de' cattivi ogni dí rende testimonio. E io con veloci passi il cominciato ordine seguendo, e al venente e al piccolo resto, con piacere de Dio, darò ultimo fine.

Sabadino degli Arienti, *Le porretane,* ed. G. Gambarin, Bari, 1914, págs. 167-172.

NOVELLA XXVIII

Il re di Franza, intendendo per exemplo avere una infirmitate mortale, per liberarse da epsa fa sposare la fligliuola del suo medico a Dionisio, suo caro cavaliero, e poi li fa tagliare la testa.

Carolo quinto, re di Franza, retornando da Roma e passando per la nostra citade per andare in Franza, fu retenuto per alcuni giorni da' nostri de quello tempo liberalissimi e splendidi citadini, per onorarlo come primo re de' cristiani. Ed essendo il festivo giorno de san Rafaele, nel quale se corre uno vexillo de rico drappo, in remembranza de la gloriosa victoria ebbe el nostro bolognese populo del potente exercito del conte de Virtute, signor de Milano, posto intorno la nostra citate cum grandissima vastitá e invasione (del quale exercito fino a le donne e fanciulli fecero mirabile preda, come ancora vedere se possono per le ruginente spoglie de li superati inimici, le quale in molte case de' nostri citadini se vedeno), il re, come magnanimo, inteso la casone de la lieta festa, oltra l'altre nostre mirabile victorie e la excellenzia della nostra citade, devenendo a quella affezionato, la tolse in protezione contra chi volesse la nostra giá potente libertá occupare, come appare per li regali privilegi dati negli anni novi del suo felice regno, portati da misser Piero di Bianchi, nostro nobilissimo cavaliero e patricio, mandato per oratore in Franza da la nostra republica a la Maiestá de epso re Carolo, per tal effecto e per uno coronato vexillo, pieno de gigli d'oro cum catenelle d'oro e de argento, donato a la nostra citate, insegna dal cielo donata a Carolo primo. Il quale vexillo poi ne' giorni solemni in pulpito del nostro palazzo, nel mezo de' magnifici stendardi del populo e libertate, se poneva. Ora, per non essere disgressore dal nostro proposito, dovete sapere, onorandissimi gentiluomini e voi generose donne, che a questo re essendoli a Roma morto il suo medico, ne prese uno in la nostra citade e menòlo seco in Franza ne la citá de Parise, nominato maestro Aristotile di Conforti, uomo de doctrina e de prudenzia, il quale da Sua Maiestá idoneo cognosciuto al suo bisogno, li prese amore e maritollo de rica e nobile donna, de la quale ne ebbe unica figliuola, nomitata Angelica. Epsa adunque cresciuta, di lei se ne inamorò uno bellissimo giovene, gentilomo e cavaliero, nominato Dionisio al sacro fonte, ma decto «el cavaliero caro» per voluntá del re, perché, sopra ogni altro avendolo caro, lo avea facto de onore, de robba e de stato molto rico. Ora, sequendo lo inamorato cavaliero l'amata giovene e non potendo avere el desiderato fructo del suo amore per la onestate e continenzia di lei, deliberò sequire insolentemente il suo venereo appetito, parendoli li stesse bene saziare ogni sua voglia, per vederse tanto dilecto al re e da tutta la regale corte reverito, e che la natura non avesse trovato un altro piú prezioso modo e arte a produrlo al mondo, che non fu quella de' primi parenti. Onde, senza considerare che a' gentilomini piú che ad altri se conviene essere umani, discreti e temperati, da mezo giorno entrando in casa de la giovene, per forza rapí la sua cara viginitate.

Il che persentendo el patre di lei e non essendo senza gravissimo affanno e cordoglio, come existimare dovete, la sequente matina, senza dire veruna cosa, se ne andò dal re, che pur alora se livava, e giunto al conspecto de Sua Serenitá, essendo epsa lieta, dixe: —Maestro Aristotele, come state stamane?— Respose lui: —Sacra Maiestá, cusi fusse de vui.— Come! —dixe il re— chi è quello ch'io odo? Io me sento molto bene; cusi piaza a Dio conservarmi sempre. —Non diceti cusi, serenissimo re. Datime la mano un poco— respose il fisico, tocandoli el polso atentivamente. Il che parendo una stranieza al re, perché a la sua vita mai li parve sentirse meglio che alora, dixe: —Maestro, credo che vui motegiate overo no sète in vui: io me sento molto bene.— Respose il medico: —Non diceti cusí, sacra Maiestá. Il fidele medico debbe sempre dire la veritá a l'infermo: io dico che vui avete una grave infirmitate, a la quale non provedendo presto, finireti.— Che infirmitate ho io? —respose il re, nebulandose tutto nel viso.— Dixe maestro Aristotile: —Io vel dirò poi da vui e da me.— Alora il re, acomiatando ognuno de la camera, per sapere che infirmitate avea, dixe: —Maestro, che male ho io, che cusí grave el reputate?— Respose maestro Aristotile: —Signor re mio, la infirmitate che avete si è che, per il caldo vostro, la iustizia non è temuta; il che non essendo, presto col vostro Stato ve vedo finire, per quello che cum mia grande passione e perpetua vergogna intenderete. Vui me avete, fa multi anni, cavato de la dolce patria mia, donde, abandonati li parenti e amici, sono venuto a la conservazione de la valitudine vostra, servendo sempre cum tanta fede e diligenzia la vostra corona e tutta la vostra corte, quanto dire se possa, secundo el parere mio; reputandome sopra ogni altro contento e felice, per essere alla cura de la salute de la regale Vostra Excellenzia stato electo. Ma ora ogni bene e felicitá s'è converso in amaritudine e perpetua vergogna, peroché il vostro «caro cavaliero», da megio giorno entrato in casa mia, per forza ha violato l'unica mia figliuola, che è quanto bene ho in questo mondo. Onde, se fia questo mancamento tolerato da voi, oltra la mia perpetua vergogna, será casone de la vostra infirmitá mortale.— Il re, intendendo tanto delicto e non essendo senza grave dispiacere, come prudente principe, dixe: —E questo vero?— Vero è, sacra Maiestá —respose maestro Aristotile.— A cui, senza piú altro dire, dixe il re: —Domatina a bona ora fate che quivi vui, vos-

tra mogliere e vostra figliuola secretamente a me ve pre-
sentate, ché senza documento de Avicenna e fisico remedio intendo liberare questa mia infirmitá mortale.— E, ordinato al camariero che, come giugnesse la matina
sequente maestro Aristotile a l'usso de la camera, il po-
nesse dentro lui e chi fusse seco incontinenti, venuta la
matina, cusí fece.

Il re adunque, cominciando cum savio e discreto modo
examinare la cosa per intendere la veritá, dove li parve
sapere quello era bisogno, subito mandò per il «caro cavaliero»; il quale venuto, vedendo maestro Aristotile, la
moglie e la figliuola, se smaritte assai, dubitando de qualche dura penitenzia per il suo scelerato stupro. Onde il re
li dixe: —Cavaliero caro, cognosci tu questa pulcella?
—Sacra Maiestá, si che io la cognosco; epsa è figliuola del
vostro medico, chi è quivi.— Io el credo bene— dixe il
re.— Ma dime: come hai avuto tanto ardire che abi violato
la cara virginitá sua, avendoti facto tanto alto de robba, de
stato e de condizione, e fra li miei cari carissimo? Le quale
dote, se fossi gentile, te doveano fare umile e prudentissimo.— Il «caro cavaliero», vedendo scoperto el suo iniquo
peccato, non sapeva negare né far scusa né defesa alcuna,
e, sperando pur pietade da la regale clemenzia del suo signore, se gettò genochio a terra e dixe: —Serenissimo signore mio, se male ho facto, abìate di me mercede, ché cusi
me ha sforzato le troppe cocente fiamme d'amore, a le
quale sapete quanto male se può resistere.— Il re alora
dixe: —Io voglio prima, in emendazione del tuo fallo, che
tu fazzi dota a questa giovene de ciò che tu hai, e questo
non te debbe essere grave, amandola tanto come dici.
—Ció che piace a la Vostra reale Altezza, signor re mio,
sono contento de fare.— E cusí fece, che fu el valore de
piú de sexanta migliara de scudi. Il che facto, el re gliela
fece sposare; e poi, vòltose a maestro Aristotile e alla moglie, dixe: —Fate conveniente invito, adcioché mandiate
vostra figliuola a marito onoratamente domane senza in-
dusia.— E poi comando al cavaliero se accompagnasse
cum la moglie. E voluntiera la quale cosa feceno l'uno e
l'altro, cum gran triunfo e festa e cum piacere de tutta la

citá de Parrise. Passato il dí festevole e nupziale e il matrimoniale congiungimento, il re mandó la matina sequente
per il «caro cavaliero», che ancora da lato de la cara e bella
sposa non era levato. Il quale andato da Sua Maestá, epsa
li dixe, avendo uno orologio di polvere in mano: —Cavaliero a mi giá caro, aconcia il facto de la tua anima,
disponendoti a morire, ché, infra termine de questa ora
che dimostrará questo orologio, te voglio far decapitare.—
El cavaliero, audendo la cruda disposizione del re, quasi
non cadde de dolore in terra, e dixe: —Aimè! signor mio,
per che casone?— Il re alora, volgendoli le spalle, acciò
l'amore e la pietá nol removesse dal suo alto proponimento, el lassò. Onde il cavaliero, come era ordinato, menato
in un'altra camera, al termine de l'ora consignata fu decapitato.

Facto questo, il re mandò per maestro Aristotile e dixe:
—Maestro, tocatime ora il polso e vedete in che termine è
la mia malitia.— Maestro Aristotile, credendo ch'el re dicesse li toccasse il polso per sapere da lui se discreta iustizia avea facto, rispose: —Sacra Maiestá, vui state per divina providenzia molto bene, e meglio avete la vostra in-
firmitade curata che non averebbe il meliore medico del
mondo. Onde io e la mis consorte e mia figliuola ne siamo
sopra ogni altro contenti e consolati, e a mi specialmente
questa cosa è tanto cara e iucunda, in recuperazione del
mio onore, che l' intellecto e la voluntá se confonde a
tribuire le devite grazie a la Vostra Maiestá.— A cui il re:
—Maestro, io non ve voglio per ora repondere, fin non
andate in quella stanza, dove ve menará questi mei camarieri;— facendolo tuttavia menare dove era il decapitato
cavaliero, che ancora non restava uscire il sangue delle ta-
gliate vene. Il quale come maestro Aristotile vide, subito
de pietá e doglia venne meno, e a terra trangosciato sarebbe caduto, se da li camarieri aiutato non fosse stato: poi
denanti dal re cum conforti el condusseno, dove, stato cusí
alquanto, dixe: —Oimé! signor re mio, perché sieti cosí
incrudelito? Piú dolore m'è questa morte che non fu quando intesi el stupro della mia figliuola; la quale non avesse
io mai generata, ché ora non averei questa angustia e do-

lore, il quale me dá tanta pena, che piú presto vorei morire
che vivere.— Il re respose: —Maestro, vogliative consola-
re, ché la mia infirmitate rechedea questa medicina. El fa
oggi quatro giorni che vostra figliuola fu meretrice (posto
non se potesse lei iniustamente cusí appellare, essendo
sforziata), poi ieri fu onorata moglie ed oggi è facta vedoa.
Noi abiamo extincto il nome de meretrice per virtú del
matrimoniale annello e recuperato il suo e vostro onore, e
abbiamo poi, per precipuo obligo de la nostra corona, iustizia sequito. Onde iusto e non crudele chiamare ce dovete. Ma, come se sia, vostra figliuola ora è vedoa cum
rica dota e cum suo onore e in sua libertá e vostra; di che
a vostro e a suo piacere e a vostro modo maritare la potete.— E in pace ne mandò a casa maestro Aristotile cum
le lacrime agli occhi, facendo poi onoratamente sepellire el
decapitato cavaliero: onde, per l'effecto de tal morte, tutta
Parrise fu piena de timore e maraviglia, non potendo quase
credere che la Sua Maiestá mai permetesse la morte del
suo cavaliero a lei sopra ogni altro amato e caro, e pianto
da molta gente assai, quantunque fosse divenuto insolente.
Sopra tutto fu de tanta doglia questa morte a la sua sposa,
che epsa se fece monaca de Sancta Caterina, dove, optima
serva de l'omnipotente Re celeste, doppo alcuni anni passò
de questa mortal vita.

Questo novella, signor mio caro, non fu intensa senza
onesti sospiri e pietate degli ascultanti, e cum observantis-
sima laude e venerazione del re de Franza; advegna che
meglio sarebbe stato, secondo el pietoso iudicio de la brigata, non fusse morto el cavaliero, dicendo che ben dovea
bastare la passata iustizia, avendo la Maiestá del re co-
niuncto matrimonialmente lui cum la violata giovene, cum
ogligazione de tutta la sua robba. Pur alfin fu concluso
che quilli reali de Franza hanno, per antiquo costume, preso piacere sequire effecti de summa iustizia e de eterna
laude e memoria degni. Al quale parlare svigliato uno nobilissimo ciciliano, ornato de laudevoli costumi e nominato
Tibullo, de casa de lo illustre principe di Salerno, dixe cum
lieta ciera: —Magnifico conte e gentilomini, e voi comen-

corte di gentiluomini assai cosí stranieri come di Toscana, e tra gli altri v'era un giovine cittadino di Firenze suo favorito, il cui nòme per ora sará Pietro. Questi un di essendo in contado ad un suo podere non molto lungi da Firenze, vide una giovanetta figliuola d'un mugnaio, che era molto bella e gentile, che gli piacque pur assai. Ed il molino del padre di lei era vicino al podere dove Pietro aveva una bella ed agiata stanza. Egli veduta che ebbe la giovane, cominciò seco stesso ad imaginarsi come farebbe a divenir di quella possessore e coglierne quel frutto che tanto da tutte le donne si ricerca. Onde avendo avuto licenza dal duca di star in villa otto o dieci di, cominciò a far la ruota del pavone a torno a costei, e con tutti quei modi che sapeva i megliori s'affaticava dí renderla pieghevole ai suoi piaceri. Ma ella punto di lui non si curava, e tanto mostrava aggradir l'amor che Pietro le portava quanto i cani si dilettano de le busse. E perché il piú de le volte avviene che quanto piú un amante si vede interdetta la cosa amata egli piú se n'accende e piú desidera venir a la conclusione, e molte volte ciò che da scherzo si faceva si fa poi da dovero, l'amante tanto si sentí accender de l'amore de la detta mugnaiuola che ad altro non poteva rivolger l'animo, di modo che desperando di conseguir l'intento suo e non potendo molto lungamente restar in villa, piú sentiva creacer l'appetito e l'ardente voglia di goder la cosa amata. Onde provati tutti quei modi che gli parvero a proposito di facilitar l'impresa, come sono l'ambasciate, i doni, le larghe promesse e talora le minacce ed altre simili arti che dagli amanti s'usano e che le ruffiane sanno ottimamente fare, poi che s'accorse che pestava acqua in mortaio e che effetto alcuno non riusciva, avendo assai pensato sopra la durezza de la fanciulla e sentendosi indarno affaticare ed ogni ora mancar la speranza, dopo vari pensieri che assai combattuto lo avevano, deliberò, avvenissene ciò che si volesse, rapir la giovane e quello che con amore ottener non poteva, goderlo con la forza. Fatta questa deliberazione, mandò a chiamar dui giovini amici suoi, che avevano i lor poderi a lui vicini e a caso si ritrovavano fuori. A questi dui communicò egli il suo pensiero

e gli pregò che di consiglio ed aiuto lo volessero soccorre-
re. Eglino che giovini e di poca levatura erano, consiglia-
rono Pietro che la rapisse, e s'offersero esser con lui a
questa impresa. Onde per non dar indugio a la cosa, parendo lor un'ora mill'anni d'aver rubata la mugnaiuola,
come la notte cominciò ad imbrunire, tutti tre con i fa-
migli loro, prese l'armi, se n'andarono al molino dove ella
col padre era, e a mal grado di lui che fece quanto seppe
e puoté per salvezza de la figliuola, quella violentemente
rapirono, minacciando al padre che direbbero e che fareb-
bero. E ben che la giovane piangesse e gridasse e ad alta
voce mercé chiedesse, quella menarono via. Pietro quella
notte, con poco piacer de la giovane che tuttavia con singhiozzi e lagrime mostrava la sua mala contentezza, colse il
fiore de la verginitá di lei e tutta notte con quella si tras-
tullò, sforzandosi di farsela amica e tenerla qualche tempo
a posta sua. Il mugnaio poi che si vide per forza rubata la
figliuola e che egli da sé non era bastante a ricuperarla,
deliberó il dí seguente di buon matino presentarsi al duca
e gridargli mercé. E cosí a l'aprir de la porta entrò ne la
cittá e di fatto se n'andò al palazzo del duca, e quivi tanto
stette che il duca si levò ed uscí di camera. Il povero
uomo, come vide il duca, con le lagrime su gli occhi se gli
gittò a' piedi e cominciò a chiedergli giustizia. Alora il
duca fermatosi —Leva su —gli disse— e dimmi che cosa
c'è e ciò che vuoi.— E a fine che altri non sentissero di
quanto il mugnaio si querelasse, lo trasse da parte e volle
che a bassa voce il tutto gli narrasse. Ubidi il buon uomo
e distintamente ogni cosa gli disse, e gli nomò i dui compagni che erano di brigata con Pietro, i quali il duca ottimamente conosceva. Udita cosí fatta novella, il duca disse al mugnaio: —Vedi, buon uomo: guarda che tu non mi
dica bugia, perciò che io te ne darei un agro castigo. Ma
stando la cosa de la maniera che tu detto m'hai, io pro-
vederò a' fatti tuoi assai acconciamente. Va', e aspetterammi oggi dopo desinare al tuo molino che io so ben ov' è,
e guarda per quanto hai cara la vita di non far motto di
questa cosa a persona, e del rimanente lascia la cura a
me.— Cosí racconsolato con buone parole il povero mug-

naio, lo fece ritornar al molino. Ed avendo desinato, comandò che ciascuno a cavallo montasse, perché voleva andar fuor di Firenze. Cosí il duca con la corte s'inviò verso
il molino, e quivi giunto si fece insegnare il palazzo di
Pietro, che non era molto lontano, e a quello si condusse.
Il che sentendo, esso Pietro e i compagni lo vennero ad
incontrar dinanzi a la casa, ov'era una bella piazza con un
frascato fatto di nuovo. Quivi il duca da cavallo smontato,
disse a Pietro: — Io me n'andava qui presso a caccia, e
veduto questo tuo bel palagio e domandato di chi fosse,
intendendo che egli è tuo e che è molto agiato e bello, con
bellissime fontane e giardini, m'è venuta voglia di veder-
lo.— Pietro che si credette il fatto star cosí, umilmente lo
ringraziò di tanta umanitá, scusandosi che non era tanto
bello esso luogo quanto forse gli era stato detto. Comin-
ciarono tutti a salir le scale ed entrarono in belle ed ac-
comodate stanze. Il duca entrava per tutto, e lodando or
una camera ed or un'altra, si pervenne ad un verone che
aveva la veduta sovra un bellissimo giardino. In capo del
verone era una cameretta il cui uscio era fermato. Il duca
disse che il luogo fosse aperto. Pietro che, sentio il venir
del duca, ivi dentro aveva chiusa la giovane, rispose:
—Signore, cotesto è un luogo molto mal ad ordine, e certo
io non saperei ove por la mano su la chiave, ed il castaldo
non e in casa, che io l'ho mandato a Firenze per alcune
bisogne. — Il duca che quasi tutti i luoghi di casa aveva
visto, presago che la mugnaia vi fosse dentro, — Orsú —
disse, — aprasi questo luogo o con chiave o senza. —
Pietro alora accostatosi a l'orechia del duca, ridendo gli
fece intendere che quivi aveva una garzona con cui era
dormito la notte. — Cotesto mi piace rispose pose il duca.
— Ma veggiamo com'è bella. — Aperto l'uscio, il duca
fece uscir la giovane, la quale tutta vergognosa e lagriman-
te se gii gettò a' piedi. Volle intender il duca chi fosse e
come era stata quivi condutta. La giovane con lagrime e
singhiozzi narrò il tutto, il che Pietro non seppe negare.
Il duca alora con un viso di matrigna a Pietro ed ai suoi
compagni disse: — Io non so chi mi tenga che a tutti tre
or ora non faccia mozzar il capo. Ma io vi perdono tanta

sceleratezza quanta avete commessa, con questo che tu, Pietro, adesso sposi per tua legitima moglie questa giovane e le facci duo mila ducati di dote, e che voi altri dui participevoli del delitto gli facciate mille ducati per uno di dote. E non ci sia altra parola. Ora, Pietro, io te la do come mia sorella carnale, di maniera che ogni volta che io intenderò che tu la tratti male, io ne faró quella dimostrazione che d'una mia propria sorella farei. — Onde alora fece che Pietro la sposò e che l'obligo dei quattro mila ducati da tutti tre fu fatto. E cosí a Firenze tornò, ove generalmente da tutti questo suo giudicio fu con infinite lodi commendato.

Mateo Bandello, *Historias trágicas ejemplares*, Valladolid, 1589, págs. 29600-31900.

Historia XII

En que se cuenta un hecho generoso y notable de Alejandro de Médicis, primero duque de Florencia, contra un caballero privado suyo, que, habiendo corrompido la hija de un pobre molinero, se la hizo tomar por esposa y que la dotase ricamente. Repartida en tres capítulos.

Sumario

Si la fuerza de la virtud no se diese a conocer a vista de ojos, se tendría por menos loable de lo que su grandeza merece (atentos los diversos objectos que se ponen delante a los hombres), y esto es acabando lo poco que dista para la entera perfectión de su gloria. Y, porque sus efetos son diferentes y se tratan diversamente, así también los ejemplos de semejante diversidad son diversos en las voluntades de los hombres, siguiendo los unos unas cosas y los otros otras; y, procediendo todas desto y de la perfectión de la virtud, cosa que ha sido causa de que unos han ganado fama de ser modestos y templados en sus hechos y otros llenos de magnanimidad comunicada con muchos han resistido a los asaltos de fortuna. Y otra buena cantidad han buscado sólo este honor, que es el que cría todo buen hecho, con el cual han gobernado los negocios de las ciudades libres, o manejado las armas de los monarchas. Y desto vieron ya Roma, Athenas, Lacedemonia y las antiguas monarchías de los medas, persas y asyrios, dejando parte buena cantidad de los sabios que huyeron de las revoluciones de las ciudades y de los desasosiegos de los palacios y tribunales de la ociosidad y privanza burladora de la corte y de los fastidiosos y enojosos, que son los que gobiernan su casa y pequeña cantidad de muebles, con intención de estar desocupados y con más libertad para darse al estudio de las letras, que es el que solamente puede hacer al hombre venturoso y merecedor de participar de la divinidad. Aunque sobre todos estos alabaría yo al que, no estando sujeto a la ley, vive como el que más le está rendido o el que, sin tener miramiento a sangre o amistad, hubiere ejercitado la justicia en los más queridos y favorecidos suyos, como lo hizo antiguamente un Manlio Torquato en Roma y como el pueblo de Athenas en favor de un Timágoras, que, contra el deber de embajador de ciudad libre, había adorado al rey de Persia, y, en nuestros tiempos el marqués de Ferrara, haciendo morir a su hijo por el adulterio cometido con su madastra. Y todavía puede esta justicia redundar en alguna crueldad, que antes será aflictosa que de loor, como Iuan María, visconte duque de Milán, cuando hizo enterrar vivo un clérigo avariento con el cuerpo muerto de uno a quien había rehusado sepultar sin que se lo pagasen primero, viendo que la medianía del castigo ha de estar conjunta con el rigor de la ley para hacer que sea dulce. Por esto aquel gran dictador Julio César quería más con su clemencia ganar el corazón de sus enemigos que vencerlos y sujetarlos con manos feroces; y también, casi en nuestra edad, don Alonso de Aragón (verdadero ejemplo de un justo y buen príncipe) no tenía (cuando tuvo a Gaeta cercada y en gran estrecho) la victoria por menos victoriosa ni de menos ganancia cuando se hacía por concierto y humanidad que la que se alcanzaba con sangre y derramamiento de lágrimas

del pueblo. Y, verdaderamente, los príncipes y grandes señores, y asimismo los que de nuevo (sin succesión de sus
mayores) vienen a gobernar alguna república, debrían tener delante una serenidad honesta para la integridad de la
ley y una humanidad grave para moderar el rigor de su
primer deber. Porque, con este medio, la justicia se conserva y los ánimos de los hombres se atraen como por
fuerza y el estado de los señores se confirma, de manera
que ningún viento de sedición puede menearle por estar
fundado sobre una piedra firme y sostenido en una roca
durable por largo tiempo. De lo cual tenemos un ejemplo
muy fresco de un hecho generoso, lleno de prudencia y
humano en severidad, de uno de los príncipes de nuestros
tiempos, el cual, sin derramamiento de sangre, castigó
con rigor un peccado y humanamente remitió la pena a
uno que merecía castigo grave y de muerte, como
más largamente lo podréys ver en el discurso de la historia siguiente.

Capítulo primero. En el cual se cuenta cómo un principal
caballero florentín se enamoró de una hija de un molinero,
y lo que con ella pasó.

Alejandro de Médicis (como todos saben) fue el que primero (favoreciéndole la Iglesia Romana, y la armada y es-
tandarte del Papa) deshizo la Señoría de Florencia, usur-
pando poco a poco el nombre, título y preheminencias de
Duque. Éste, pues, aunque al principio fue enojoso y en-
fadoso al pueblo de Florencia, pesándoles de haber perdido su antigua libertad, y desagradable a los Senadores y
Magistrados, porque se vían privados de la superioridad
de la justicia y del poder que tenían en mandar a sus ciudadanos, tenía tan buenas partes y se rigió tan bien en su
principado, que al principio fue llamado tyrannía, que fue
después recebido como señor justo; y lo que decían que
había sido usurpado por fuerza les pareció que le era debido como por legítima succesión; y se tenían por dichosos (pues su desastre quería que su República estuviese

obediente al querer y parecer de un príncipe solo) en tener
un señor tan sabio, virtuoso y humano, que, puesto que
en todos sus negocios se mostraba loable, ilustre y generoso, lo que más admiración causaba era que se vencía a
sí mismo, y en lo restante tenía en perfectión la equidad
de la justicia, lo cual le hacía ser digno de eterno loor,
porque no anegaba a persona ni se mostraba favorable a
ninguno de los que pensaban tenerle por amparo de sus
locuras. Y lo que más era de admirar en él, y augmentaba
los loores de su integridad cuando juzgaba, era que castigaba en otros cosas que según razón les debiera perdonar,
dándoles por libres por estar él tocado y aun herido de la
misma enfermedad. Mas este buen señor se acommodaba
con la razón, con el tiempo y con la gravedad del negocio,
y con la calidad de las personas ofendidas. Porque donde
la gravedad del caso sobrepuja toda ocasión de perdón y
clemencia, el príncipe, juez o magistrado se ha de despojar
de sus aficiones, para vestirse del rigor que pone el cuchillo en la mano del que preside, porque la familiaridad pri-
vada no venga a ser causa en los súbditos de menosprecio
de sus superiores o licencia desenfrenada de vivir a su gusto y sin ley. Y lo que pretendo contaros ahora consiste en
la prueba de una rara y exquisita prudencia de que se han
visto pocas arrimarse a la juventud, cuyos ardores no pueden sin gran trabajo sentir el frío y castigos de la justicia,
porque las causas de donde proviene esta fuerza de la prudencia están en larga esperiencia de las cosas, con la cual
los hombres se empapan en madureza de seso y sus hechos vienen a ser dignos de loor.

Pues el duque Alejandro gobernó tan bien sus estados
y tenía tan sumptuosa y rica corte, que no daba ventaja a
otro ninguno de los príncipes de Italia por grande y rico
que fuese, cosa que hacía tanto por ser bien guardado y
hacerse honrar cuanto por mostrar la generosa grandeza
de su ánimo, sin usar de insolencia ni demasía contra los
antiguos enemigos de su casa. Y, entre otros cortesanos
que de ordinario seguían al duque, había un florentín, harto su allegado y más privado que ninguno de los otros,
que tenía cierta granja cerca de Florencia, donde tenía su

recreación y principal casa; y esto era causa que muchas veces se iba de la ciudad y llevaba consigo algunos amigos a holgar. Y succedió que, estando un día en esta casa, cerca de la cual había un molino cuyo molinero tenía una hija hermosa en estremo, él miró su hermosura y se enamoró gran manera della. Resplandecía en esta moza un no sé qué de grandeza, que sobrepujaba la sangre y linaje de donde decendía.

Y como el cielo no es tan escaso de sus bienes, que algunas veces no los distribuya con menor medida y otras con igual o más aventajada con los que decienden de baja parte, y hace su asiento así con los que tienen su estado entre los plebeyos como entre los grandes señores y linages illustres. Y ya se vio en Roma alguna vez un siervo o esclavo y otra vez el hijo de un fugitivo que por su buen entendimiento tuvieron el ceptro en sus manos y determinaron las causas del pueblo supremo, que ya comenzaba a aspirar al imperio del universo; y, en tiempos de nuestros padres, tenemos memoria de aquel gran Tamorlán (espanto y destruyción de todo el Oriente) cuyo origen salió desta multitud popular y del lugar más bajo y ínfimo que hay entre todos los estados. Por lo cual somos forzados a confesar que la bondad de la naturaleza es tal y tan grande, que quiere ayudar a los que ha criado, sean cuales fueren, con lo mejor que tiene.

Y no digo esto porque quiera inferir que la sangre de nuestros predecesores, con la institución de los presentes, no augmentó en gran manera las fuerzas y espíritu y no perficione más sinceramente a lo que naturaleza hubiera dado principio; y, viniendo a nuestro propósito, este mancebo cortesano, preso y encadenado con las ataduras de amor, constreñido por la hermosura y buena gracia desta labradora, se puso a pensar la orden que tendría para conseguir lo que deseaba. Y parecíale que mostrarse su servidor era cosa indigna de su authoridad, y porque la conocía (segun muchos le habían dicho) por tal que tenía buen entendimiento y era cortés en sus palabras y, lo que es más, que todos la tenían como por ejemplo y espejo de castidad y templanza, cosas que atormentaban excesiva-

mente a este enamorado, pero con todo eso no mudaba
propósito, teniendo por cierto que con el tiempo vendría
a salir con el fin de sus deseos y hartaría la insaciable
hambre que le apremiaba más de día en día por no dejar
de coger este fruto tan sabroso que los que aman procuran
con tanto trabajo de las doncellas que son de la edad desta
que podría tener entonces de diez y seys a diez y siete
anos.

Dijo este enamorado su pasión a sus compañeros; y
ellos, maravillados de lo que le oyeron, procuraron apar-
tarle dello, diciéndole que parecía mal a un caballero tan
principal como él dar que decir al pueblo cuando supiese
sus amores tan indiscretos, y que había otras tan hermosas
y honestas damas a quien con más honor podría querer
bien. Pero él que vía harto menos que el amor ciego que
le guiaba y aun estaba mas desnudo de razón y aviso de
lo que los poetas fingen a Cupido, que no tiene ninguna
carga de vestidos, no quería oýr el buen consejo que le
daban sus amigos; antes les decía que era tiempo perdido
tratarle de aquello, porque quería más morir y sufrir que
se burlasen dél que perder una presa la más delicada (a su
parecer) que podría caer en las manos de ningún hombre,
añidiendo a esto que la aspereza y soledad del campo no
había dañado tanto a su nueva enamorada, que no mere-
ciese ser igualada por su hermosura con las mejor vestidas
y con más industria aderezadas de cuantas había entre las
damas que vivían en los pueblos, porque esta no tenía más
del ornamento y compostura que naturaleza le había dado,
y las otras forzaban con artificio lo natural y querían usur-
par con afeytes lo que el cielo les había negado. Y, cuanto
a la virtud, no había que tachar en ella, pues (como él
decía sospirando) tenía gran fuerza en su casto pecho y
que era harto virtuosa para una que quería escoger para
holgarse con ella, y no para hacer una Lucrecia o otra
matrona antigua de las que en tiempos pasados poblaron
el templo de fortuna femenina en Roma.

Los compañeros, oyendo su resolución, le prometieron
harían lo que pudiesen para que saliese con su intento; y
él se lo agradeció, ofreciéndose a hacer otro tanto por ellos

si su fortuna les trajese a tal estado. En este tiempo, imaginando cosas que no se podían poner en ejecución tan
presto y sabiendo que el duque no le quería perder de
vista, le vino a dar a beber tantas mentiras, que le hizo
entender que le convenía estarse en la casa del campo por
algunos días. El duque, como le amaba, o porque pensó
que tenía alguna enfermedad secreta o amiga que quería
encubrir de sus compañeros, le dio licencia por un mes,
cosa que agradó al enamorado, tanto que no cabía de placer ni vía la hora en que hallar a sus amigos y compañeros
para yrse a tornar a ver a la que tenía poder sobre él y
regía lo mejor que en él había con lo más secreto de sus
pensamientos. Llegado, que fue a su casa, comenzó a hacer
ruedas alderredor del molino donde estaba su enamorada;
y no era ella tan necia, que no sospechase donde yban a
parar las ydas y venidas de este romero y que era la caza
que pretendía alcanzar tendiendo tantos lazos y redes por
todas partes. Por lo cual ella se dio a huir el canto destas
aves y las mordeduras de los perros que andaban corriendo tras ella, y no se apartaba de la casa de su padre. El
pobre enamorado se volvía con esto loco, no sabiendo qué
orden tener para gozar desta, que no podía hallar a su
propósito para darle a entender sus llantos y manifestarle
juntamente con la pena que sentía el firme amor y querer
sencillo con que estaba tan aficionado a obedecerla y tenerla en más que a otra ninguna; y lo que más acrecentaba
su enfermedad era que muchos recaudos que le había en-
viado y, con ellos, hartas dádivas y presentes, haciéndole
grandes promesas en lo por venir, no había habido ninguno que hubiese podido doblar la castidad desta doncella.
    Succedió, pues, que un día, andándose este caballero pa-
seando cerca de un bosquecillo que estaba cerca de su
casa, en el cual había una hermosa fuente entre dos grandes peñas, la hija del molinero fue a sacar agua della; y,
como hubiese puesto los cántaros junto a la fuente, el enamorado se fue para ella, estando bien fuera de esperanza
de tal y tan buen encuentro como lo mostró en sus razones, diciendo: «¡Alabado sea Dios, que, al tiempo que
esperaba menos esta buena ventura, me ha traído aquí

donde veo el descanso de mi tristeza!» Y, después, vol-
viendo sus ojos hacia ella, le dijo: «¿Es verdad, o sueño
que soys vos la que estáys tan cerca deste caballero, que
es el que desea más en este mundo serviros en lo que
quisiéredes emplear? ¿Tendréys ahora piedad de los males
y penas que padesco a la continua, causadas por el estre-
mado amor que os tengo?» Y, diciendo esto, la quiso
abrazar; mas ella, que no hacía más caso de sus palabras
del que antes había hecho de sus presentes y mensajes,
viendo que todo ello yba enderezado a su perdición y deshonra, con rostro sereno, que por su color declaraba la
casta y virtuosa intención que tenía, le dijo: «¿Y cómo,
señor, pensáys que la vileza de mi hábito tiene encubierta
menos virtud que los ricos y soberbios vestidos de las
grandes señoras? ¿Creéys que por haberme criado en el
campo ha nació en mí sangre tan grosera, que por daros
a vos contento haya de corromper y enfuziar mi perfectión y manchar la honra que hasta aquí he tenido en tanto? Estad cierto que antes apartará la muerte el alma de
mi cuerpo que de mi voluntad consienta en la pérdida de
lo mejor que hay en mí, que es mi limpieza. No es la
obligación que tiene un hombre como vos andar persi-
guiendo las pobres labradoras, con intento de engañarlas
con palabras fingidas; ni es tampoco profesión de caballero
usar semejantes mensajes para poner en duda la honra de
las doncellas, como vos lo habéys hecho antes de agora
mismo. Debiéraos bastar haber hecho pasar vergüenza a
vuestros criados, sin venir también vos mismo a participar
de su confusión y afrenta.» «Eso ha de ser lo que os ha
de mover, amiga mía (respondió él), a tener compasión de
mi dolor, pues veys que sin fictión os amo y que mi amor
está tan bien fundado, que querría antes morir que cau-
saros el menor descontento que sabríades pensar. Solamente os ruego no os mostréys tan cruel contra el que, des-
deñando otra cualquiera, os hace una oferta tan voluntaria
de sí y de todo lo que tiene en su poder para mandarlo.»
   Ella, no se fiando en sus razones, se quejaba dél, diciendo que todo aquello lo decía para engañarla y después
hacer que se aprovechasen della sus criados; y, sin darle

otra respuesta, tomó sus cántaros y, medio corriendo, se
volvió al molino, sin decir lo que pasaba a su padre, aunque ya él comenzaba a dudar de la traición que el caballero ordenaba contra la limpieza de su hija, puesto que nunca le descubrió sus sospechas, o porque la tenía por virtuosa y constante para resistir a los cautelosos asaltos del
amor, o porque también consideraba la flaqueza y malicia
de nuestra carne, que siempre procura alcanzar cosas que
le son prohibidas y en que hay raya y límite puesto por
la ley que no se debe pasar. Y aun temía el buen hombre
no pensase ella que él decía alguna cosa como ya resuelto
y de opinión que ella deseaba juntarle con el que quería
como a la muerte y que vencida de desdén (por la poca
cuenta que se haría de su limpieza) no se entregase al que
no deseaba otra cosa. Viendo, pues, el caballero que la
doncella se había ido (como dijimos, sin hacer caso dél)
quedó como fuera de sí encendido juntamente en amor y
cólera; y, quejándose, decía: «¡O necio enamorado y hombre de poco ánimo! ¿En qué pensabas teniendo tan cerca
de ti y en parte tan cómmoda a la que no pudiera ni osara
contradecirte? ¿Qué sabes si venía ella para aliviar tus penas y dar fin a tus trabajos? Creo que verdaderamente que
sí y que la verguenza y obligación que se tiene le han
hecho usar del término de que usó, porque yo no pensase
que se dejaba vencer ligeramente de mis persuasiones. Y,
cuando esto no fuera así, ¿quién me hubiera podido estor-
bar de tomar della por fuerza lo que por su grado no me
hubiera querido otorgar? ¿Y quién es ella para vengar la
afrenta que le hiciera sino al cabo hija de un molinero, y
puédese alabar que se ha burlado de un caballero que, estando solo con ella, abrasado en amor, no osó hartar su
sed (aunque alterado) estando cerca de la fuente? Pues, por
Dios (y esto dijo levantándose de sobre una poca de yerba
que estaba cerca de la fuente), que, aunque me muera en
la demanda, tengo de haber della lo que quiero, ora sea
por amor, ora sea por fuerza que le haga, y succédame lo
que me succediere.

Capítulo 2. De lo que determinó el caballero, viendo la mala respuesta de su dama; y cómo la sacó de la casa de su padre y la forzó; y cómo el padre se fue a quejar al duque de Florencia.

Con la determinación que habemos dicho, se volvió el caballero a su palacio, donde sus compañeros, viéndole tan apasionado, le decían: «¿De qué sirve atormentaros desa manera por cosa de tan poca importancia? ¿Es, por ventura, obra de un ánimo tan generoso como el vuestro abajarse desa suerte a seguir una simple mujercilla? ¿Ahora ignoráys la malicia deste sexo y las astucias con que estas serpientes envenenan los hombres? Haced tan poca cuenta desta mujer como ella la hace de vos; y entonces ella os acariciará y no tendrá otro cuydado sino cómo hacer y poner por obra lo que se le ha pedido flojamente. Mas, pongamos por caso, que la mujer tenga alguna cosa buena que atraya los hombres a amarla, honrarla y servirla verdaderamente, que este es oficio y obligado servicio que se debe a las que tienen algun grado honroso, cuyo buen juicio pesara los merecimientos de quien las sigue. Y nuestro parecer es que consumiréys aquí en balde un año o dos sirviendo a esta villana llena de harina como si tratásedes amores y estuviésedes a discreción de alguna dama que con buena crianza y haciéndoos favores galardonase los trabajos que pasa quien las sirve, pues, con esto, esta rústica y necia moza toma orgullo y, con la honra que se le hace, menosprecia a aquel cuyo valor ignora, de quien ella ni cuantos hay della merecen ser criados. ¿Sabéys lo que hay en esto y qué consejo os daremos como más conveniente? A nosotros nos parece que una destas noches sea tomada en su molino y traýda aquí o a otra parte donde mejor os pareciere y que entonces gozéys a vuestro contento desta hermosura que tenéys en tanto. Y, después de hecho esto, disimule ella cuanto quisiere y haga cuenta de su castidad y templanza, con tanto que no tenga de que se alabar de vos, pues habréys ya salido con la victoria de vuestra empresa.» «¡O buenos amigos! —respondió el enamorado sin esperanza— ¡Y cómo days derechamente en el lugar más dañoso de mi llaga y cuán a propósito es la medicina que la apropiáys! Yo tenía determinado de rogaros lo mismo con que vosotros os habéys salido me al camino; mas, temiendo ofenderos o usar mal de vuestra amistad, quería más pasar mi mal que dar el menor descontento del mundo a quien con tanta voluntad se ofrece a hacerme placer; y (con ayuda de Dios) espero agradecéroslo haciendo oficio de verdadero amigo. Resta agora poner en ejecución lo que habéys propuesto y que esto sea lo más en breve que fuere posible, pues veys que el término que tengo para estar aquí se acaba presto; y, si una vez vamos a la corte, sera imposible tornar a cobrar tan buena ocasión; y puede ser que en tanto ella se casara o que otro saldrá con la victoria, después de haber yo edificado los cimientos.»

Concluydo, que fue el consejo sobre el robo desta doncella, se resolvieron en que se efetuase la primera vez que se ofreciese ocasión para ello. Y el enamorado, que temía que esta cólera se amansase a sus compañeros, les daba tanta priesa, que ordenaron de ponerlo por obra la noche siguiente, lo cual hacían ellos (no tanto por descontento que querían dar a su amigo, a quien semejantes cosas debían todo socorro, atento que la amistad en ninguna manera ha de exceder del lugar que dicen que tiene para ser natural) de tan buena masa, que no hubieran tenido vergüenza de emprender esto para sí mismos, cuando él no les hubiera declarado su afición. Tales son los frutos de la iuventud mal reglada y donde solamente señorea el verdor de la edad sin que la razón refrene a la voluntad, que fácilmente vacila y se inclina antes hacia la parte carnal que hacia la que tira a dar manjar y contento espiritual. Pues fue así que la noche siguiente salieron tres que eran, y con ellos cinco o seys criados (tan hombres de bien como sus amos), bien en orden y armados con armas ofensivas y defensivas, para, si hallasen algún estorvo, tener con qué defenderse de sus contrarios; y, desta manera, se fueron hacia el molino dos horas después de anochecido, estando ya el cielo cubierto con el manto con que escurece la tierra, aunque hacía un tiempo claro y sombrío; y, cuando

nadie se temía de un escándalo y atrevimiento tan grande,
se entraron en la casa del molinero y, de entre sus brazos,
le sacaron su hija medio muerta, que comenzó a dar voces
lastimeras; y, al asirla, se defendió lo mejor que pudo destos robadores. El padre, desconsolado y tan fuera de sí
como la tigre Hircana cuando algunos la van a hurtar o a
matar sus hijos, se resolvió unas veces sobre el uno y otras
veces sobre el otro, procurando estorvarlos que no le lle-
vasen la porque habían venido allí. Y, finalmente, el enamorado le dijo: «Padre, parecerme hía que, si queréys
conservar vuestra salud y vida, os retiréys, pues veys que
vuestras fuerzas son flacas para resistir a tantos, que el
menor dellos era bastante a hacer amansar esa cólera que
os abrasa, de que me pesaría por lo mucho que quiero a
vuestra hija, cuanto más que espero que antes que salga
de mi compañía no estará quejosa de mí y vos tendréys
ocasión de aquietar el enojo que ahora mostráys contra
nosotros.» «Falso salteador (dijo el buen hombre) eres tú,
quien por su infame inconstancia y insaciable lujuria des-
honras la fama de mi hija y, de la misma manera, acortas
los años deste su padre sin ventura, pues pierdo por tu
maldad el bordón con que sustentaba mi vejez. ¿Piensas,
traydor, que, habiendo vivido hasta aquí (no obstante mi
pobreza) en reputación de hombre de bien, al fin de mis
últimos días haya de ti el deshonesto, vil ministro y ven-
dedor de la limpieza de mi hija? No creas que tengo ahora
de olvidar el agravio que recibo de ti; y más te digo: que
por cualquier medio que sea tengo de procurar justa venganza, o sobre ti, o sobre los de tu casa.»
    El caballero, dándosele poco o nada las palabras del vie-
jo, teniendo en sus manos lo que deseaba, mandó a su
gente que caminase con la moza, dejando al pobre hombre
que le decía muchas injurias y echaba grandes maldiciones,
amenazándole y incitándole por muchas vías (a lo que
creo) a que le hiciese matar; y, con todo eso, le oýa tan
poco, como cuando le pedía le dejase su hija, a quien,
yéndose derecho el enamorado, comenzó a abrazar y besar, procurando con palabras dulces y promesas azucara-
das consolar. Mas la pobre moza, entendiendo que la lle-

vaban a la carnicería de su castidad y al último fin de la
flor de su virginidad, se puso a llorar tan lastimosamente
y con voz tan dolorosa, que hubiera movido a compasión
los más duros corazones (fuera del que no procuraba sino
su despojo); y maldecía su desventura, viendo su limpieza
ensuciada de otra suerte que con matrimonio, corrompién-
dola y gozándola quien se burlaría della en habiendo habido su primera flor. «¡Ay de mí! —decía ella— ¡Es posible que la justicia soberana consienta tan gran maldad y
que las voces de una pobre afligida no sean aýdas en la
presencia del señor! ¿Por qué no recibo antes la muerte
que la afrenta que veo delante de mis ojos? ¡O buen viejo
de mi padre! ¡Y cuánto mejor te hubiera sido matarme
entre las manos destos robadores que consentir que fuese
presa del enemigo de mi virtud y de tu honra! ¡O dichosas
ciento y otras cien veces las que en la cuna pasastes por
el paso inevitable de la muerte! ¡Y yo, pobre desventurada,
pues no participé de vuestro gozo y quedé viva para pasar
el trabajo desta muerte más áspera de sufrir que la que
aparta las ánimas de los cuerpos!»

El caballero, cansado de oýr estos llantos y quejas, le
amenazó, diciendo que convenía que mudase son, pues sus
lamentaciones no servían de nada para con quien no había
de mudar propósito por sus lágrimas. Cuando la pobre
oyó esto y vio que daba voces al viento, se aplacó algo,
que fue causa que el enamorado, acercándose a ella, le
dijo: «¿Pues, amiga mía, pareceos aora estraño si el ardor
del amor que os tengo me ha hecho usar de alguna violencia para con vos? Considerad que no fue malicia o mal-
querer quien me hizo que lo hiciese, sino amor, que no
puede estar encerrado sin dar muestra de sí. Y, si hubié-
rades sentido lo que yo paso por vos, creo no fuérades
tan cruel, que no tuviérades alguna piedad de mi mal, habiendo esperimentado su fuerza.» A esto no respondió ella
otra cosa sino derramar lágrimas y echar de sí sospiros,
meneando sus brazos, haciendo algunas veces guerra con
ellos a sus hermosos cabellos, aunque las muestras no es-
pantaron al galán ni le quitaron el primer deseo de gozar
della, lo cual hizo a su pesar o placer; y, llegados que

fueron a su casa, durmió con ella aquella noche, hacién-
dola todos los regalos y caricias que un enamorado que
ha amado mucho tiempo sabe hacer a la dama que finalmente viene a gozar. Todas estas vanas adulaciones tiraban
a que él quería hacerla suya y que le quisiese bien para
tenérsela por amiga y que se estuviesen en aquella su casa
del campo para cuando viniese a ella tomar sus pasatiem-
pos. Ella, que (como habemos dicho) era para la edad y
calidad que tenía de buen entendimiento, comenzó a disi-
mular y fingir que tomaba gusto en lo que la era más
amargo que el acíbar y la daba más pena que la memoria
de la muerte, que llamaba cada hora para remedio de su
dolor y de su voluntad: la hubiera anticipado (como hizo
Lucrecia) si el temor de Dios y miedo de perder el ánima
juntamente con el cuerpo no se lo estorvaran; y también
porque esperaba que su robador emendaría la falta que
había hecho, padeciendo la pena de su atrevimiento; y no
se engañaba, como lo veréys, por lo que luego le siguió.

Entre tanto que el robador gozaba sus contentos, el afli-
gido padre hinchía el ayre de gemidos, quejándose de su
fortuna, por haber dejado yr a aquel deshonesto sin darle
a sentir la fuerza de su vejez y el vigor que tenía debajo
de aquella corteza seca. Y finalmente, viendo que sus gemidos, maldiciones y enojos se derramaban en balde, y
también que sus fuerzas no eran yguales a las de su enemigo para tomar venganza dél y tornar a sacarle con violencia su hija, cobrándola por el mismo medio que le había
sido quitada, determinó de otro día de mañana yrse a quejar al duque; y, con este presupuesto, se echó a dormir
debajo de los árboles que estaban junto a la fuente donde
algunas veces el cortesano había hablado con su hija; y,
en viendo el día, se levantó y tomó su camino para Florencia, y llegó a tiempo que abrían las puertas de la ciudad, y fuese derecho al palacio y allí se estuvo hasta que
vio salir al príncipe a misa; y, cuando el buen hombre vio
al de quien esperaba recebir favor y justicia, comenzó a
temblar, y acordóse del agravio que se le había hecho, y,
con el gran dolor que recibía cuantas veces se le acordaba
desto, el justo enojo y deseo que tenía de venganza le dio

tanto ánimo, que, arrodillándose delante del duque, le dijo
en voz alta: «Mi señor, si jamás tuvistes lástima de algún
hombre desconsolado, os suplico que ahora miréys la desventura que por todas partes me cerca y tengáys compasión de la pobreza deste viejo, a quien se le ha hecho un
agravio tal, que espero en vuestra virtud y justicia acos-
tumbrada no dejaréys peccado tan abominable sin casti-
garle conforme a lo que merece, para ejemplo y enmienda
de los males que se podrían seguir, si tal maldad se disi-
mulase y quedase sin el castigo que se requiere.» Y, diciendo esto, derramaba gruesas lágrimas que le caýan sobre su barba cana; y viendo cómo los sospiros interrum-
pidos y continuos sollozos le hacían levantar el pecho, que
ya estaba arrugado de viejo y tostado del continuo calor
y trabajo del campo, aunque lo que más movía a compasión a los que allí estaban era el piadoso rostro deste buen
hombre, que, echando los ojos a todas partes, miraba con
una vista tan tierna y llena de dolor, que, aunque no hubiera hablado palabra, su meneo hubiera commovido a tener lástima de su trabajo. Y tanta fuerza tuvieron sus lágrimas, que el duque, que era discreto y medía todas las cosas con razón, quiso saber la causa por que este hombre
se venía a quejar de aquella manera; y, salteado de no sé
qué sospecha, no quiso que se la dijese en público; y,
saliéndose aparte con el viejo, le dijo: «Amigo, puesto que
los pecados graves y de importancia debrían públicamente
ser castigados, acontece muchas veces que el que ardiendo
en colera ejecuta la pena del delito (aunque sea justamente), después de habérsele la yra, se arrepiente de haber
usado de rigor y repentina severidad, atento que el pecado
(como sea natural en el hombre) puede alguna vez, donde
el escándalo no es evidente, tener fin y castigo por maneras blandas y clementes, sin exceder de las sanctas y
civiles constituciones de los legisladores. Digo esto porque
me da el corazón que alguno de mi casa debe de haber
cometido algun delito grave contra ti o contra alguno de
los tuyos. Y así no querría que fuesen afrentados delante
de todos, ni menos pretendo dejar su yerro sin castigo,
hallándose que con escándalos haya inquietado el sosiego

en que yo quiero que viva mi pueblo. Porque Dios ha constituydo a los príncipes y potentados como a pastores y guías de su rebaño, para que el furor tiránico de los vicios no destruya, coma y disipe esta junta ínfima y de poco valor, y para que sea amparado con el brazo poderoso de los señores y monarchas.»

Y verdaderamente fue singular ejemplo de clemencia deste príncipe a quien sus ciudadanos tenían en opinión de tirano y usurpador de una señoría libre, que tan privadamente y con tanta familiaridad, habiendo oýdo un negocio de un pobre labrador, fue su templanza tan grande, que aun no quiso que supiesen que delito había sido ni que le acusasen públicamente, ofreciéndose por vengador del agravio hecho al pobre y por castigador de la injuria cometida contra el huérfano, obra verdaderamente digna de príncipe christiano con que daba fuerza a las obras caýdas y conservaba las que estaban en su ser, haciéndole amado de Dios y temido de sus súbditos. Viendo el pobre viejo que el duque con tan buenas razones le preguntaba el agravio que se le había hecho, el nombre de quien le había cometido y, asimismo, le prometía su ayuda y el justo castigo, mereciéndolo el delicto, tomó ánimo para contarle por estenso el discurso del robo y fuerza cometida en la persona de su hija, declarándole por nombre y sobrenombre quiénes habían sido los que habían acompañado al author desta conjuración, que (como habemos dicho) era uno de los más privados del duque; y, no obstante la amistad que tenía con el acusado, oyendo la maldad, dijo: «Este es un hecho abominable y que merece que se haga castigo riguroso; amigo, mira bien no te yerres accusando a uno por otro, porque ese caballero que has nombrado por robador de tu hija es hombre de bien y siempre ha sido tenido por tal de todos. Y certifícote que si me mientes tu cabeza será fiadora y servirá de ejemplo a los delatores y accusadores falsos; pero, siendo verdad lo que me has contado, te prometo de mirar tan bien tu negocio, que no tendrás causa de quejarte que no te haya sido hecha justicia.» A lo cual respondió el buen hombre: «Señor, es el caso tan verdadero, que aun en el día de hoy tiene a mi hija en su casa como si fuera muger pública; y, si vuestra excellencia fuere servido enviar allá, entenderá que mi accusación no es falsa ni digo delante de vos cosa que no sea verdad, que soys mi señor y príncipe, en cuya presencia (como delante de ministro y lugarteniente de Dios) se ha de hablar verdadera y religiosamente.» «Pues así es —dijo el duque—; y vete a tu casa, donde (placiendo a Dios) yo yré hoy a comer; y mira bien que en el camino no digas a nadie esto, que en lo demás yo proveeré justicia.»

El buen hombre, casi tan alegre por haber negociado como el día antes había estado apesarado con su pérdida, se fue a su casa y hízola aderezar lo mejor que pudo, aguardando la venida del que había de ser su libertador, socorro, sustento y juez, el cual, después de haber oýdo misa, mandó que ensillasen los caballos, «porque —dijo él— he sabido que cerca de aquí anda un puerco jabalí de los mayores que se han visto; y yremos a despertarle de su sueño y reposo mientras es hora de comer». Y, saliendo de Florencia, se fue derecho al molino, donde comió templadamente; y, sin decir palabra a ninguno de los que yban con él, se quedó pensativo, considerando lo que había de hacer, porque, por una parte, la gravedad del hecho le movía a castigar rigurosamente al que le había cometido, y, por otra, la amistad que le tenía le enternecía, haciéndole que mudase su parecer y moderase su sentencia.

Vacilando desta manera su ánimo, le vinieron a avisar que los perros habían levantado un ciervo el más hermoso que habían visto en su vida, de lo que se holgó en gran manera, porque por este medio se apartó de la compañía de sus caballeros, a quien envió que le siguiesen, haciendo quedar consigo los más privados y que eran de su consejo secreto, que quiso fuesen testigos de lo que había determinado de hacer; y, llamando a su huésped, le dijo: «Amigo, conviene que nos lleves al palacio del que sabes y de quien esta mañana me hablaste, para que me libre de lo que te prometí.» Los cortesanos quedaron admirados destas palabras, como no sabían dónde yba a parar. Y el buen hombre, a quien el corazón daba saltos de alegría, como

quien siente en alguna manera la posesión del bien y honra
que le estaba aparejada para illustrar su casa y linaje, viendo al duque a caballo, se puso delante dél, sirviéndole de
lacayo; y él pasó con él razones y pláticas graciosas en el
camino; pero no hubieron andado mucho cuando el caballero robador con sus compañeros, habiendo sabido que
el duque estaba cerca de allí cazando, le fue a hacer reve-
rencia; y fue tal su ventura, que él ni ninguno de los suyos
no miraron en el viejo, a cuya persuasión el duque yba a
hacer la prueba que ninguno dellos sospechaba; y dijo al
príncipe: «Si me fuera tan favorable fortuna, que hubiera
sabido la venida de vuestra excellencia, estuviera en orden
para recibiros y hospedaros, no según pertenece a vuestra
grandeza, mas conforme al poder del menor y más obediente de vuestros vasallos.» El duque, disimulando su
enojo, le dijo: «Caballero, yo comí cerca de aquí, no sabiendo que vuestra casa estaba tan cerca de nosotros; pero,
pues he venido a vuestra tierra, no me yré della sin verla,
pues, por lo que puedo juzgar por lo exterior deste hermoso edificio, entiendo que el que la labró no habrá dejado de hacer por de dentro lo que era necesario para her-
mosear este cuerpo de casa, que (según lo que es él) me
parece uno de los más hermosos y bien trazados que he
visto.» Y, acercándose al castillo, se apeó de su caballo
para ver sus particularidades; y la figura por que había
salido de la ciudad, de que ningún pensamiento tenía el
señor del palacio, embebido y embriagado con el mucho
contento de ver al duque en su casa.

Capítulo 3. De cómo entrado que fue el duque en casa
del caballero, buscó la hija del molinero, y la halló, y hizo
que se casase con ella.

Apeado que se hubieron el duque y los que con él yban,
vieron una fuente hecha en un mármol que arrojaba
el agua por cuatro caños gruesos, que recebían cuatro
nimphas desnudas en unos vasos labrados a la damasquina,
y parecía que la ofrecían a un caballero armado que se

parecía debajo de un alto y hojoso árbol que hacía sombra
a la fuente; y cerca de allí vieron una puerta pequeña que
respondía a un jardín tan singular y bien labrado como lo
fueron en otro tiempo los delytosos y placenteros de Al-
cinoe, porque en éste, demás del artificio y trabajo ordinario del jardinero y obrero dél, había naturaleza producido cuatro fuentes a los cuatro cantones que hacían el
lugar y llano del jardín partir ygualmente en forma tetrá-
gona o de cuatro ángulos. Y otras fuentes regaban todo el
jardín sin que se tuviese más trabajo que abrir ciertos con-
ductos pequeños por donde se repartía el agua donde era
necesaria. Y dejaré aquí de contar por orden los árboles y
frutales divididos por sus carreras, los laborinthios labrados sutil y delicadamente, las verduras sembradas en la
tierra, que daban tanto contento a los ojos, que, si el duque no hubiera tenido más cuenta con el agravio que se
había hecho a la hija del molinero que con la hermosura
de la casa y singularidad del edificio, hubiera pasádosele
de la memoria viendo este paraýso terrenal. Y, para per-
fectionar la excellencia deste lugar, la mano del que había
obrado había con mucha industria hecho una cueva pro-
funda donde había cantidad de antigüedades y la voz inmortal del ecco respondía en tres partes al que hablaba
alguna cosa, el cual era debajo de la tierra, que movió al
duque a llamar al caballero y le dijo: «Si lo demás desta
casa se yguala con lo que tengo visto hasta ahora, no dudo
que éste sea uno de los más hermosos y placenteros lugares que hoy hay en toda Italia; por tanto (amigo mío)
os ruego me hagáys placer que le veamos todo, así para
dar contento a nuestros espíritus como porque me pueda
alabar que he visto un lugar no muy grande, el más raro
y bien obrado que hay en Toscana.»

El caballero, contento y lleno de placer, viendo que su
edificio agradaba tanto al duque, le llevó de aposento en
aposento, cada uno de los cuales estaba aderezado, o con
soberbia tapicería a la turquesa, o con tablas tan bien pin-
tadas, con aparato tan a propósito, que el duque no podía
poner los ojos en ninguna dellas sin hallar de qué se ma-
ravillar, viendo que mientras más adelante yba vía mayores

cosas, y algunas tan raras, que hacía la pequeñez de aquel lugar mucho más admirable, por lo cual tenía en gran estima al que había dado la traza de obra tan magnífica. Y, después que hubo visto las portadas, galerías, salas, cámaras, antecámaras, guardarropas, retretes y archivos llegaron a una galería que salía sobre el jardín, que al cabo tenía una cámara cerrada y delante della había una caja labrada de molduras, la más bien hecha que era posible; y de la otra parte del jardín se vían de la misma obra cantidad de nimphas que yban huyendo por la orilla de un bosque, que cercaba un gran río, por haber visto una compañía de sátyros, que parecían correr tras ellas. Era gran contento ver sus bocas entreabiertas y los ojos puestos en el lugar donde estaban los que las perseguían con sus pies hendidos, y la postura con que declaraban su temor, que nos le faltaba sino hablar; y era lo mejor de todo esto ver los sátyros reýrse las gargantas abiertas y mostrar con el dedo la priesa que se daban estas temerosas nimphas que huýan y burlarse de su apresurada huyda. Y, después de esto se vía un Hércules echado en la cama de su muger, contra quien yba un fauno pensando gozar de la hermosura y abrazos de una dama dormida; y lo que mejor pareció fue cuando este robusto andado de Amphitrión le asió y apretó de tal manera, que pensó quebrantarle el corazón dentro del cuerpo. Viendo el duque (a su parecer) el más hermoso aposento de toda la casa cerrado de aquella manera, sospechó lo que en él estaba, porque el caballero (en sabiendo que el duque era venido) había hecho entrar en él a su amiga, atento que aquella cámara era la más secreta de toda la casa y la más apartada del servicio ordinario; y díjole el duque: «¿Dezid por qué no tenéys abierto este aposento como lo están los demás? ¿Creo que debéys de tener aquí vuestro thesoro y el escritorio de vuestras escripturas? Pero podéys estar seguro de nosotros que no habemos venido a importunaros sino pensando haceros placer». «Mi señor —dijo él— este lugar no está bien aderezado para mostrárosle al presente, y tampoco sé dónde estan las llaves, porque el casero se fue esta mañana a la ciudad y no sé a quién las haya dejado».

El duque, que entendió a qué fin yban estas escusas, no las acceptando por el precio que él se las quería vender, acabó de asegurarle de lo que antes había sospechado y, con rostro ayrado, le dijo: «Ea, ea, que con las llaves o sin ellas se ha de abrir esta puerta, porque quiero ver los secretos que están dentro». Él, viendo que lo que el duque hablaba era como de quien entendía algo, no supo así de presto cómo escusarse ni, como dicen, de qué árbol hacer saetas; y quedó maravillado y aun casi convencido con nueva turbación y, finalmente, disimulando lo mejor que supo, se llegó al duque y díjole riendo al oýdo (como sabía su buena vida y que quería tanto la muger de su vecino como la propria suya): «Mi señor, lo que aquí dentro está es una moza que tengo por amiga, y no querría que la viese otro ninguno sino vos.» «Pues ello es lo que busco —dijo el duque—; veámosla para que pueda decir si es hermosa y si merece se haga caso della.»

Abrió el mayordomo la puerta de la cámara, pareciéndole que había ganado mucho y aun pensando que yba de bien en mejor en la gracia del duque, mas bien presto se halló fuera de la cuenta que hacía, porque la casta doncella que él había corrompido y forzado salió descabellada y derramando infinitas lágrimas, descubierto el pecho y rotos todos sus vestidos; y, como muger desesperada, se echó a los pies del duque, diciendo: «Excelente príncipe, ved con piedad la muger mas desdichada de todas las desdichadas, que con gran trayción ha sido forzada y corrompida por el mismo que se ha atrevido a meteros en el lugar que puede ser testigo de su deshonesta y mala vida.» Cuando vio el duque este espetáculo, teniendo compasión della, volvió el rostro hacia el caballero y sus compañeros, que a caso habían llegado al tiempo que el duque entraba en la galería, aunque no con la humanidad y gracia que le había mostrado desde el principio, sino con un mirar tan grave y severo, que el más animoso de cuantos allí había no sabía qué se hacer ni podía pensar qué le responder. Y sobre esto comenzó el justo príncipe a dar muestras de su enojo, diciendo: «¿Es illustrar la sangre de vuestros pasados robar las hijas de vuestros vecinos mis vasallos, estan-

do debajo de mi protectión y amparo? ¿Pensáys que las
leyes se han de quebrantar porque haya algún mudamiento
en la república de Florencia? Pues no será así os prometo,
porque mientras viviere seré perseguidor de los malos en
cuanto pudiere y castigaré la opresión y fuerza que se hi-
ciere al pobre, pues le basta el trabajo que tiene con su
miseria. ¿Quién hubiera pensado que un caballero de mi
casa tuviera tan poco respeto a su honra, que con tanta
fealdad ensuciara sus manos, forzando a las que habían de
ser rogadas y deshonrándolas en lugar de que su virtud
debiera de servir de ejemplo a todos? ¿No sé quién me
impide que no os hago en este campo apartar las cabezas
de los cuerpos como a traydores salteadores? ¡Ydos de aý,
infames, mal mirados, inquietadores del sosiego de vuestros vecinos y robadores de la fama de la que vale más
que todos vosotros juntos!» Y después volvióse a ella y le
dijo: «Levantados, hermana, y consolaos, que os prometo
a fe de quien soy de haceros tal justicia, que mi conciencia
quede satisfecha, vos contenta y vuestra honra reparada
del agravio y injuria que ha recibido.»

Y, al instante, mandó que llamasen al molinero y a los
que habían venido con él, para que estuviesen presentes a
lo que quería hacer; y, habiendo sacado delante de todos
ellos la moza que había sido forzada y a los que habían
sido convencidos del robo, dijo: «Esta es la presa (mis
buenos amigos) que yo había determinado de coger, y así
nos ha venido a las manos, sin redes, cuerdas, ni ladridos
de perros. Ruégoos que veáys la honra que mis privados
dan a mi casa, salteando las pobres labradoras y robando
las doncellas de entre los brazos de sus padres, y quebran-
tando, arrancando y desquiciando las puertas de las casas
de los que, viviendo debajo de las leyes de vuestra ciudad,
debrían gozar de los privilegios de libertad y franqueza. Si
no fuera por mirar a una cosa que no digo, hiciera tal y
tan cruel justicia, que quedaría en la memoria de las ge-
neraciones venideras, aunque me bastará que reciban esta
vergüenza y afrenta delante de vosotros, viéndose convencidos de un delito que su castigo merece muerte ignominiosa, el cual recibirá de mí (por hacer esperiencia) un per-

dón no merecido de su falta, y esto será con condición
que tú (y esto dijo al caballero robador) tomes esta moza
por esposa, porque ni tú ni ella podríades de otra manera
reparar la honra que le has quitado; y la querrás de aquí
adelante tanto cuanto antes de ahora la has tan locamente
amado. Yo te la doy por tenerla en tanto como si fuera
hermana propria deste duque de Florencia, que te manda,
en rescate de tu cabeza, que en mi presencia te desposes
con ella. Y, demás desto, mando, quiero y ordeno (atenta
la pobreza de su padre) que, por el agravio que ha recibido de vosotros, su hija sea dotada en tres mil escudos
del esposo y de mil de cada uno de vosotros, porque si
su marido muriere sin dejar heredero tenga con qué sus-
tentarse honestamente. De lo cual quiero que sin ninguna
dilatación se otorgue escriptura pública y authéntica. Vol-
viéndote a jurar de nuevo, que si sé o entiendo que la
tratas de otra manera que la muger que debe ser tratada
por el marido, usaré contigo de tal castigo, que para lo
por venir sea ejemplo.»

El caballero, que no esperaba otra cosa mejor que la
muerte, contento cuanto fue posible con esta sentencia, se
arrodilló y humilló delante del duque, para besarle los
pies, en señal de que lo consentía; y lo mismo hicieron
sus compañeros. Pero no sabría declarar el contento del
molinero y de su hija, que, alabando la virtud y justicia
de su príncipe, la ensalzaban hasta el cielo, dando las gracias con tanta humildad cuanta suele el que se vee en semejante calamidad y este puesto en tal deshonra como no
mucho antes estaban estos por medio de aquel que el uno
tenía ya por hijo y la otra por esposo legítimo. Y delante
del duque se celebraron las bodas con tanto contento y
alegría de las partes cuanto alboroto y pesar había habido
cuando robaron la esposa.

El duque se volvió a Florencia, hecho esto, y luego se
sonó la fama deste hecho casi por toda Italia, y muy alabado este juycio y causa que todos le tuviesen en más que
a ningún príncipe ni señor de los que mandaron y gober-
naron antes dél la República en la tierra de Toscana. De
manera que esta modestia le hacía merecedor del princi-

pado, que contra todo derecho había alcanzado, y de un
loor que no durara menos de lo que la memoria de los
hombres se podrá estender de una generación en otra, que,
codicioso de la alabanza de un tan virtuoso, justo y tem-
plado príncipe, no cesara de clarificarle y ponerle siempre
delante de los ojos de los que tienen el cargo y dignidad
que él se ejerciten en semejantes cosas, o de mayor consecuencia, y no dejen crecer las yerbas venenosas y inútiles
en las repúblicas, dentro de cuyo jardín una poca de nie-
bla, lluvia, puede corromper todo lo bueno que antes se
había sembrado. Atento que las cosas malas y dañosas
echan presto raýz y se arraygan más profundamente que
las que dan buen fruto y sabroso, en conservación de las
cuales, el diligente hortelano emplea casi todas las sazones
del año.

Giovanni Battista Giraldi Cintio, *Hecatommithi overe cento novelle*, Venecia, 1593, fols. 130-134.

IURISTE È MANDATO DA MASSIMIANO IMPERADORE in Spruchi, oue fa prendere giouane uiolatore d'una Vergine & condennalo a morte; la sorella cerca di liberarlo; Iuriste da speranza alla Donna di pligiarla per moglie & di darle libero il fratello; ella con lui si giace & la notte istessa Iuriste fa tagliare al giouane la testa & la manda alla sorella; ella ne fa querela all'Imperadore, il quale fa sposare ad Iuriste la Donna; poscia lo fa dare ad essere ucciso: la Donna lo libera & con lui si uiue amoreuolissimamente.

NOVELLA V

Anchora che Matea paresse alle donne degna di ogni gran pena, & per la ingratitudine usata verso quella Reina, & per lo dishonesto congiungimento col fratello, nondimeno a gran fatica tennero le lagrime quando sentirono le parole ch'ella poco auanti la morte haueua dette & le pregarono tutte requie. Ma di Acolasto & di Fritto non ne hebbe nè huomo nè donna compassione alcuna. Ma dissero gli huomini maturi che Iddio lascia gli rei viui tra buoni, perche quelli siano a questi come uno essercitio

continuo & quasi sproni a ricorrere a lui. Oltre che gli
tolera anco la sua Maestà, per vedere se volessero volgere
la mente a miglior vita. Ma quando gli vede ostinati nel
male operare, tale da loro finalmente il gastigo quale cos-
toro haueuano hauuto; e, tacendo già ogn'uno, disse:
«Fulvia, deurieno i Signori che sono posti da Iddio a
gouerno del mondo non meno punire la ingratitudine
qual'hora viene loro a notitia che puniscano gli homicidi,
gli adulteri, i ladronecci, i quali quantunque siano delitti
graui sono forse di minor pena degni che la ingratitudine.»
Dalla qual cosa spinto Massimiano il grande, dignissimo
imperadore, volle ad un tratto punire la ingratitudine & la
ingiustitia di un suo ministro; & ne sarebbe seguito l'effetto se la bontà della donna, contra la quale le ingrato si
era mostrato ingiustissimo, non l'hauesse con la sua cortesia dalla pena liberato come mi apparecchio di dimos-
trarui.

Mentre questo gran Signore, che fu raro essempio di
cortesia di magnamità & di singolare giustitia, reggeua fe-
licissamente lo Imperio Romano, mandaua suoi ministri a
gouernare gli stati che fioriuano sotto il suo Imperio; et,
fra gli altri, mandò al gouerno di Spruchi un suo famiglia-
re, che molto caro gli era, chiamato Iuriste. Et prima che
là il mandasse gli disse: «Iuriste, la buona opinione che io
ho conceputa di te mentre che al mio seruigio sei stato mi
fa mandarti Gouernatore di cosí nobile città quale è Ispru-
chi, sul qua le reggimento molte cose ti potrei comandare;
ma tutte in una sola le uoglio ristringere, la quale è che
serui inuiolabilmente la giustitia, se bene hauessi a giudi-
care contra me medesimo, che tuo Signor sono; & ti auiso
che tutti gli altri mancamenti, o siano per ignoranza, o pur
per negligenza messi (ancora che da questi voglio che
quanto più ti sie possibile ti guardi) ti potrei perdonare,
ma cosa fatta contra giustitia appresso me non ritrouereb-
be perdono. E se forse tu non ti senti di deue essere tale,
quale io desidero (perche ogni huomo non è buono ad
ogni cosa) rimanti di pigliare questo maneggio e restati più
tosto qui in corte, oue caro ti ho a tuoi usati uffici, che
coll'essere Gouernatore di questa città, mi inducesti a far

quello contra te che non senza mio gran dispiacere mi co-
nuerrebbe di fare per debito di giustitia quando tu la giustitia non seruasti.» Et qui si tacque. Iuriste, uie più lieto
dell'ufficio a che il chiamaua l'Imperadore che buon co-
noscitore di se stesso. Ringratiò il suo Signore dell'amo-
reuole ricordo & gli disse ch'egli era da se animato alla
conseruation della giustitia; ma che tanto più la conserue-
rebbe hora quanto le parole sue gli erano state come una
facella, che uie più acciò fare l'hauea acceso; et che gli
daua l'animo di riuscirtale in questo gouerno, che sua
Maestà non haurebbe se non cagion di lodarlo. Piacquero
all'Imperadore le parole di Iuriste & gli disse: «Ueramente
non haurò se non cagion di lodarti se così buoni faranno
i fatti, come sono buone le parole.» E fattegli dare le let-
tere patenti, che già erano espedite, là il mando. Cominciò
Iuriste a reggere la Città assai pruantemente & con molta
diligenza, usando gran cura & molto in fare che giusta si
stesse l'una & l'altra bilancia, non meno ne'giuditi che nelle dispensationi delli ufficii e nel premiar le virtù e punire
i vitii; et durò gran tempo, che con tale temperamento
s'acquistò maggior gratia appresso il suo Signore & si gua-
dagnò la beniuolenza di tutto quel popolo; et si potea ri-
putare felice fra gli altri, se con tal maniera fosse conti-
nuato in quel gouerno. Auenne che un giouane della terra,
Vieo chiamato, fe forza ad una giouane cittadina d'Ispru-
chi, onde ne fu fatta querela ad Iuriste; et egli di subito il
fece prender; et, confessata ch'egli hebbe la violenza fatta
alla uergine, il condannò secondo la legge di quella città,
che uoleua che tali fossero condannati alla pena della testa,
se bene anco si disponessero a pigliarla per moglie. Hauea
questi una sorella, che uergine era & non passaua diciotto
anni, la quale era ornata di estrema beltà, & hauea una
dolce maniera di fauellare, & portaua una presenza ama-
bile, accompagnata da donnesca honestà. Costei ch'Epitia
hauea nome, sentendo esser condannato a morte il fratello,
fu soprapresa da graue dolore e deliberossi di uoler uedere
s'ella potesse, se non liberar il fratello, almeno amollirgli
la pena; et, essendo ella stata sotto la disciplina, insieme
col fratello, di uno huomo antico che haueua tenuto in

casa il padre suo ad insegnare ad ambidue loro filosofia, anchora che il frate male usata l'hauesse, se ne andò ad Iuriste & il pregò ad hauere qualche compasione a suo fratello; & per la poca età, però che egli non passaua sedeci unni, la quale il faceua degno di scusa e per la poca esperienza, e per lo stimolo ch'amore gli haueua al fianco, mostrandoli che era opinione de' più saui che l'adulterio commesso per forza di Amore, & non per fare ingiuria al marito della donna, meritaua minor pena che chi per ingiuria il faceua & che il medesimo si deueua dire nel caso del suo fratello, il quale, non per ingiuria, ma spinto di ardente amore, quello fatto haueua per cui condannategli era & che, in amenda dell'errore commesso, egli era per pigliara la giouane per mogliere; et, quantunque la legge dispenesse che ciò non giouasse a chi la vergine uiolasse, potea egli nondimeno come prudente che egli era mitigare quella seuerità, la quale portaua seco più tosto offesa, che giustitia, essendo egli in quel luogo, per la autorità hauuta dell'Imperator, la legge uiua, la quale autorità ella uolea credere che gli hauesse data sua Maestà, perche egli colla equità si mostrasse più tosto clemente che aspro. Et che se questo temperamento si deueua usare in caso alcuno, si deueua egli usare ne casi di amore quando spetialmente riamneua saluo l'honore della donna uiolata, come era egli per rimanere nel caso di suo fratello, il quale era prontissimo a prenderla per moglie; & che ella credeua che tale fosse stata constituita la legge più per porre terrore che perche ella fosse seruata, che le pare una crudelità il uolere colla morte punir quel peccato che con sodisficatione dell-'offeso poteua esser honoreuolmente e santamente emendato. Et, aggiungendo a queste altri ragioni, cercò di indur Iuriste a perdonar a quel meschino. Iuriste, cui non meno dilettaua a gli orecchi il dolce modo di fauellare di Epitia, che gli deletasse la sua gran bellezza a gli occhi, fatto insieme uago di uederla e di udirla, la indusse a replicargli il medesimo un'altra uolta. La donna, pigliando da ciò buono augurio, quello istesso gli disse con uie maggiore efficacia che prima. Onde se rimase, & dalla gratia del fauellare di Epitia e dalla rara bellezza, come uinto & tocco da libidinoso appetito, uolto la mente a commettere in lei quello errore per lo quale hauea condannato a Vieo alla morte. Et le disse: «Epitia, di tanto hanno giouato le ragioni a tuo fratello, che oue dimangli deueua essere tagliata la testa, si differità la essecutione insino a tanto, che habbia considerate le regioni che ad dotte mi hai, & se tali le ritrouerò, che ti possano dare libero il tuo fratello lo tidarò tanto più uolentieri, quanto me increscie hauerlo ueduto condotto a morte per lo rigore della dure legge, che così ha disposto.» Prese da queste parole Epitia buona speranza, & lo ringratiò molto che'egli così cortese le si fosse mostrato, & le disse di esser eternamente obligata. Pensandosi di non ritrouarlo meno cortese in liberare il fratello che cortesse lo hauesse ritrouato in prolungargli il termine della uita sua, & gli soggiunse che ella fermamente speraua che se egli consideraua le cose dette con liberare il fratello le farebbe pienamente contenta; & egli le disse che le considererebbe & che (quando senza offendere la giustitia il potesse fare) non mancherebbe di adempire il suo desiderio. Tutta piena di speranza si partì Epitia, & se ne andò al fratello, & tutto quello gli disse che con Iuriste ella fatto hauea, & quanto di speranza ella ne haueua conceputa nel primo suo ragionamento. Fù ciò in quello così estremo caso molto grato a Vieo, & la prego a non mancare di sollecitare la sua liberatione; & la sorella gli promise ogni suo ufficio.

Iuriste, che la forma della donna hauea nell'animo impressa, voltò ogni suo pensiero, come lasciuo ch'egli era, a potersi godere di Epitia; & perciò attendeua ch'ella un-'altra volta gli ritornasse a parlare. Ella, passati tre giorni, ui ritornò; & tutta cortese gli dimandò quello ch'egli hauesse deliberato. Iuriste, si tosto che la uide, si senti uenir tutto fuoco & le disse: «Ti sii, bella giouane, ben venuta; io non son mancato di ueder diligentemente ciò che potessero operare le tue ragioni a fauore di tuo fratello; & ne ho cercate delle altre anchora, perchè tu rimanesti contenta. Ma ritrouò che ogni cosa conchiude la morte sua, perchè vie una legge uniuersale che quando un pecca, non per ignoranza, ma ignorantemente, non può

hauere alcuna scusa il suo peccato, perchè deueua saper
quello che deono saper tutti gl'huomini uniuersalmente a
uiuere bene; & chi con questa ignoranza pecca no merita
né scusa né compassione; et, essendo in questo caso tuo
fratello, il quale deueua molto ben sapere che la legge uoleua che chi violaua la vergine meritasse morte, se ne dee
morire nè io gli posso di ragione usar misericordia. Egli è
uero che quanto a te, alla quale desidero di far cosa grata,
quando tu (poichè tanto ami tuo fratello) uogli essere contenta di compiacermi di te. Io son disposto di fargli gratia
della uita & mutare la morte in pena men graue.» Diuenne
tutta fuoco nel uiso aqueste parole Epitia; & gli disse: «La
uita di mio fratello mi è molto cara, ma me più caro mi è
l'honor mio, e più tosto con perdita della uita cercherei di
saluarlo che con perdita dell'honore. Però lasciate questo
uostro dishonesto pensiero; ma, se per altra uia posso ri-
cuperare il mio fratello che compiacerui, il farò molto uolentieri.» «Altra uia,» disse Iuriste, «non ui è che quella
che detto ui ho: nè ti deuereste mostrartene così schifa,
perchè potrebbe ageuolmente auenire che tali sariano i
nostri primi congiungimenti che mia moglie diuerresti».
«Non uoglio,» disse Epitia, «porre in pericolo l'honor
mio». «E perchè in pericolo?» disse Iuriste. «Forse che tal
sei tu, che non ti puoi pensare che così debba essere: pen-
saui ben sopra, & ne aspetterò per tutto domane la risposta.» «La risposta ui dò io insino ad hora,» disse ella:
«che non mi pigliando uoi per moglie, quando pure uo-
gliate che la liberation di mio fratello da ciò dependa, git-
tate al uento le parole». Replicolle Iuriste ch'ella ui pen-
sasse & gli riportasse la risposta, considerando diligentemente chi egli era, quello ch'egli poteua in quella terra &
quanto potesse essere utile, non pure a lei, ma a qualunque
altro essegli amico, hauendo egli in quel luogo, in mano
la ragione e la forza. Si partì Epitia da lui tutta turbata, &
se n'andò al fratello e gli disse ciò che fra lei & Iuriste era
auenuto, conchiundendogli ch'ella non uoleua perder l'honor suo per saluare a lui la uita; et, piangendo, il pregò a
disporsi a tolerare patientemente la morte che la sua mala
uentura gli apportaua. Qui si diede a piangere & a pregar

la sorella Vieo ch'ella non uolesse consentire alla sua morte, potendo nella guisa che proposti le haueua Iuriste liberarla. «Vorrai tu forse», disse Epitia, «uedermi la manaia sul collo & troncato quel capo che teco è di un medesimo uentre & da un medesimo padre generato, & teco insino a questa età cresciuto e nelle discipline teco nutrito, gittato a terra del magni goldo? Ahi Sorella! Possa tanti in te la ragioni della natura del sangue & l'amore uolezza che è sempre stata fra noi, che tu, potendo come puoi, mi liberi da così vituperoso & miserabile fine, ho errato il confesso? Tu, sorella mia, che puoi correggere l'error mio, non mi essere auara del tuo aiuto! Hatti detto Iuriste che ti potrebbe pligliar per moglie, & perchè non dei tu pensare che così debba essere? Tu bellisima sei, ornata di tutte quelle gratie che a gentildonna può dare la natura, sei gentilesca & auenente; hai una mirabile maniera di fauellare il che fa che non pure tutte queste cose insieme, ma ciascuma per se ti puó far cara, no dirò ad Iuriste, ma allo Imperadore del mondo. Però non hai da dubitar punto che Iuriste per moglie non sia per prenderti, & così saluo il tuo honore sie salua insieme del tuo fratello la vita». Piangea Vieo queste parole dicendo, & insieme seco piangeua Epitia, la quale, hauendo abbracciata al collo Vieo, non prima la lasciò che fu costretta (vinta da pianti del fratello) di promettergli che ad Iuriste si darebbe poi chè così a lui pareua quando gli volesse saluar la uita, & la mantenesse nella speranza di pigliar per moglie. Conchiuso questo fra loro, il giorno appresso se n'andò la giouane ad Iuriste a gli disse che la speranza ch'egli le hauea data di pigliarla per moglie, dopo i primi congiungimenti; & il desiderio di liberare il fratello, non pur dalla morte, ma da qualunque altra pena ch'egli per l'errore da lui commesso meritasse, l'hauea indotta a porsi tutta in suo arbitrio; & che per l'uno e per l'altro ella era contenta di darglisi, ma sopratutto ella uoleua ch'egli le promettesse la salute & la libertà del fratello. Iuriste uie piè di ogni altro huomo si tenne felice, poichè di si bella & leggiadra giouane deueua godere; & le disse che quella medesima speranza egli le daua che prima le hauea data & che il fratello libero delle

carcere le darebbe la mattina appresso ch'egli con lei stato
si fosse. Così, hauendo cenato insieme, Iuriste e Epitia se
ne andarono poscia a letto, & si prese il maluagio della
donna compiuto piacere; ma che egli andasse a giacersi
colla vergine, in vece di liberare Vieo, comisse che subito
li fosse tagliata la testa.

La donna, bramosa di uedere il fratello libero, non uide
l'hora che apparise il giorno & le parue, che mai tanto
non tardasse il Sole a menare il giorno quanto quella notte. Venuta la mattina, Epitia scioltasi dalle braccia di Iuriste; il pregò, con deleissima maniera, che gli piacesse di
adempire la speranza che egli data le haueua di pigliarsi
per moglie & che fra tanto le mandasse libero il fratello.
Et egli le rispo che gli era stato carissimo lo essere stato
con esso lei & che le piaceua che ella hauesse conceputa
la speranza ch'egli data & che a casa il fratello le mande-
rebbe. Et così detto fe chiamare il prigionere & gli disse:
«Vanne alla prigione & tranne fuori il fratello di questa
donna & conduciglielo a casa. Epitia, ciò udito, piena di
molta allegrezza, a casa se n'andò, aspettando il fratello. Il
prigionere, fatto porre il corpo di Vieo sopra la barra, gli
mise il capo a' piede; &, copertolo di panno negro, andando egli auanti, il se portare ad Epitia; et, entrato in
casa, fatta chiamare la giouane, questo le disse: «il fratel
uostro che ui manda il signor gouernatore libero dalla prigione»; et, così detto, fe scoprir la barra & l'offerse il
fratello in quella guisa c'hauete udito. Io non credo che
lingua potesse dire né comprendere humana mente quale
& quanto fosse l'affanno & il cordoglio di Epitia, ueduto
offerirsi quel fratello in quella guisa morto, che ella aspet-
taua con somma alegrezza di veder viuo, assoluto da ogni
pena. Mi credo ben donne che voi crediate che tale &
tanto fu il dolore della misera donna, che auanzò ogni
spetie di ambascia; ma ella lo chiuse entro il cuore &, oue
qualunque altra donna si saria messa a piangere & a gridare, ella, cui la filosofia hauea insegnato qual debbia essere l'animo humano in ogni fortuna, mostrò di rimanersi
contenta; et disse al prigioniere: «Dirai al tuo signore &
mio che quale gli è piaciuto di mandarmi il fratello mio,

tale io accetto; e che, poichè egli non ha voluto adempir il uoler mio, io mi rimango contenta che egli habbia adempito il suo e così il suo volere faccio mio, pensandomi che esso giustamente fatto habbia quello che fatto egli ha & gli mi raccomendarai, offerendogli mi prestissima a sempre piacerle.»

Riferì ad Iuriste il prigioniere ciò che Epitia detto gli haueua, dicendogli ch'ella segno alcuno di discontentezza non hauea dato a così horribile spectacolo. Resto fra se contento Iuriste ciò udendo, & vene in pensiero di poter hauere non altrimente la giouane a uoglia sua, che se ella fosse sua moglie & le hauesse egli viuo offerto Vieo. Epitia, partito il prigionere, fe sopra il morto fratello dirotissimamente piangendo lunga & dolente querela, maledicendo la crudeltà di Iuriste & la simplicità sua, che prima gli si fosse data c'hauesse hauuto libero il suo fratello; et, doppo molte lagrime, fe dare sepoltura al morto corpo. Et ridotassi poscia solla nella sua stanza, spinta da giustissimo sdegno, cominciò adir seco: «Dunque tolerai tu, Epitia, che questo ribaldo te habbia tolto il tuo honore, & perciò ti habbia promesso di darti libero & viuo il fratello tuo, & poscia lo ti habbia in sì miserabile forma offerto morto? Tolerarai tu ch'egli di due tali inganni fatti alla tua simplicità, si possa uantare, senza hauerne da te medesima il debito gastigo?» Et, accendendo con tali parole se alla vendetta, disse: «La mia semplicità ha aperta la uia a questo scelerato di arrecare a fine il suo dishonesto desiderio; voglio io che la sua lasciuia mi dia il modo di vendicarmi &, se bene il far vendetta non mi dara il mio fratello viuo, mi fara ella nondimeno un passamento di noia; &, in tanta turbatione di animo quasi su questo pensiero si fermo. Aspettando che Iuriste di nuovo la mandasse a dimandar per giacersi con lei, oue andando haueua deliberato portar seco celatamente il coltello; &, veggiando o dormendo, come prima tempo se ne uedesse suenarlo; et se il comodo se ne vedesse leuargli la testa & portarla al sepolchro del suo fratello & all'ombra sua sacrarla. Ma, pensando poi sopra ciò più maturamente, uide che, anchora che le uenisse fatto di uccidere il fraudolente, si potrebbe ageuolmente pre-

sumere che ella, come dishonesta donna & per ciò ardita
ad ogni male, ciò hauesse fatto per ira & per sdegno più
tosto che perche egli le fosse mancato di fede.

Onde, essendole noto quanta fosse la giustitia dll'Imperadore, il quale alhora era a villato, deliberossi di andar-
lo a ritrouare & doler si appreso sua Maestà della ingratitudine & della ingiustitia usatale da Iuriste, portando fer-
ma opinione che quell'ottimo & giustissimo imperadore
farebbe portare giustissima pena a quel maluagio & della
ingiustitia & della ingratitudine sua. Et vestitasi di habito
lugubre, messasi tutta sola segretamente in camino, se ne
andò a Massimiano & fattagli chiedere udienza; &, otte-
nutala, gli si gittò a i piedi &, accompagnando col dolente
habito la mesta voce, gli disse: «Sacratissimo Imperadore,
mi ha spinta auanti la Maiestà vostra la fiera ingratitudine
& la incredibile ingiustitia che mi ha Iuriste usata, gouernatore in Spruchi di vostra cesarea Maestà. Sperando che
ella adoperarada guisa la giustitia che a niun misero venne
mai meno che come mi ho da dolere infinitamente di Iuriste per lo torto che egli mi ha fatto, di cui non fu mai
udito il maggiore, non si anderà altiero di ha uermi come
mi ha miseramente assassinata (siami lecito usare questa
parola innanzi Vostra Maiestà), la quale, anchora che paia
aspera, non agguaglia nondimeno la crudele & non mai
più udita onta che mi ha fatto questo mal'huomo, faccen-
domisi ad un tratto conoscere, & ingiustissimo & ingratis-
simo.» E qui dirottamente piangendo & sospirando narrò
a sua Maestà como Iuriste, sotto speranza di pigliarla per
moglie & per liberarle il fratello, le haueua leuata la verginità; &, poscia la haueua mandato il fratello suso una
barra morto, colla testa a i piedi: & qui misesi gran grido
& allargo sì gli occhi al pianto, che commosse in guisa, &
lo Imperadore & gli altri signori che a torno sua Maestà
erano, che se ne stauano, per la pietà come huomini adom-
brati. Ma, anchora che Massimiano molta compassione le
hauesse, nondimeno hauendo data una delle orecchie ad
Epitia (la quale al fin delle parole egli fe leuare in piedi)
serbò l'altra per Iuriste; &, mandata la donna a riposarsi,
mandò subito a chiamare Iuriste, committendo & al messo

& a tutti gli altri che iui erano che per quanto era lor cara la gratia sua di ciò non dicesse ad Iuriste parola. Iuriste, che ogn'altra cosa si haurebbe più tosto pensata che Epitia fosse andata allo Imperadore, vi venue tutto lieto; et, giunto alla presenza di sua Maestà, fatta che gli hebbe riuerenza, le chiese ciò ch'ella da lui volesse: «Hor hora il saprai», disse Massimiano. Et di subito fe chiamare Epitia; Iuriste, veduta iui colei, cui sapeua egli di hauere grauemente offesa, vinto dalla conscienza, in guisa si smarrì, che, abbandonato da gli spirti vitali, cominciò tutto a tremare. La qual cosa, veggendo Massimiano, tenne certo che la donna nulla meno del vero detto le hauesse; et riuoltossi verso lui con quella seuerità che a così atroce caso si conueniua, odi disse di che si duol di te questa giuane; et commiso ad Epitia che quello dicesse di che ella si lamentaua, la quale per ordine tutta la historia gli narró; &, al fine, come prima dolente all'Imperadore chiese giustitia. Iuriste, sentita l'accusa, volle lusingare la donna, dicendo: «Io non haurei mai creduto che voi, che tanto amo, foste venuta così accusarmi auanti sua Maestà.» Non consentì Massimiano che Iuriste lusingasse la giouane; & disse: «Non è tempo di fare que l'appassionato: rispondi pure all'accusa ch'ella ti ha data.» Iuriste alhora lasciato quello che gli poteua fare danno: «Egli è uero che ho fatto tagliare la testa al fratel di costei per hauer egli rapita & fatto forza ad una vergine; & ciò ho io fatto per non uiolar la santità delle leggi & per seruare quella giustitia che tanto raccomandata mi haua la M. V. senza offesa, della quale egli uiuo non potea rimanere.» Qui Epitia: «& se così ti parea che volesse la giustitia, perchè mi promettesti tu di darlomi uiuo; &, sotto questa promessa, dandomi speranza di pigliarmi per moglie, mi priuasti della uirginità; ma, se meritò mio fratello sentire per un peccato solo la seuerità della giustitia, tu pur due uie più di lui tel meriti.» Rimase qui come muto Iuriste; onde lo Imp.: «Parti disse Iuriste che questo sia stato servare la giustitia, o pure hauerla offesa lealmente, che l'hai poco meno che uccisa? Con lo hauere usata la maggiore ingratitudine uerso questa gentil giouane che usasse mai scelerato alcuno? Ma no te

n'andrai lieto: credito a me.» Cominciò qui Iuriste a demandar mercede; et Epitia, allo incontro, a dimandar giustitia. Conosciuta da Massimiano la simplicità della giouane
donna & la maluagità di Iuriste, pensò come potesse servare l'honore alla donna & seruare la giustitia; &, fra se
risolutosi di quanto uoleua fat, uolle che Iuriste sposasse
Epitia. Non uoleua consentirlo la donna, dicendo che ella
non potea pensar di deuer mai hauere da lui se non sce-
leraggini & tradimenti; ma uole Massimiano che di questo
ella fosse contenta ch'egli haueua deliberato. Sposata la donna, si credete Iuriste che fosse messo fine a suoi mali. Ma
altrimente auenne; imperoché data licenza Massimiano alla
donna che all'albergo si riducesse; uoltatosi uerso Iuriste,
che iui era rimaso, gli disse: «Due sono stati i tuoi delitti,
& ambidue molto graui. L'uno lo hauer uituperata questa
giouane con tale inganno, che si dee dire che le habbi fatto
forza. L'altro l'hauerle ucciso, contra la fede datale, il suo
fratello, il quale, ancora che meritasse la morte, era nondimeno degno (poichè a uiolar la giustitia ti eri disposto)
che più tosto tu mantenessi la fede alla sua sorella, poichè
a tua dissoluta lasciuia a promettergliele sulla fede te
haueua ridotto che fatta a lei uergogna mandargliele, come
mandato gli le hai, morto. Però, poichè al primo peccato
ho proueduto con l'hauerti fatta sposare la uiolata donna,
in emenda del secondo, uoglio che così sia a te tagliata la
testa come al suo fratello la facesti tagliare.» Quanto graue
fosse il dolore di Iuriste, udita la sentenza dell'Imp., si
può più tosto imaginare che pienamente narrarlo. Fu
adunque dato Iuriste a sergenti, perchè la mattina appresso
egli fosse, secondo il tenore della sentenza, ucciso. La
onde Iuriste del tutto a morir disposto, non attendea altro
se non che il manigoldo a guastarlo andasse.

    Fra questo tempo, Epitia, che così ardente era stata con-
tra lui, udita la sentenza dell'Imp., mossa dalla sua natu-
rale benignità, giudicò che non fosse cosa degna di lei che,
dapoi che l'Imperadore haueua uoluto che Iuriste suo marito fosse & ella per tale l'haueua accettato, consentisse che
gli fosse per sua cagione data morte, parendole che ciò le
potesse esser più tosto attribuito ad appetito di uendetta

che a desiderio di giustitia. Per la qual cosa, piegando tutto il pensiero alla salute del cattiuello, se ne andò allo
Imperadore; &, hauuta licenza di parlare, così disse: «Sacratissimo Imperadore, la ingiustitia & la ingratitudine che
usata mi hauea Iuriste me indussero a chiedere giustitia
contra lui da uostra Maestà. La quale, come giustissima, a
due delicti commessi da lui ha giustissimamente proueduto
all'uno, che fu il tormi con inganno la verginità mia, col
far ch'egli per moglie mi prenda; all'altro, che fu l'hauermi
ucciso il fratello contra la fede datami, col condannarlo a
morte. Ma, come prima che sua moglie fussi, deuea desiderare che V. M. a quella morte il condannasse, alla quale
giustissimamente condannato l'ha, così hora, poichè a lei
piacciuto, è che, col santo vincolo del matrimonio, io sia
ad Iuriste legata, mi terrei se alla sua morte consentissi
meritar nome di spietata e crudel donna con perpetua infamia, il che sarebbe effetto contrario alla intention della
V. M., la quale, colla sua giustitia, ha cercato l'honor mio.
Però, sacratissimo Imperadore, accioché la buona intention
di V. M., il suo fine conseguisca & l'honor mio senza
macchia se ne rimagna, pregoui humilissimamente & con
ogni riuerenza a non volere che per la sentenza di V. M.
la spada della giustitia scoglia miseramente quel nodo col
quale ha piacciuto a lei con Iuriste legarmi; et, oue la sentenza di Vostra Maestà ha dato chiaro segno della sua
giustittia, in condannarlo alla morte così hora le piaccia
come di nuovo affettuosamente la prego fare manifesta la
sua clemenza col darlomi uiuo. Non è, sacratissimo Imperadore, punto minor loda a chi tiene il gouerno del
mondo come hora Vostra Maestà dignissimanete il tiene
l'usare la clemenza che la giustitia, che oue questa mostra
che i vitii gli sono in odio & perciò dan loro gastigo,
quella lo fa simigliantissimo a gli Iddii immortali; et io, se
questa singolar gratia otterrò da la benignità vostra, per lo
benigno atto usato verso me, humilissima serua di Vostra
Maestà, pregherò sempre con dinota mente Iddio, che degni conservare a lunghi & a felici anni la M. V., accioché
ella possa lungamente usare la giustitia & la clemenza sua
a beneficio de mortale, & ad honore & inmortal gloria

sua.» Et qui pose fine Epitia al suo parlare. Parue cosa marauigliosa a Massimiano ch'ella, posta in oblio la graue ingiuria riceuuta da Iuriste, per lui sì caldamente pregasse; et gli parue che tanta bontà ch'egli vide in quella donna meritasse ch'egli per gratia le concedesse colui viuo, ch'era stato a morte per giustitia condannato. Onde fatto chiamare Iuriste dinanzi a se, in quell'hora che egli attendeua di essere condotto a morte, gli disse: «Ha potuto, reo huomo, tanto nel ospetto mio la bontà di Epitia, che, oue la tua sceleraggine meritaua di essere punita con dopiia morte, non che una, ella mi ha mosso a farti gratia della vita, la qual vita io uoglio che tu conoschi da lei; et, poscia ch'ella si contenta di viuer teco con quel legame congiunta, col quale io con lei volli che ti legasti, son contento che tu con lei ti viua; et, se sentiró mai che tu meno che d'amoreuolissima & cortesissima moglie la tratti, io ti faró prouare quanto sarà il discipiacere che mi farai.» Et, con queste parole, presa l'Imp. Epitia per mano, ad Iuriste la diede. Ella & Iuriste insieme rese gratia a sua Maestà della gratia loro concessa & del fauor fatto; et Iuriste, considerata quanta verso lui fosse stata la cortesia di Epiria, l'hebbe sempre carissima, onde ella con lui felicissimamente visse il rimanente de gli anni sui.